中公文庫

武商諜人

宮本昌孝

JN018361

中央公論新社

目次

武商諜人

幽鬼御所《ゆうきごしょ》

一

石橋の架かる「米《こめ》」字型の池は、汀線《みぎわ》の石組《いしぐみ》が、変化に富みながらも、全体として逞《たくま》しい。築山《つきやま》とともに、高さ八尺を超える立石を中心に多くの巨石が屹立《きつりつ》するさまも、枯山水というより、屈強な武人たちの布陣を想《おも》わせる。

この庭園を設《しつら》えた館《やかた》の主《あるじ》は、代々、公卿《くぎょう》でありながら、武将としての名が高い。

「えいっ」

澄んだ気合声《きあいごえ》に、かつっ、という音がつづき、棒状のものが宙高く舞い上がった。

館の背後に聳《そび》える霧山《きりやま》の緑を背景に、くるくる廻《まわ》りながら落下してきたそれは、庭園の一隅の砂利地へ転がった。木太刀《きだち》である。

「畏《おそ》れ入りましてございます」

折り敷いて頭を下げた少女は、地味な浅葱色《あさぎいろ》の筒袖《つつそで》と裁着袴《たっつけばかま》に身を包んでいるが、男児のように髪を唐輪《からわ》に結い上げ、紅の鉢巻を着けた相貌は、目も唇も大ぶりで華やかである。

「御所《ごしょ》さま直々《じきじき》のお稽古を賜り、感謝申し上げます」

語を継いだ少女の前には、武士がひとり、木太刀を手に、立っている。

おのずから気品の匂い立つ凛々《りり》しい眉目《びもく》の持ち主は、伊勢《いせ》国司《こくし》、従三位《じゅさんみ》中納言・北畠《きたばたけ》具教《とものり》である。

南北朝時代、後醍醐《ごだいご》天皇の絶大な信任を得て、異数の出世をし、短時日で陸奥《むつ》の平定を成し遂げ、いちどは足利尊氏《あしかがたかうじ》を九州へ追い落とし、壮烈な戦いの果て、和泉石津《いずみせっつ》の決戦において二十一歳の若さで散った伝説の武人・北畠顕家《あきいえ》。その弟の血筋は、伊勢国司に任ぜられ、一志《いちし》郡多芸《たげ》（気）に居館と城を築いて本拠としたので、多芸御所とよばれる。

「佳乃《よしの》。勇気は褒《ほ》めてとらすが、無闇に踏み込むでないぞ」

具教は少女へ優しく諭すように言った。

思わずおもてを上げてしまった佳乃は、具教の微笑《ほほえ》みの顔に、一瞬にして総身が熱くなり、慌《あわ》てて目を伏せる。

すると、階段《きざはし》のいちばん下の段に腰かけていた童形《どうぎょう》の男児が、立ち上がって、佳乃のもとへ寄ってくる。細長《ほそなが》に包まれたころころとした体を左右に揺らしながら、短い足を送りだすさまは、まことに愛らしい。

その幼子《おさなご》は、佳乃のそばにしゃがんだ。

「はちみつ、たべたい」

佳乃の実家の坂《さか》家は、蜂を飼って、少量ながら蜂蜜を収穫する。貴重なものなので、これを進上された主家の北畠家でも、朝廷や将軍家に献上したわずかな残りを食す。

具教の子であるこの幼子は、蜂蜜が大好きなのだ。

「あ……和子《わこ》さま、何と仰《おお》せに」

ぼうっとしていた佳乃は、聞き逃した。

「おかしや。およしの顔がまっかっか」

佳乃の顔を下から覗《のぞ》き込んだ幼子が、目をぱちくりさせる。

具教が足音に振り返った。

馳《は》せ寄ってきた奏者は、朗報をもたらす。

「御所さま。卜伝翁《ぼくでんおう》、ご来臨にあられます」

「おお、まいられたか」

具教はおもてを輝かせた。剣聖、と世に称賛される鹿島新当流《かしましんとうりゅう》の塚原《つかはら》卜伝がやってきたのである。

かつて、廻国修行中の卜伝を、具教は多芸に招いたことがあり、そのさい稽古をつけてもらって、天稟《てんぴん》を認められ、以後、永く独自の研鑽《けんさん》をつづけてきた。今回は、武芸者としての成長を、上洛行の途次の剣聖に披露すべく、使者を遣《つか》わして再訪を懇請したのである。

もはや佳乃のことなど眼中にないのか、具教は声もかけずに、足早に歩き去ってゆく。

（わたしは何を望んでいるの……）

　もともと身分違いの片恋《かたこい》なのだから、落胆するのもおこがましい、と佳乃は心中でおのれを嗤《わら》うほかなかった。実家の坂家は伊勢の小土豪《どごう》にすぎない。

「およし。かなしいのか」

　立ち上がった佳乃を仰ぎ見る幼子が、ちょっと声を震わせた。心の内を察したかのようである。

　佳乃は、はっとし、再び折り敷いた。若君を見下ろしてはいけない。

「無礼をいたしました」

　だが、幼子のほうは、同じ問いかけを繰り返す。

「かなしいのか」

　佳乃の胸は塞がれた。

（なんとおやさしい……）

　幼子を抱きしめたくなった佳乃だが、乳母《うば》でもない身がしてよいことではない。

「およしも、はちみつを召せ。ここちようなるぞ」

　幼子の頬のふっくらした無垢《むく》な笑顔は、菩薩《ぼさつ》のようであった。

二

光きらめく海は、穏やかである。

出船入船《でふねいりふね》が輻湊《ふくそう》し、十楽の津とも称《よ》ばれる伊勢桑名《くわな》は、きょうも自由闊達《かったつ》で賑々《にぎにぎ》しい。

松毬《まつかさ》で焙《あぶ》って、皿に移されたばかりの蛤《はまぐり》は、汁がまだふつふつと音を立てている。江戸時代以前からよく知られた桑名の焼き蛤である。

店持《たなも》ちの商人とおぼしい装《なり》の男女に連れられた童《わらべ》が、嬉《うれ》しそうに蛤の皿を持ち上げたとき、何者かがぶつかってきた。

童の手から皿が飛んで、ぶつかってきた者へ、蛤の汁がちょっとひっかかった。

「あちっ、あちっ、あちっ」

牢人《ろうにん》とみえるその男は、顔を被《おお》いながら、大げさに身をよじった。

「どれ、六郎兵衛《ろくろべえ》。みせてみよ」

連れの牢人が、六郎兵衛の手を除《の》けて、顔を晒《さら》させた。

目の下や頬や唇の端《はし》などに、何やら赤黒い傷があった。

「これはひどい」

「さまでひどいか、与八《よはち》」

「おお、痛い。痛うてかなわぬ」

「ご覧のとおりだ」

与八は、童の両親とみえる男女へ向き直り、

「火傷《やけど》を負うた友を、これから医者《くすし》のもとへ連れてまいる……」

と手を差し出した。言うまでもなく、治療代を寄越せという意味である。

「子の不始末は、親の責めゆえな」

低い声音で、与八はつづけた。

「火傷と仰せられても、そのお傷は……」

恐る恐る父親が反駁《はんばく》しようとする。

六郎兵衛の顔の傷は、明らかに古傷であった。もし蛤の汁がかかったとしても、火傷するまでの熱さでも量でもないことぐらい、童の両親はもちろん、当事者たちのやりとりを遠巻きに眺める往来の人々の誰もがそう思っている。

「よもや」

与八の声が、突然、大きくなった。

「武士の面体《めんてい》に火傷を負わせた上、言い逃れまでするつもりではあるまいな。次第によっては、罪人を斬り捨ててもよいのだぞ」

「痛かろう」

腰の一刀の栗形《くりがた》に左手をかけ、与八は童を睨《にら》みつけながら、一歩踏み込んだ。

母親が、とっさに童を抱きかかえ、与八に背を向けて、その場にしゃがみ込む。

「うあっ」

六郎兵衛が悲鳴を上げた。

胸へ寄せた左手の甲が火脹《ひぶく》れを起こしている。

「それがまことの火傷じゃ」

串に刺した松毬を持つ者が、いつのまにか六郎兵衛の近くに立っていた。松毬からは煙が漂い出ている。

袖無《そでなし》羽織に裁着袴の武士である。顔は編笠《あみがさ》に隠れていて、よく見えない。が、声は若かった。

「こやつ、ふざけたまねを」

与八が、右手を差料《さしりょう》の柄《つか》にかける。

「抜くなっ」

背後からその声をかけられ、与八も六郎兵衛も振り向いた。

武士が五人、横並びに立っている。

真ん中の者は、ひときわ目立つ。髪を紅糸や萌黄《もえぎ》糸で茶筅《ちゃせん》に立て、湯帷子《ゆかたびら》の袖を外すなど、ばさらな身形《みなり》にもかかわらず、人品卑しからぬ風情で、きりりと冴《さ》えた美男であった。

「黙って去ね《い》ば、見逃してやろう。なれど、汝《うぬ》らが刀を抜けば、有無を言わさず斬る。何かひと言、洩《も》らしても、斬る」

茶筅髷《まげ》の美男がそう言うと、あとの四人は前へ出て、抜き打ちの構えをとった。いずれも、いささかも慌てぬ慣れた動きで、自信に満ちている。

与八と六郎兵衛は、ごくり、と生唾を呑《の》み込んだ。圧倒され、恐怖をおぼえたのである。

両人は、ただちに踵《きびす》を返し、走り出そうとして、体をぶつけ合い、ともにすっ転んだ。どっ、と往来の人々から哄笑《こうしょう》が起こる。

強請《ゆすり》に失敗した牢人ふたりは、立ち上がるや、嘲り《あざけ》を浴びせられる中を、脇目もふらずに逃げ去った。

「なんと御礼を申し上げれば……」

と寄ってくる童の両親へ、茶筅髷の美男は、

「相手が違う」

編笠の武士のほうへ、あごをしゃくってみせる。

「無用じゃ」

編笠の武士も、右の掌《てのひら》を前へ出して、両親が近づくの制すると、茶筅髷の美男に向かって会釈を返してから、背を向けた。

遠ざかるその姿を、茶筅髷の美男は、しばらく凝視しつづけた。

三

「佳乃。女子《おなご》の身で兵法《ひょうほう》を学んだところで、用に立たぬ」

「用に立つか立たぬかは、深く学んでみなければ分かりませぬ」

「武家の女子のいくさは、主家あるいは親の望む家に嫁《とつ》いで子をなすことぞ」

「神にお仕えの太郎どののゆえ、何かよきご助言をいただけると思いましたのに、父と同じことを仰せになられますな」

太郎右衛門良勝《たろうえもんよしかつ》の岡本家は、佳乃の実家・坂家の親戚で、代々、尾張熱田《おわりあつた》神宮の神官をつとめている。

「当家は武門でもある」

と釘《くぎ》を刺すように良勝は言った。

「存じております」

「わしは、そなたが望めば、いまも……」

良勝が口ごもる。

かつて岡本家から坂家へ、良勝と佳乃を許嫁《いいなずけ》にという申し入れがあった。が、その矢先に佳乃が北畠家へ奉公にあがったので、縁組話《えんぐみばなし》は立ち消えとなったのである。

「太郎どの。その儀は……」

と佳乃は、頭を下げた。

「逗留いたすのはかまわぬが、最初に申したとおり、路費《ろひ》は出さぬ」

なかば憤然と、良勝は座を立った。

小さく溜《た》め息《いき》をつく佳乃である。

佳乃は、北畠家へ赴いて、初めて具教に声をかけて貰《もら》ったとき、恋に落ちた。自身が武芸達者でもある具教は、諸国の兵法者を招いて、仕合《しあい》をさせたり、教えを請うたりするのが何よりの愉《たの》しみで、家中の者らにも武芸を盛んに奨励し、婦女子でも歓迎した。もともとお転婆《てんば》で、小太刀《こだち》を少々遣えた佳乃は、男たちに混じって稽古に励んだ。やがて、筋がよいと具教に認められ、幾度か直々の教えも賜り、恋心を一層募らせた。しかし、所詮は身分違いで、どうなるものでもない。息ができないほど苦しく切ない日々がつづいて、ついに堪《た》えられなくなり、病を理由に北畠家を辞し、実家へ戻ることにした。三年間の片恋の終わりである。

しばらく坂家でぼんやりと過ごしたものの、いかにしても具教のことを忘れられず、あらためて別の形で近づきたいと思った。修行を積んで女兵法者として名を挙げ、多芸御所へ招いて貰うのだ、と。そうなれば、あるじと奉公人ではなく、兵法者同士として親交をもつことができるに違いない。

常陸《ひたち》鹿島へ帰国した塚原卜伝の教えを受けよう、と佳乃は思い立つ。具教が卜伝より新当流の秘技、一ノ太刀《ひとつのたち》を伝授されていたからである。同門の弟子になりたかった。

鹿島行きを父に願い出たところ、激怒をかい、心を入れ替えなければ尼寺へ預ける、と通告された。佳乃は、家族の隙をついて、出奔した。

少なかった手持ちの銭は、伊勢から尾張へ入ったところで尽きた。それで、熱田の岡本家を頼った。ところが、父に行動を読まれていた。佳乃が岡本家へ着く前に、その書状が良勝のもとへ届いていたのである。

佳乃は目の前が昏《くら》くなった。恋心と志《こころざし》だけでは鹿島へ行き着けない。先立つものが必要である。一方で、野垂れ死にしてもかまわぬぐらいの覚悟あってこその兵法の道、と思わぬでもないのだが、そこまで踏み入る勇気もない。いま良勝から突き放されて、決意のぐらつく自分が、情けなくもあり、恥ずかしくもあった。

（けれども……）

いまさら坂家へ戻れない。何もなさぬ前に挫折して戻れば、この先はもう何事であれ、自分の意思など一顧《いっこ》だにして貰えないであろう。

佳乃は、進退を決しかね、岡本家の離屋《はなれ》で数日を過ごした。離屋を与えられたのは、一見、厚遇のようだが、そうでないことを佳乃は分かっている。そなたはもはや親戚ではなく赤の他人なのだ、と良勝から見切りをつけられたのである。

(明日は発《た》とう……)

何やら屋敷内が騒がしくなった暮方《くれがた》に、佳乃はようやく思い決した。といっても、常陸へ向かうのか、伊勢へ戻るのか、それは明朝起きてからのこと、と先延ばしにした。

「お客人がお見えのようですが……」

佳乃は、夕餉《ゆうげ》を運んできた女中に、聞くともなく聞いた。

「うつけどのにございますよ」

声を落とす女中であった。

「うつけ、どの……」

佳乃は小首を傾《かし》げる。

愚か者、間抜け、ぼんやり者などのことを、うつけというが、人の名であるとしたら、奇態にすぎよう。

「ご存じあられませぬのか、織田三郎《おださぶろう》どのを」

「存じませぬ」

「知らぬほうがようございましょう。知れば、うつけがうつるやもしれませぬでな」

冗談とも本気ともつかぬ言い方をしておいて、女中は退《さ》がった。

(織田と申せば……)

尾張国の守護は斯波《しば》氏だが、実際にこの国を支配しているのが織田氏のはず。それくらいの知識しか、佳乃にはなかった。

佳乃は、ひとり夕餉を了《お》えると、良勝宛ての礼状をしたためた。直《じか》に会って挨拶をするのは気詰まりであるし、また説教を食らうのも避けたいので、未明にこっそり出てゆくつもりなのである。

宴《うたげ》が開かれているらしく、母屋のほうから歌や音曲などが聞こえてくる。時折、笑い声も混じる。

夜更けて、喧騒《けんそう》も鎮《しず》まった頃、佳乃は眠りについた。

(匂う……)

甘やかである。

(夢かしら……)

愛《いと》しいひとが折袖《おりそで》にしのばせていた匂袋《においぶくろ》。具教が動くたびに漂った沈香《じんこう》。

にわかに目覚めた佳乃は、急ぎ、掛具《かけぐ》を除けて、板床へ身を移し、平伏してしまう。

「誰かと間違えたか」

高い声である。具教の声ではない。

「曲者《くせもの》っ」

佳乃は、跳ぶようにして、刀架《とうか》へ手を伸ばした。が、闖入者《ちんにゅうしゃ》のほうが迅《はや》い。先に鞘《さや》ごと刀を奪いとられてしまった。

「火をもて」

闖入者のその声に応じて、戸が開けられ、手燭《てしょく》を持った者が素早く入ってきた。小姓であろう、前髪立ちである。

小姓は、座した闖入者の傍《かたわ》らに手燭を置くや、速やかに退がって、戸を閉《た》てた。

「害意はない」

闖入者は、奪った刀を、膝前へ横たえる。

（あっ……）

火明かりにぼうっと浮かんだおもてに、佳乃は見憶《みおぼ》えがある。

桑名の湊《みなと》で牢人者らに強請《ゆす》られていた商人夫婦を助けた茶筅髷の美男ではないか。

「会《お》うたな、桑名で」

と美男のほうから口にした。

商人に対して礼は編笠の武士のほうへと示すなど、あのときの美男の鮮やかな対処の仕方が思い起こされ、にわかにどぎまぎし始めた佳乃である。具教と同じ匂いを放っているので、なおさらであった。

「女と気づいておられましたのでしょうか」

「装《なり》だけで人を観《み》るやつは、大事のさいに誤る」

たしかに、佳乃の目の前の美男も、桑名で出会ったときはばさらな身形《みなり》であったが、意外にも正義の行いで商人親子を救っている。

「佳乃と申すそうだな。太郎右《たろうえ》より聞いた」

太郎右とは良勝のことに違いない。

「おれは、織田三郎だ」

「まあ、うつけの……」

思わず発してしまってから、佳乃はあわてておのが口を押さえた。

「うつけではない」

ちょっと怒ったように、織田三郎信長《のぶなが》は言った。

「お赦《ゆる》し下さりませ」

佳乃は、床にひたいをつける。謝るのが当然であった。

「大うつけよ」

と信長が語を継いだ。

えっ、と佳乃はおもてを上げてしまう。ふふっ、と目許、口許を綻《ほころ》ばせた顔が、そこにはあった。

（なんと奕《おお》きな男子《おのこ》……）

おおきくて美しいのが「奕《えき》」である。

身も心も、佳乃は火照《ほて》らせた。

なる。

四

弘治《こうじ》から永禄《えいろく》に改元された年の四月四日、佳乃は男児を産んだ。信長にとっては三男となる。

懐妊から出産まで妊婦を預かって面倒をみた岡本家は、信長より褒美を賜った。

佳乃は、和子を抱いて、清洲《きよす》城へ上がり、信長の側室として敬われる身となった。

信長は、同年の十一月に、織田の家督を狙っていた弟の勘十郎《かんじゆうろう》を清洲城に誘殺し、その麾下《きか》の将たちも屈服せしめて、尾張の大半を支配下に収める。さらに、翌年には初の上洛を果たして、将軍家より尾張守に任ぜられ、国主の座についた。

そして、永禄三年五月、桶狭間《おけはざま》において、信長は東海の太守・今川義元《いまがわよしもと》を討ち、武名を満天下に轟《とどろ》かせる。

「武芸に長じたそなたを妻にしてから、おれは武運に恵まれつづけておる。佳乃は妻神《めがみ》よな」

「嬉しき仰せにあられますが、すべて殿のお力で成したことにて、わたくしなど……」

「愛《う》いぞ」

信長が佳乃の寝間《ねま》を訪れる夜は、居城を清洲から小牧山《こまきやま》に移しても、他の愛妾《あいしょう》より頻繁であった。

熱田の岡本家で鹿島へ行こうか伊勢に帰郷しようかと迷っていたのが、遠い昔の他人事《ひとごと》のように思えるほど、佳乃には充《み》ち足りた日々がつづいた。

愛の光に包まれたふたりの関係に最初の影が落とされたのは、永禄十年の春のことである。

信長は、滝川一益《たきがわかずます》を尾張・美濃・伊勢の国境線へ遣わし、北伊勢を侵《おか》させた。

当時の伊勢国は、南伊勢五郡は国司・北畠氏の支配下にあった。だが、北伊勢八郡は国《こく》人《じん》、土豪、地侍《じざむらい》が多く割拠し、一丸となって大敵に立ち向かうという考えも気概もないので、国境沿いの桑名・員弁《いべ》両郡が一益の調略に靡《なび》き、織田に服属したのである。

佳乃にとっては寝耳に水の信長の伊勢侵略である。

「この先、伊勢国司家を攻めるおつもりにあられましょうや」

当代の国司は具房《ともふさ》だが、北畠氏の実権はいまもその父・具教の手にある。旧主であり、片恋のひとでもあった具教が苦境に立たされるのは、辛《つら》い。

「国司家など些細《ささい》なことよ」

信長がそう嗤ったので、佳乃は腹が立った。

「殿。それは無礼な仰せられようでは……」

しかし、佳乃は最後まで言えなかった。じろり、と睨み返されたからである。ぞっとするほど冷たい信長の相貌であった。

「来年あたり、伜《せがれ》に城をくれてやろう。そなたも楽しみにしておれ」

信長は、佳乃を抱くことなく、寝間を出ていった。

この年の秋、信長は、美濃守護の斎藤龍興《さいとうたつおき》を他国へ敗走せしめると、その居城であった稲葉山《いなばやま》城へ入り、城も城下町も名を岐阜《ぎふ》と改める。本国の尾張と合わせ、二カ国の主となったのである。

次いで、年が明けるや、みずから軍を率いて、北伊勢へ入った。四万と称する大軍の威《い》嚇《かく》と、滝川一益の前年からの工作が奏功し、さしたる抵抗もなく、信長は北伊勢の残る六郡も版図《はんと》に加えることに成功する。そのさい、唯一、徹底抗戦の意気を示した有力国人の神戸《かんべ》氏に対しては、跡取りのいない当主の神戸具盛《とももり》へ、おのが実子を養嗣子《ようしし》として入れることを条件に和睦した。

「伊勢神戸城だ」

岐阜へ帰城するなり、信長は佳乃へ告げた。

佳乃が産んだ信長の三男は、以後、神戸三七郎《さんしちろう》と名乗ることになり、身柄もただちに神戸城へ移された。

信長は、三七郎の傅役《もりやく》には、その乳母の子で尾張者でもある幸田彦右衛門《こうだひこえもん》を任じる。ほかに、輔佐《ほさ》として付ける数人の中に、岡本良勝も加えた。

岡本家に妊婦の佳乃を預かっていた頃は迷惑そうな良勝であったが、信長が今川義元を討ったときから、掌を返している。積極的に信長と佳乃へ接近するようになったのだ。

佳乃は、三七郎が岐阜を発ったあとで、神戸具盛の養子については、こじれた問題があったことを知る。

伊勢鈴鹿《すずか》郡の亀山《かめやま》城主・関盛信《せきもりのぶ》の子が、前《さき》に具盛の養子となることが決まっていたのだが、三七郎のせいで御破算になった。平清盛の後胤《こういん》という名家を誇る盛信は激怒し、ひとり降伏せずに、かねて繋《つな》がりの深い南近江《おうみ》の六角《ろっかく》氏を頼ったという。

神戸家にしても、同じ伊勢の豪族の関家から養子を迎えたかったというのが、本音であるに違いない。そう思うと、途端に三七郎の身が案じられる佳乃であった。

「殿。三七郎はまだわずか十一歳にございます。母のわたくしも神戸へお遣わし下さいませ」

「放っておけ。母親と永く暮らす者は甘えて惰弱《だじゃく》になり、つまらぬことを考えるようになる」

「なれど、見知らぬ地で……」

「佳乃」

ぴしゃり、と信長が遮《さえぎ》る。

信長自身は、誕生してすぐに生母の土田御前《どたごぜん》から引き離されて育った。一方、土田御前の手許で可愛がられつづけた弟の勘十郎は、織田の家督に相応《ふさわ》しいと周囲から持ち上げられ、打倒信長の旗を掲げて挙兵する。信長は最初の謀叛《むほん》は不問に付し、改心の機会を与えた。二度目の謀叛を鎮定したあと、罪は側近の者らにあって勘十郎は唆《そそのか》されただけ、と土田御前から命乞《いのちご》いがあった。弟をたやすく唆されるような弱き者に育てたのは誰か、と信長は怒り心頭に発し、勘十郎を殺す決心をする。本当は母のほうを殺したかった。

「おれを怒らせるな」

「愚かなことを申しました。お赦し下さりませ」

佳乃は、深々と頭を下げた。

勘十郎事件の詳しい経緯を知るだけに、いま信長の胸中に去来したものを察したのである。これ以上の口答えは火に油を注ぐだけであろう。

ただ佳乃は、信長の大望までは察せられなかった。

半年余りのち、信長は足利義昭《あしかがよしあき》を奉じて、上洛を果たす。上洛路の確保と背後の固めを万全なものとするための北伊勢攻略だったのである。義昭を征夷大将軍へと押し上げ、自身は天下一の実力者への階段を駆け上がり始めた。

翌《あく》る永禄十二年、佳乃の恐れていたことが起こる。当時、北畠父子が居城としていた南伊勢の大河内城を、信長は大軍をもって攻めたのである。

武勇に優れる具教は、織田軍を夜襲などで幾度も悩ませたが、籠城一カ月半に及んで兵糧《ひょうろう》が尽きると、信長からの和睦条件を受け容《い》れた。すなわち、信長の二男の茶筅を具教が女婿《むすめむこ》として迎え、具豊《ともとよ》（のち信雄《のぶかつ》）と名乗らせて、具房の継嗣《けいし》とするというものである。

岐阜城で北畠父子の無事を願い、やきもきしていた佳乃は、ふたりの助命の報を受けて、安堵《あんど》のあまり涙が止まらなかった。

大河内城を明け渡した具教は、はじめは笠木《かさき》に、のち三瀬《みせ》に居所を移し、三瀬御所と称ばれることになる。国司の具房も、移居の城地名から、坂内《さかない》御所と。

「国司さまが輿《こし》に乗られたとき、警固《けいご》の織田衆が大笑いしたそうにございます」

何かと事情通の侍女が、自分も笑いを怺《こら》えながら、そう語った。

「何があったのです」

不安を湧かせながら、佳乃は訊《き》いた。和子のやさしくて可愛らしかった姿を思い出したからである。織田の兵どもに笑われたのだとしたら、理由によっては怒りが沸く。

「国司さまは大層、肥《こ》えておられるので、ごろごろと転がりながら輿に乗られた揚句、重すぎて底板が抜けてしまったそうにございます」

これを聞いて、ほかの侍女たちもどっと笑った。

「笑うでない。無礼ぞ」

佳乃は、侍女らを叱りつけ、退がらせた。

後日、佳乃は、具房が周囲から様々に揶揄《やゆ》されていたことを知る。

ふとり御所、肥満御所、大腹御所など。

大腹に至っては、妊婦の大きくなった腹をいう。

（お会いして、慰めて差し上げたい……）

心より佳乃は思った。

五

三七郎は元服し、信長より信孝《のぶたか》の名を賜った。加冠役を、織田家重臣の柴田勝家《しばたかついえ》がつとめた。

三七郎信孝が十四歳の元亀《げんき》二年、信長は神戸具盛を隠居させ、これまで信孝を軽んじてきた侍衆百二十人も粛清してしまう。

また、織田に敗れた六角氏を離れ、結局は神戸氏の麾下となった関盛信に対しても、この二年後、信長は嫌疑をかけて、身柄を蒲生賢秀《がもうかたひで》に預け、領分も没収する。盛信の処分ばかりは、佳乃も望んでいたことであった。信孝への脅威がひとつ取り除かれたといえる。

神戸家当主の座に就いた信孝は、十七歳で伊勢長島の一向一揆《いっき》討伐に出陣することとなった。

初陣《ういじん》の晴れ姿を母に披露すべく、信孝は長島行きの前に岐阜へ馬をとばした。

「ご立派になられましたな」

佳乃は、泣きたいのを必死で怺えた。出陣に涙は不吉であろう。

「母上によう似ている、と伊勢の両御所が仰せられた」

伊勢の両御所とは、具教と具房をさす。信孝は、それぞれに一度きり会ったことがある。

「わたくしのことなど、御所さまたちが憶えておいでのはずはありませぬ」

驚き、疑う佳乃であった。

「三瀬御所は、佳乃の小太刀は女と侮れぬ強さであった、と。また、坂内御所は、幼い頃、佳乃が大好きであった、と」

「まあ……」

切なさを纏《まと》った喜びに満たされ、佳乃はまた熱いものが込み上げてくる。

「殿。あまり長居はできませぬ」

随従の岡本良勝が、信孝を促した。

「母上。また会いにまいります」

「ご武運を」

信孝は座を立った。

「太郎右衛門どの」

良勝を、佳乃は呼びとめる。

「三七郎を頼みましたぞ」

「仰せられるまでもござらぬ。殿は岡本家にとっても貴い御方ゆえ」

良勝のその言い方に、佳乃はちょっといやな感じを抱いた。信孝は岡本家の栄華に必要な道具、そんなふうな含みが伝わったからである。

伊勢長島の戦いは織田軍の勝利で結着《けっちゃく》し、信孝も戦傷を負うことなく、神戸城へ引き揚げた。

翌天正三年六月、信長は、具豊へ家督を譲るよう北畠父子に迫り、思い通りにする。具房は、坂内城から、父の具教が居城とする三瀬城へ身を移した。事実上の隠退《いんたい》である。

(これで終わるとは……)

到底思えない、と佳乃は感じた。北畠父子を生かしておくような信長ではない。

佳乃は、信孝へ書状を出した。懸念される状況に到ったとき、傅役の幸田彦右衛門と共に北畠父子の助命に動いてほしい、と。信孝とは乳兄弟《ちきょうだい》の彦右衛門は、佳乃のことも敬愛してくれている。

この年は何事もなく過ぎた。

天正四年の正月から近江安土《あづち》に新しい城と城下町の建設を始め、いよいよ強大な覇者へと突き進む信長は、同年の十一月、具豊に密命を下し、北畠一族の粛清を断行する。

三瀬城で騙《だま》し討ちにあった具教は、塚原卜伝より直伝の秘技、一ノ太刀をふるって、多数を返り討ちにしたあと、非業《ひごう》の死を遂げる。

具房はといえば、織田勢に本丸の奥へ踏み込まれたとき、ひとり甲冑《かっちゅう》も着けずに床にぺたりと座っていた。実は、数年前、具房の肥満体の寸法に合わせた甲冑を新たに作らせたのだが、それからさらに肥《ふと》ってしまったので、着用したくともできなかったのである。

「これが美味《うま》いのじゃ」

具房は大盃に口をつけていた。末期《まつご》の酒とみた織田勢だが、酒のわりにはとろとろしすぎており、具房も呑むのではなく、ぺろぺろと嘗《な》めているので、皆、訝《いぶか》った。

「蜂蜜よな」

織田勢の滝川三郎兵衛《さぶろうびょうえ》が言うと、具房はにこっとして、うなずいた。

「狂うたのか」

「いや、もともと阿呆《あほう》なのであろう」

など、と兵どもは気味悪がったり、呆《あき》れたりする。

「討つまでもあるまい」

具豊の家老でもある三郎兵衛が、憐《あわ》れむように嘆息した。

「なれど、ご家老。北畠の当主を生かしておくというのは……」

配下は不安を口にする。

「あらためて、よく見てみよ。この御方がのちに織田に仇《あだ》なすと思うか」

目の前の肥満体は、さながら蜂蜜を貪《むさぼ》る熊である。いま起こっているいくさも、自家が滅びようとしているのも、まるで関わりないことのようではないか。

「それに、この体では、討ったあとが面倒だ。もと国司ゆえ、亡骸《なきがら》を粗末に扱うことはできぬ。ここから礼を尽くして運び出すだけでも、ひと苦労ぞ。そちたちに出来るか」

すると、たちまち兵どもは尻込みする。それ以前に、この場の指揮者の判断に服《したが》うのは当然だから、かれらは刀槍を収めた。

こうして、具教の二、三男をはじめ、国司家の血族たちが容赦なく殺害された中、宗家の当主・具房だけは助命されたのである。

（せめてものこと……）

安土城の佳乃は、人知れず涙を流しながら、具房の存生《ぞんじょう》という一筋の光明が、この先も失《う》せないことを願うばかりであった。

実は、滝川三郎兵衛が具房を殺さなかったのは、佳乃の懇願をうけた神戸信孝の傅役・幸田彦右衛門から、できうることなら、と頼まれたからである。

同じ伊勢国において、北畠具豊と神戸信孝という信長の子を、それぞれに支える三郎兵衛と彦右衛門には交流があり、互いに同志という思いも抱いていた。

「それがしは滝川三郎兵衛に頼んでいるのではない。主玄《しゅうげん》に頼んでいるのだ」

彦右衛門のこのひと言が効《き》いた。

北畠一門の木造具康《こづくりともやす》の子として生まれた三郎兵衛は、伊勢源浄院《げんじょういん》に入って僧侶となり、主玄と号していたが、才覚を滝川一益に認められて還俗《げんぞく》し、その養子となった者である。

僧侶の使命は、殺された人の供養であって、みずから人を殺すことではない。ましてや、武芸達者であった具教と違って、馬に乗ることすらままならず、武人ともよべないような具房を殺すなど、滝川三郎兵衛にとっても無益の殺生と言うほかない。

死を免れた具房の身柄は、滝川一益に預けられ、以後は幽閉生活を送ることになる。

具房の処遇とは関係なく、信長にほとんど顧みられなくなった佳乃が、心の拠《よ》り所《どころ》としたのはキリシタンであった。

信長は、火薬の原料である硝石《しょうせき》を独占的に入手し、ほかにも南蛮の進んだ文物、技術を欲したことから、貿易と一体で布教を進めるイエズス会を厚遇した。だから佳乃も、宣教師オルガンティーノや日本人修道士ロレンソらと親しく交わるのに、何の障害もなかった。

従五位下侍従《じゅごいのげじじゅう》に叙され、織田勢では遊撃軍の将として活躍するようになった信孝も、母佳乃の影響で、キリシタンの教えに傾倒してゆき、イエズス会から信長の後継者に最も相応しいと期待される。

やがて、具房が、伊勢長島における三年間の幽閉を経て赦免され、安土の佳乃を訪ねてきた。

「和子さま」

佳乃は、手をとって、喜んだ。涙を溢れるにまかせた。

「佳乃」

とよんでから、具房は気づく。

「あ、これは無礼を申した。平にお赦しを」

謝罪のことばとは裏腹に、具房はちょこっと頭を下げただけである。平伏もままならぬ相変わらずの肥りすぎであった。

「よろしいのです。昔と同じにお接し下さりませ」

「ありがとう存ずる。三年も押し込められておったに、一向に痩《や》せませなんだ。食べたいものは何でも滝川どのが食べさせてくれましたのでな」

あはは、と頭を搔《か》きながら具房は笑った。

佳乃の目には、幼い頃のころころとした可愛い具房と変わらない。体つきも仕種《しぐさ》も愛おしく思えた。

「和子さまはこれからどうなさるおつもりにあられましょう」

「洛北《らくほく》に住むつもりにござる」

北畠氏の家名の興《おこ》った地が、洛北の北畠である。

「わたくしにしてほしいことがおありなら、何なりとお申しつけ下さりませ」

「お気遣いは無用にござる」

それから、ふたりは、しばし多芸館での思い出を語り合った。

「されば、これにて辞去仕《つかまつ》ろう」

「またお会いしとうございます」

「さようにございますな」

立ち上がろうとする具房に、とっさに佳乃は手をかした。肥満体の立ち居は難儀なのである。

「あれが懐かしい」

と具房は囁《ささや》くように言った。

「何を食べても、佳乃がくれたはちみつほど美味しいものはなかった」

えっ、と吐胸《とむね》をつかれた佳乃である。

このあと、ふたりは再会することなく、佳乃が具房の訃報《ふほう》に接したのは天正八年のことであった。洛北の茅屋《ぼうおく》で、誰にも看取《みと》られることなく死んでいた者が肥満体だったので、具房に違いないと知り人《しびと》が確認したそうな。

（和子さま……）

佳乃は、安土のセミナリヨで聴いて憶えた南蛮の歌を、京都の方角を向いて、ひとり静かに唄った。ロレンソによれば『はかりしれぬ悲しさ』という歌曲名で、恋人を失った悲しみを表現したものらしい。

幾度も唄ったあと、佳乃はひと晩じゅう慟哭《どうこく》した。

六

天正十年六月、天下布武《ふぶ》の頂が間近《まぢか》に見えていたはずの織田信長は、重臣・明智光秀《あけちみつひで》の謀叛により本能寺に斃《たお》れた。嫡男《ちゃくなん》の信忠《のぶただ》も二条城の露と消えてしまう。

ここから、弔《とむら》い合戦で光秀を討ち果たした羽柴秀吉《はしばひでよし》が、織田政権の事実上の後継者として躍り出る。

秀吉は、北畠具豊改め織田信雄を名乗ることとなった信長の二男を取り込んだ。

これに対して、筆頭家老の柴田勝家も、織田姓に復した信孝を奉じ、秀吉を簒奪者《さんだつしゃ》とみなして全面戦争に突入する。

その年の十二月、越前北庄《えちぜんきたのしょう》の勝家が積雪で身動きがとれなくなるや、秀吉は大軍を率い、信孝を岐阜城に包囲してしまう。本能寺の変後、信孝は美濃国主となり、信忠の遺児で信長の嫡孫にあたる三法師《さんぼうし》を、織田の幼君として迎えていた。

伊勢にある舅《しゅうと》の滝川一益からは、勝家が出陣できる雪解けまで持ち堪《こた》えるのは至難なので、和睦を勧めるという書状が届いた。しかし、信孝勢も兵二万に近かった。戦えないことはない。

「母上。それがしは戦い申す」

ともに暮らすようになった佳乃へ、信孝は決意を表明する。

「存分になされよ」

と佳乃も後押しした。

ところが、早々に裏切り者が出た。岡本良勝が秀吉に通じたのである。

家老のひとりで、信孝の親類でもある良勝の寝返りは、余の者らを動揺せしめ、主君を見限る者が続出してしまう。

（やはり太郎右衛門が……）

唇を噛《か》んだ佳乃だが、手後《ておく》れであった。

信孝は、秀吉と和睦し、佳乃とおのが妻子と、傅役の彦右衛門の母でもある乳母らを、人質に差し出した。

別れ際に、佳乃は信孝を叱咤する。

「よろしいか、三七郎どの。春になって、柴田どのの援《たす》けを得たならば、躊躇《ためろ》うてはなりませぬぞ。わたくしたちはとうに覚悟ができておるのじゃ」

明けて天正十一年、秀吉が先に動いた。滝川一益を討伐すべく、伊勢へ攻め入ったのである。

　これに対して、勝家が出陣、南下して近江国賤ヶ岳《しずがたけ》の一帯に布陣し始めた。信孝も呼応し、岐阜に再び挙兵する。

　秀吉は、伊勢を織田信雄に任せ、勝家・信孝討伐に向かう。そのさい、安土に預かっていた人質を、軍神の血祭りにした。

（おふたりの御許《みもと》へまいります）

　槍で串刺しにされながら、腰にロザリオを提《さ》げる佳乃は微笑んでいた。おふたりとは具教と具房である。

　信孝の妻子と乳母も処刑された。

　賤ヶ岳合戦の結果は語るまでもない。柴田勝家は北庄城に自刃し、信孝は護送先の尾張内海《うつみ》の大御堂《おおみどう》寺で切腹させられた。なおしばらく抗戦した一益も、結句は秀吉に降《くだ》る。

　信孝の乳兄弟の幸田彦右衛門は、岐阜城を攻められたさい奮戦し、秀吉の好条件の誘いも蹴って、見事に果てた。忠臣である。

　最初に信孝敗戦のきっかけを作った岡本良勝は、その後は秀吉に仕え、主要な戦いに従軍して、伊勢鈴鹿郡に一万五千石余りを与えられた。秀吉の死に際には、形見の刀も拝領する。

　だが、良勝は、最後で誤った。慶長五年の関ヶ原合戦で西軍に与《くみ》してしまったのである。

敗れて、居城の伊勢亀山城を東軍に明け渡したが、赦されず、自害を申し渡された。

「なぜ、こんなことに……」

控えの間で白い死装束《しにしょうぞく》に着替え、切腹の場へ引き出されるのを、ひとり待つあいだ、震えのとまらない良勝であった。

そこへ、ひとりの武士が入ってくる。

良勝は、ぎくりとした。

いよいよという恐ろしさだけではない。その武士が、骨と皮ばかりに痩せさらばえ、さながら幽鬼とみえたからである。

「介錯人《かいしゃくにん》にござる」

はっきりと聞き取れない掠《かす》れ声で、幽鬼は告げた。地獄から湧き出たような無気味さである。

幽鬼が腰の一刀を抜いたので、良勝は眼《まなこ》を剝《む》いた。ここは切腹場ではない。

「姓名を、北畠具房と申す」

良勝は混乱した。この者は何を言っているのか、と。

「官は左中将《さちゅうじょう》ゆえ、名誉と心せよ」

銀光をきらめかせた一颯は、赤い飛沫《しぶき》を天井まで散らした。

岡本良勝の首が敷居際まで転がった。

北畠具房の没年は、『勢州軍記《せいしゅうぐんき》』では天正八年とするが、『多芸録《たげろく》』には関ヶ原合戦の三年後の慶長八年と記されている。

いずれにせよ、伊勢を逐《お》われたあと、京都に住んだらしいとしか伝わっておらず、余の儀は分明ではない。

戦国^{せんごく}有^う情^{じょう}

「其時《そのとき》の御伴《おんとも》には御小姓《こしょう》衆、岩室長門守《いわむろながとのかみ》、長谷川橋介《はせがわはしすけ》、佐脇藤八《さわきとうはち》、山口飛騨守《やまぐちひだのかみ》、加藤弥《かとうや》三郎《さぶろう》、是等《これら》主従六騎」

と『信長公記《しんちょうこうき》』は記す。

今川義元《いまがわよしもと》の尾張《おわり》侵攻に直面した織田信長《おだのぶなが》は、『敦盛《あつもり》』を舞いおえるや、にわかに出陣支度をし、真《ま》っ先《さき》駆けて清洲《きよす》城を飛び出していったが、そのときに後《おく》れをとらず付き従ったのが岩室以下の若き小姓五人であった。

当時の信長は、小姓衆や馬廻《うままわり》衆の中からとくに武勇に秀でた者を黒と赤の母衣《ほろ》衆に取り立てており、かれら五人はいずれも赤母衣衆である。黒母衣衆には年長者が選ばれた。桶狭間《おけはざま》で、長門守らは信長を警固して奮戦した。織田家の歴史的大勝利に貢献したかれらが、褒《ほ》めそやされたのは言うまでもなく、赤勇士五人衆とまで称《よ》ばれた。そうなると、若いだけに、いささか鼻高《はなたか》になるのはやむをえぬ。

こういうとき、いつの世でも、今時《いまどき》の若い者は、と眉をひそめる年輩者が必ずいる。

「図に乗るでない」

五人衆を叱《しか》りつけた赤川景弘《あかがわかげひろ》は、信長の父信秀《のぶひで》に仕えたころは馬廻をつとめ、猛者《もさ》として知られる古参《こさん》であった。いまは、信長に側近《そっきん》として重用《ちょうよう》されている。

景弘は、別して加藤弥三郎を目の敵《かたき》にした。弥三郎が商家の出であることが気にいらなかったようだ。

「銭《ぜに》で赤母衣を買いおったのであろう」

景弘の悪口《あっこう》を肚《はら》に据《す》えかねた弥三郎は、斬ると息巻《いきま》いたが、佐脇藤八にとめられた。

「わが兄者《あにじゃ》のようになりたいか」

前田利昌《まえだとしまさ》の五男として生まれ、佐脇家の養嗣子《ようしし》となった藤八の言う兄者とは、前田利家《としいえ》をさす。利家は、同朋《どうぼう》衆の拾《じゅう》阿《あ》弥《み》という者を斬ったことで信長の勘気《かんき》を蒙《こうむ》り、蟄居《ちっきょ》を命じられた。桶狭間合戦で陣借りして、敵《てき》の首を三つとったものの、帰参《きさん》は許されず、後悔の日々を送っている。

近習《きんじゅう》の中で信長の寵愛《ちょうあい》の最も厚かった利家でさえ、この憂《う》き目なのだから、ほかは推《お》して知るべしであろう。弥三郎は自重《じちょう》した。

翌年、美《み》濃《の》森辺《もりべ》の戦いで、斎藤氏の名ある武士を討ち取った利家の帰参が叶《かな》い、五人衆も藤八のためにわがことのように悦《よろこ》んだ。

しかし、それからわずか一ヶ月余り後、五人衆の中の宰領《さいりょう》的な存在で、「隠れなき器用の仁《じん》」といわれた岩室長門守が、戦死してしまう。残された四人は、しばらく悲嘆にくれたものの、長門守の死はかえってかれらの絆《きずな》をより強固なものとした。

主君信長は、やがて美濃を攻略すると、岐阜《ぎふ》城を居城として、天下布武《ふぶ》を内外に表明し、ついに足利義昭《あしかがよしあき》を奉《ほう》じて上洛《じょうらく》を果たした。桶狭間合戦から八年後のことである。織田家の精鋭の四人衆も、いずれは国持《くにもち》大名も夢ではないはずであった。

ところが、このころ、赤川景弘が信長に讒言《ざんげん》をしている、と加藤弥三郎の耳に入《あ》った。以前のように弥三郎だけが標的ではなく、長谷川橋介と山口飛驒守のことも悪しざまに告げ口をしているという。

佐脇藤八の名が出ていないことで、弥三郎は景弘のこずるさを思った。前田利家が帰参後はめざましい戦功を樹《た》てて、蟄居前以上に信長の寵愛をうけているため、その実弟の藤八の悪口は差し控えているのに違いない。

武士が最も大事にするのは、名である。讒言によって名を汚されながら、拱手《きょうしゅ》しているのは臆病者でしかない。弥三郎は、今度こそ景弘を斬る、と橋介と飛驒守に覚悟を明かした。藤八にだけ告げなかったのは、また制止されると惧《おそ》れたからである。藤八は四人衆の中で最も思慮深い。

その日の午後、信長の居館で雪見《ゆきみ》の宴《うたげ》が催されたが、弥三郎・飛驒守・橋介の三人は、風邪《かぜ》をひいたからと列席を遠慮した。

「こたびは、藤八だけつまはじきか」

信長は笑った。四人衆が常に行動を共にするほど仲の良いことは有名だが、風邪もひとりがひけば残りの三人もひくと思いきや、佐脇藤八だけ元気に宴に参加したので、それを信長は可笑《おか》しがったのである。

しかし、当の藤八は、不審を抱いた。

(何やら胸騒ぎが……)

日暮れ近くに宴は果て、列席者は城下のそれぞれの屋敷への帰途についた。赤川景弘もいささか酩酊《めいてい》の態《てい》で雪道を踏んだ。従者は二名。

竹林の中を道が貫《つらぬ》く少し寂しい場所にさしかかると、男たちに前を塞《ふさ》がれた。例の三人であった。いずれも着籠《きごみ》をつけ、表着《おもてぎ》の袖をたすきがけに括《くく》りとめ、袴《はかま》の股立《ももだ》ちをとった簡易ないくさ支度で、弥三郎だけが槍を持っている。

「待ち伏せとは卑怯《ひきょう》」

景弘は怒号《どごう》をあげたが、弥三郎も言い返す。

「いわれなき讒言をいたすは卑怯でないと申すか」

雪が降っているため、赤川主従は刀に柄袋《つかぶくろ》をつけている。それを、あわてて外そうとする従者たちを、飛驒守と橋介がそれぞれ押さえつけた。

「抗《あらが》うな。そのほうらに恨《うら》みはない」

景弘主従のきた道から、聞き覚えのある声があがったのは、このときである。

「早まるな」

一散に駆け向かってくる佐脇藤八が、雪に足を滑らせ、転んだ。

「佐脇も同心《どうしん》しておったか」

と景弘がきめつけたのが、いけなかった。

この状況では、景弘の従者たちは、あるじのことばを信じて疑わぬ。飛騨守や橋介が佐脇藤八は関わりないと否定したところで無駄である。従者たちを生かしておいては、藤八も一味であったと証言されてしまう。

「橋介」

飛騨守が目配《めくば》せした。とっさに同じ考えを湧かせた橋介はうなずき返す。

両人は、抜刀するなり、それぞれ押さえつけていた従者の首に刃を押しあてた。純白の地面を真っ赤な飛沫《しぶき》が彩《いろど》った。

「おのれら」

景弘は柄袋の紐《ひも》を解こうとする。

「弥三郎。やれ」

飛騨守が叫んだ。藤八にとめられる前に、結着《けっちゃく》をつけなければならぬ。弥三郎が景弘に尋常《じんじょう》の勝負を挑んでいる暇《いとま》は、もはやないのである。

「おう」

応じた弥三郎は、ためらうことなく、槍を繰り出した。穂先《ほさき》は景弘の胸を抉《えぐ》った。

「なんということを……」

ようやく馳《は》せつけた藤八が、茫然《ぼうぜん》と惨状を見渡した。斬り仆《たお》された赤川主従三名は、ぴくりとも動かぬ。

「われらは、これより逐電《ちくでん》いたす。おぬしは、見たままをお屋形《やかた》さまにお伝えすればよい」

と飛驒守が言った。

「どうしておれに相談しなかった」

藤八には納得がゆかぬ。

「ゆるせ、藤八」

苦渋《くじゅう》に盈《み》ちた顔つきで謝った弥三郎は、背を向けた。

「さらばだ」

飛驒守が別辞を告げ、弥三郎のあとを追う。いちばん年少の橋介も、口を開きかけたが、ついにことばを発せず、何かを振り切るように、雪を蹴立てて走り去った。

残された藤八は、呻《うめ》き声を聞いた。

しばらくして、信長の居館へ駈《か》け戻った藤八は、弥三郎ら三人と赤川主従の果たし合いを見届けたことと、後者が皆絶命したことを告げた。

「決して弥三郎らの不意討ちではなく、尋常の果たし合いにござり申した」

実は藤八は、三人が去ったあと、手早く細工《さいく》をした。赤川主従の刀から柄袋を外して、それぞれの手に抜き身をもたせ、幾度か打ち合わせて、刃こぼれも作ったのである。むろん、その偽装《ぎそう》の事実は明かさぬ。

「そちは加担しなかったと申すか」

信長が疑惑の眼差《まなざ》しを藤八へ向けた。

すかさず、同座の前田利家が、藤八のところまで膝《ひざ》をすすめ、その刀を鞘《さや》ごと取りあげて、鯉口《こいぐち》を切った。

これは、弟を思う兄の賭《かけ》であった。もし藤八の差料《さしりょう》に何らかの痕跡《こんせき》が認められれば、この場で斬り捨てるつもりでいる。が、認められなければ、藤八は見届けただけということを、信長に納得してもらえよう。

利家は、藤八の刀を抜いた。刃こぼれもなければ、血や脂《あぶら》の付着も見あたらなかった。

(やはり軽挙《けいきょ》をいたす男ではなかった)

兄は弟を信じていたのである。

「三人とも捕《と》らえて首を刎《は》ねよ」

信長が皆にそう命じると、

「しばらく、お屋形さま」

利家が御前《ごぜん》に平伏《へいふく》した。

「藤八の申したことをお信じいただきたい。尋常の果たし合いなれば、打ち首は酷《こく》にすぎるとおぼえまする」

「たわけ」

信長は利家を一喝《いっかつ》した。

「喧嘩《けんか》で同輩《どうはい》を斬る、越度《おちど》があった下僚《かりょう》を斬る。これらはよい。なれど、いかなる理由であれ、家中《かちゅう》の上長《じょうちょう》を討つときは、よくよく思慮いたし、見届け人も目上の者を立てるが、武士の正しき処し方というもの。果たし合いが尋常であったか否かなぞ、どうでもよいことじゃ」

これには、利家はもちろん、藤八にも返すことばがなかった。偽装は無駄だったのである。

弥三郎ら三人は、結局、捕縛《ほばく》されることなく、織田の領国外へ逃れ出た。だが、浪牢《ろうろう》の身は過酷《かこく》である。貧窮《ひんきゅう》の果て、信長の同盟者である遠州《えんしゅう》浜松《はままつ》の徳川家康《とくがわいえやす》を頼《たよ》った。罪を犯して織田家を退転《たいてん》した者らを召《め》し抱《かか》えるつもりはない家康だが、さりとて見捨てることもできかね、三人には城下外れの茅屋《ぼうおく》に住むことを許し、食べ物も与えた。時が経《た》てば、信長の怒りも和《やわ》らぐ。そのとき、織田家のために手柄《てがら》を立てれば、前田利家のように帰参は叶うというのが、三人の一縷《いちる》の望みであった。

ある日、いつも食べ物を運んでくる徳川武士が、こう洩《も》らした。

「武田信玄《たけだしんげん》が上洛の途《と》につき申した。われら徳川は、信玄を遠江《とおとうみ》より西へ進軍させるつもりはござらぬ。織田どのへも援軍をお願い致す所存」

その時が到《いた》れば、陣借りをして手柄を立て、織田家への帰参を願い出るがよろしかろう、と徳川武士は言外に匂《にお》わせたのである。

「徳川どのの御恩《ごおん》は終生《しゅうせい》忘れ申さぬ」

涙を流して礼を陳《の》べる三人であった。

だが、かれらは、景弘殺しに加担しなかった藤八ですら、事件以来、信長から遠ざけられていることを知らなかった。

そのころ岐阜でも、利家が藤八に、信長の勘気を解く方法はひとつしかないと告げていた。

「弥三郎らの首をとってまいれ」

「それは兄上、お屋形さまの御諚《ごじょう》にござろうや」

「ご内意《ないい》と思え」

「兄上ならば、いかがなさる」

「申すまでもあるまい」

利家は唇許《くちもと》に微《かす》かな笑みを湛《たた》えた。

信玄みずから率いる武田軍の遠州侵攻が伝えられると、信長は浜松へ援軍を派遣した。佐久間信盛《さくまのぶもり》・平手汎秀《ひらてひろひで》らを大将とする三千である。

その最後尾からやや離れて従軍した藤八は、浜松へ到ると、三人の茅屋を訪ね、久々の再会を果たした。

三人は自分たち以上に窶《やつ》れた藤八の顔つきにおどろき、それだけですべての事情を察した。これが友というものであった。

「帰参は望んでも叶わぬようだな」

「ならば、われらの首をもってゆけ」

弥三郎と飛驒守がそれぞれ言った。

「皆、思い違いをするな。赤川景弘はおれたち四人で討ったのだぞ」

藤八は笑うが、何を言っているのかと三人は訝《いぶか》る。

「あのとき、飛驒と橋介が無益《むえき》な殺生《せっしょう》をした理由を、おれが察せられぬと思うたか」

景弘の従者らを斬ったことである。

「だからと申して、おぬしが手を下《くだ》したことにはならぬ」

かぶりを振る弥三郎に、しかし藤八は、意外なことを告げた。

「赤川景弘には、おれがとどめを刺した」

「なに……」

「弥三郎、おぬしの突きが甘かったのだ」

三人が逃げ去ったあと、景弘にはまだ息があったことを、藤八は明かした。

「おれがここへ何をしにまいったか、もはや分かるな」

藤八の表情が真摯《しんし》なものとなる。弥三郎と飛騨守は、うなずき返した。

その三人の視線が、いちばん若い橋介へ向けられる。

「であるか」

と橋介は気取ってこたえた。主君信長の口癖《くちぐせ》を真似《まね》たのである。

あばらやに明るい哄《わら》い声が弾《はじ》けた。

武田軍二万五千と徳川・織田連合軍一万一千による三方ケ原《みかたがはら》の戦いが起こったのは、元《げん》亀《き》三年十二月二十二日のことである。

連合軍が大敗を喫したこの合戦で、四人衆は先陣を切って武田軍へ斬り込んだ。その最期を、『信長公記』はこう表現する。

「比類《ひるい》なき討死《うちじに》なり」

岐阜にあって、弟の訃報《ふほう》を受けた前田利家は、泣きながら笑ったという。

不嫁菩薩
いかずぼさつ

一

「なんと大層《たいそう》な……」

「織田《おだ》家はよほど豊かなのでありましょう」

「まことに」

武田《たけだ》の女房衆は溜《た》め息《いき》をついた。

織田家からの進物の品々は、続きの二間《ふたま》を埋め尽くすほどなのである。

祝言《しゅうげん》の樽《たる》、肴《さかな》はむろんのこと、嫁の父・信玄《しんげん》へは虎皮三枚、豹皮五枚、緞子《どんす》百巻、金具の鞍鐙《くらあぶみ》十足。

未来の花嫁に贈られた織物も、質量ともに豪華で、厚板《あついた》、薄板《うすいた》、緯白《ぬきしろ》、紅梅《こうばい》いずれも百端《たん》ずつである。ほかに、絵模様に金箔をつけたけかけの帯を上中下の三百筋。銭一千貫。

「姫。お手にとってみなされ」

「さあ、さあ、於松《おまつ》さま」

中に入らず、ひとり廊下に立って、室内をきょろきょろと眺め渡している娘子《じょうし》（女の子）を、女房衆が手招きする。

「わが婿《むこ》はいずこにおわす」

婚約させられた当人は、それらしい男子《おのこ》が見当たらぬので、小首を傾《かし》げた。

「お会いになるのは、まだまだ先のことにございます」

こたえたのは、乳母《うば》である。

「どうして」

「姫はまだご幼少の七歳《ななつ》。裳着《もぎ》すら済ませておられませぬ」

腰から下に巻きつける衣服、つまり裳を着ける儀式を裳着といい、男子の元服に相当する。

「あちらも、お元服いまだしの十一歳にあられますゆえ」

「ふうん……」

「いまのところは、まずはご当家からも織田家に返礼の進物を贈り、それをもって結納《ゆいのう》の儀が調《ととの》いまする。その後、ご両家が互いにとってよき時機《とき》を選んで、正式なご婚儀の運びと相《あい》なりましょう」

「婿どのはそれから甲府《こうふ》にまいられるのか」

「奇妙丸《きみょうまる》さまは甲府へはおいでになられませぬ」

「きみょうまる、とは」

「婿どののお名にございます」

「おかしな名」

「織田信長《のぶなが》というお人は、お子らに風変わりな名を付けるらしく、ほかにも茶筅《ちゃせん》やら五徳《ごとく》やらと」

「きみょうまるどのは、なぜ甲府にまいられぬ。松と夫婦になられるのではないのか」

「奇妙丸さまは織田のご嫡男《ちゃくなん》ゆえ、他家へ婿入りなさるお立場にてはあらず。姫があちらへ輿入《こしい》れあそばすのですよ」

於松は武田信玄の六女である。

「松はどこへも往《ゆ》かぬ。ずっと父上のおそばで暮らす」

すると、男の温かい声がした。

「嬉《うれ》しいことを言うてくれる」

いつのまにか廊下を伝って間近《まぢか》まで寄っていた入道《にゅうどう》に、於松はおもてを輝かせる。

「父上」

武田信玄であった。

側室で於松の生母でもある油川殿《あぶらかわどの》が随従している。油川殿の美貌は甲州《こうしゅう》随一と謳《うた》われた。

「いやならば、嫁《とつ》がずともよいぞ。於松はわしの普賢菩薩《ふげんぼさつ》じゃゆえな」

信玄は、しゃがんで、むすめの頭を撫《な》でながら微笑《ほほえ》んだ。

数ある菩薩の中でも、普賢菩薩は美人の典型とされた。於松の眉間《みけん》、すなわち印堂《いんどう》に黒子《ほくろ》があるのも、その観を印象づけている。印堂に黒子を持つ者は、貴く才智あり、ともいわれる。

「お屋形《やかた》。いまから、さように甘いことを仰せられては困ります。武田の御家《おいえ》をより大きゅうするために、於松も姉たちに倣《なろ》うて、有力な武将に嫁ぐのが使命にございます」

於松の姉たちは、相模《さがみ》の北条氏康《ほうじょううじやす》の嫡男・氏政《うじまさ》、甲斐《かい》と駿河《するが》に跨《また》がって領地を持つ穴山信君《あなやまのぶきみ》、信濃《しなの》の木曽谷《きそだに》を支配する木曽義昌《よしまさ》らへ嫁いでいる。

「まあ、それはそうだが……」

油川殿のことばに、信玄はちょっと弱々しげな表情をみせる。

以前、於松が重病に罹《か》かり、生死の境をさまよったとき、信玄は富士浅間社《ふじせんげんしゃ》にみずから出向いて願文を捧げ、神馬《じんめ》三疋《びき》の献納と引き替えに病気平癒を祈念した。それで生還してくれた幼いむすめに、以後、ついつい甘くなっている。

「せめて、一度ぐらい、婿どのに会えればよいのだがの。それで於松の気に入らねば……」

「お屋形っ」

油川殿は、信玄に皆まで言わせず、ぴしゃりと遮《さえぎ》った。

「於松が織田のご嫡男に会うのは、輿入れの日にございます」

「そういうことになるのかのう……」

最後まで歯切れの悪い信玄である。

（父上は松のせいでお苦しい）

於松の幼い心はそう感じた。

信玄が織田家へ返礼の進物を贈ったのは、翌年の夏のことである。これをもって、奇妙丸と於松の婚約は、形の上では成立した。

二

高く青き空をゆったり動く片雲は、形を変えてゆく。降下した色鳥《いろどり》が、山頂の城の屋根に羽を息《やす》める。

広大な濃尾《のうび》平野を一望できる大櫓《おおやぐら》の望楼《ぼうろう》に立つのは、美男の風雲児である。

尾張《おわり》・美濃《みの》の覇者、織田信長は、廻廊《かいろう》よりちらりと屋内を振り返った。

階段を上がってきた武士ふたりが、その背後に折り敷く。

「首尾は」

と信長は復命を求めた。

「上々にございます」

ひとりがそう返辞をするや、応じた信長の声に怒気が露《あら》わとなる。

「所之助《ところのすけ》。いつからわしの主君になった」

任務の結果が上々なのか、そうでないのか。判じるのは、それを実行した家臣ではなく、命じた主君の信長なのである。

織田信長という武将は、家柄や素生《すじょう》に関わりなく才覚者《さいかくもの》に重要な任を与えることを躊躇《ためら》わなかったが、家臣の軽はずみな言動にはきわめて厳しかった。

「不遜《ふそん》にございました。平《ひら》に、平にご容赦願いとう存じます」

所之助が、青ざめて、ひたいを床にすりつける。

「吉兵衛《きちべえ》」

信長はもうひとりの名をよんだ。

「きたる七月二十五日、足利義昭《あしかがよしあき》公を美濃西庄《にしのしょう》の立政寺《りゅうしょうじ》に迎え奉ることと相なり申した」

「朝倉《あさくら》は」

「朝倉左衛門督《さえもんのかみ》どのには、次期将軍家のご上洛にあたっては別儀《べつぎ》なく無二の忠節を尽くすとのお言質《げんち》を、義昭公の御前《ごぜん》にて頂戴いたしましてござる」

「であるか」

上洛の供をするよう諸国の有力大名へ御内書《ごないしょ》を発給しつづけてきた足利義昭は、いまは越前《えちぜん》朝倉氏に寄食している。ついに信長がこれに応じ、奉行人《ぶぎょうにん》の島田《しまだ》所之助と村井《むらい》吉兵衛を朝倉氏の本拠の越前一乗谷《いちじょうだに》へ遣わしたのである。

「両人、大儀《たいぎ》」

秋色の山野を眺望する信長の頰に、赤みが差したように見えた。

はるか眼下では、未来の後継者・奇妙丸が、残る暑さの中、褌《ふんどし》ひとつで川遊びに興じている。元服前なので、褌はまだ白ではなく赤である。

近習衆も、褌姿か、素っ裸か、いずれかであった。娘子たちは皆、小袖《こそで》の裾を高くたくし上げており、合わせて十二、三人もいようか。

かれらを、小袴《こばかま》に諸肌脱《もろはだ》ぎの装《なり》で見戍《みまも》る男が三人。奇妙丸の警固《けいご》衆である。娘子に何か起こったときのため、軽装の侍女も二人、控えている。

警固衆の中で明らかに最年長とみえる者は、目つきが鋭い。信長が弟の勘十郎《かんじゅうろう》を尾張清洲《きよす》城に誘殺したさい、実際に刃《やいば》をふるったこの河尻与兵衛秀隆《かわじりよへえひでたか》は、武芸の精鋭揃《ぞろ》いの黒母衣《ほろ》衆《しゅう》筆頭である。

秀隆の視線は、時折、対岸にちらほらと見える釣り人たちへも向けられる。表情までは窺《うかが》えないものの、不審な動きがあるや否や、注意を怠らないのである。

奇妙丸が、左肩に抜き身を担いで、岸辺から流れへ踏み入り、膝のあたりまで浸《つ》かったところで止まった。

抜き身は、大左文字安吉《おおさもんじやすよし》の脇指《わきざし》。先月、甲斐の武田信玄より届いた数多《あまた》の結納品のひとつで、奇妙丸のお気に入りである。

「甚九郎《じんくろう》、満《まん》。競《きそ》え」

命じられた織田家家老・佐久間信盛《さくまのぶもり》の子と美濃金山《かねやま》城主・森可成《もりよしなり》の子が、自分たちも抜き身を手に、ただちに若君の横に並んだ。

向こう岸までの競泳を行う。

佐久間甚九郎が十三歳、森満は十一歳ながら、いずれも水練の達者である。十二歳の奇妙丸も、父譲りの速さをもつ。

刀を手に泳ぐのは、敵地における渡渉《としょう》という想定による。対岸へ泳ぎ着いたときに敵の襲撃をうけた場合、武器を携行しておらぬのでは話にならない。幼少年期の信長も、必ずいくさを念頭において山野に遊んだ。

水嵩《みずかさ》の増すような台風も霖雨《りんう》もこのところ起こってはいないが、それでも、川幅の広い長良川《ながらがわ》の流れは、ゆったりしているように見えて水勢が強い。

「下流を警固せよ」

秀隆が、ほかの二人に命じ、みずからは手早く着衣を脱いで白の褌ひとつになるや、奇妙丸の後ろに立った。

警固衆は武器を持たない。奇妙丸たちが溺れたり、大きく流されたりしたときに救助するのが役目なので、川中では四肢の自由が利くのがよい。二丁《ちょう》ほど下流から深みがつづくので、なおさらである。

道三深瀬《どうさんふかせ》といって、そこで泳ぐと、達者な者でもなぜか溺れるという。最初の犠牲者が長良川合戦で斎藤《さいとう》道三の敗死した幾日か後に出たことから、その名が冠せられて、祟《たた》りであると恐れられている。

「寿々《すず》が合図をいたします」

元気よく手を挙げながら、秀隆の横に娘子が立った。満の妹の寿々、八歳である。

「えい、えい」

右腕を突き上げながら、寿々が最初の発声をし、その背後に居並んだほかの子らは、

「おうっ」

と声を揃えて応じた。

真っ先に頭から流れへ飛び込んだのは、奇妙丸である。若君に先駆けを譲ってから、甚九郎と満は同時に川床を蹴った。

三人とも、左肩に抜き身を担ぎながら、半身《はんみ》の体勢で、右腕一本と両足で水を掻《か》いてゆく。

警固衆の二人が、少年たちの下流、十間《けん》ばかりのところを泳ぐ。秀隆も、奇妙丸の十間

ほど後ろである。

やがて、少年たちが抜きつ抜かれつしながら、川の半《なか》ばを過ぎたとき、秀隆は不審をおぼえた。対岸の景色がどこか違う。

釣り人の数が減っている。

帰った者がいると考えれば、何の不思議もないが、歴戦の勘は危険を察知した。秀隆は抜き手を切るのを速めた。

刹那《せつな》、奇妙丸の泳ぎが乱れた。身をよじって、担いでいた刀で水面を叩いたのである。

「刺客《しかく》じゃあ。和子《わこ》を守れいっ」

秀隆は、叫んだ。和子とは、貴人の男の子、すなわち奇妙丸のことである。

秀隆の大音《だいおん》とほとんど同時に、白い泡を撒《ま》き散らして水中より浮き上がってきた裸の男が、左手で奇妙丸の刀を持つ手を押さえながら、右手で口にくわえている短刀の柄《つか》を握った。九寸五分の鎧通《よろいどおし》である。

すると、秀隆の目の隅に、自分に向かって潜水で迫る別の者が飛び込んできた。秋の川は水が澄むので、川床までよく見える。

第二の刺客が浮上しざまに、自分へ突き上げてきた鎧通を躱《かわ》した秀隆だが、奇妙丸まで救いの手を届かせられない。

第一の刺客から奇妙丸を救ったのは、満である。両者の間へ強引におのが身を割り込ませ、刺客を突き除《の》けた。武勇で名高い森可成の子らしい働きといえよう。

下流を警固する二人も、それぞれ、やはり水中より出現した刺客と闘《たたか》い始めていた。

「くっ……」

にわかに、奇妙丸がおもてをしかめた。

足が攣《つ》ったのである。両足とも。

いったん沈み込んだ奇妙丸だが、腕と上体の力だけで浮き上がったときには、仰向けで流れに身をまかせるほかなかった。

それでも、信玄より贈られた大左文字は胸に抱いている。うろたえて刀を失《な》くすなど、大将の子としてあってはならない。

第一の刺客は、奇妙丸を追えぬ。満に食らいつかれ、水中へ引きずりこまれたからである。

「和子おっ」

秀隆は、みるみる下流へ遠ざかってゆく奇妙丸を、見やるばかりで、こちらも追うことができない。さらに別の刺客が襲ってきたのである。秀隆に対してだけ刺客二人というのは、武芸錬達《れんたつ》の士と知った上のことに相違ない。

「甚九郎。刀を貸せ」

ひとり立ち泳ぎのまま、おろおろしている甚九郎へ、秀隆は怒鳴るように言った。

めて、うろたえた。

川原では、随従の者らが成り行きを固唾《かたず》を呑んで見戍っていたが、奇妙丸が流されはじ

その中で、ひとり、小袖を脱ぎ捨て、敢然と川へ飛び込もうとした者がいる。

「やめよ、寿々」

「この先は、道三深瀬だぞ」

近習衆に止められるが、寿々は振りほどこうと暴れる。

「放せ、不忠者どもっ」

八歳の幼女のこの一言が効《き》いた。

「われらがまいる」

「寿々はここにおれ」

意を決した近習衆は、次々に長良川に水しぶきを上げる。

「皆、お待ちなされえっ」

「あれをご覧なされよっ」

侍女らが、声を限りに叫んだ。

近習衆は、立ち泳ぎになって、下流へ視線を投げる。

流されていた奇妙丸の体が、道三深瀬に入ったところで、川船《かわぶね》に引き揚げられたのであ

「奇妙丸さまが……」

る。船中の人たちは、碇《いかり》を下ろして、釣りを愉《たの》しんでいたようだ。

引き揚げられた奇妙丸は、上体を船縁《ふなべり》から乗り出させ、えずき、咳《せ》き込みながら、呑んでしまった川水を吐き出す。

「か……かたじけ……ない……」

背中をやさしく撫でてくれている人へ、振り向かぬまま、途切れ途切れに礼を言った。

「武家のお子か」

という問いかけが聞こえたので、二度、三度とうなずく。

ようやく人心地がついて、ゆっくり頭《こうべ》を回した。

「あ……」

背中をさすってくれていたのが、娘子と分かって、驚いた。それも、目を瞠《みは》るほど可憐《かれん》である。

そのむすめの視線が自分の持つ刀に釘付《くぎづ》けになっているのに気づき、奇妙丸は慌《あわ》てて船床へ横たえた。

「怖《こわ》がらせて、すまぬ」

「見とれていたのです。あまりに美しい造りのお刀なので……」

鈴を転がすような声が、奇妙丸の耳も心もくすぐった。

「分かるのか、刀のことが」

「いいえ。ただただ美しいと思うただけです。大事そうに抱えておいででしたから、ご愛刀なのですね」

「うん。これは、いいな……」

「いいな、とは」

「いいなと申すか、その……大事な御方《おかた》より贈られた脇指なのだ」

まことは許嫁《いいなずけ》と言いかけて、口ごもった奇妙丸なのである。許嫁がいると明かせば、いまこの娘子との間に流れている心地よい時が壊れる、そんな気がした。

「さようでしたか」

「そなたの……」

奇妙丸は、恥ずかしそうに言いよどむ。

「わたくしの……何でございましょう」

「そなたの小袖も、美しい」

薄板とよばれる平織《ひらおり》の薄手《うすで》の絹地《きぬじ》に、木槿《むくげ》や楓《かえで》や桔梗《ききょう》など、秋の草花の文様が華やかである。

娘子も、はにかんだ。

「お褒《ほ》めいただき、嬉《うれ》しゅう存じます。わたくしのこの小袖も、大事な御方より頂戴した織物で誂《あつら》えたものなのですよ」

「で……あるか」

父信長譲りの口癖《くちぐせ》が出た。

「そなた、年齢《とし》は……」

可憐だが、物言いも仕種《しぐさ》も淑《しと》やかなので、気になった。想像では、自分と同年ぐらいとみる。

「八歳《やっ》にございます」

「八歳、と申したか」

「はい」

唖然《あぜん》として目をぱちくりさせる奇妙丸である。

その表情がおかしかったのか、娘子はくすっと笑う。

娘子の微笑みが放つやわらかな光を、たしかに感じた奇妙丸である。

(菩薩さま……)

「さあ、着きますぞ」

男の声で、我に返った。

いつのまにか碇を上げた船が、川岸へ漕《こ》ぎ寄せられるところであるのを、奇妙丸は初めて気づいた。娘子との束の間のやりとりが、川遊びをしていたことも、川中で刺客に襲われたことも、足が攣って体が流されたことも、すべてを忘れさせていたのである。

あらためて船内を見渡せば、自分と娘子のほかに乗っているのは、船頭を除いて、男二人、娘子の世話係らしき女ひとり、自分と変わらぬ年恰好の男の子に、それよりやや歳下《としした》とみえる男の子。

船頭が、船底を打たぬよう、浅瀬の手前で船を停《と》めた。それを見て、川原を走りつづけてきた近習衆らが、喜びと安堵《あんど》を口にしながら、川へ入ってくる。

「和子」

「奇妙丸さま」

「ようご無事で」

かれらに応えるように立ち上がってから、船内の年長の男を見やり、ようやく素生を訊《たず》ねようとした奇妙丸だが、

「うれしい」

という歓喜の声とともに、体を引っ張られ、川へ転落してしまう。真っ先に着いた寿々が、浅瀬に立ったままで抱きついてきたからである。

「若君にいきなり抱きつくやつがあるか」

「たわけが」

「早う離れよ」

近習衆が、よってたかって、寿々を引き剝《は》がし、奇妙丸には濡《ぬ》れた体を拭《ぬぐ》うための湯《ゆ》

帷子《かたびら》を羽織《はお》らせる。

「寿々を責めるでない」

と奇妙丸だけがやさしい。

「あ……どこへ往かれる」

「お待ちなされよ」

侍女らが、川のほうへ声をかけた。

奇妙丸が振り向くと、船は浅瀬を離れて早くも下流へ舳先《へさき》を向けて滑り出しているではないか。

「待て。去《い》んではならぬ」

奇妙丸はおろおろする。

「まだ礼もしておらぬ。留《とど》まれ」

だが、船は去ってゆく。船内に端座《たんざ》する可憐な娘子が、微笑を湛《たた》えながら辞儀《じぎ》を返すのみであった。

「名を聞かせよ。どこの誰であるか、明かしてくれ」

川中へ踏み込みながら、奇妙丸は叫んだ。

「危のうございます」

「お戻り下され」

と近習衆に体を後ろから抱えられる。

寿々だけが、船内の娘子を射るように凝視している。奇妙丸から尋常でない未練を感じたからである。

このとき、河尻秀隆と警固の二人、さらには満と甚九郎も、無事な体で川原を走ってきて、皆に合流した。

のちに知れることだが、刺客の五人の名を小池吉内《こいけきちない》・平美作《へいのみまさか》・近松頼母《ちかまつたのも》・宮川八《みやかわはち》右衛《え》門《もん》・野木次左衛門《のぎじざえもん》という。信長が尾張守任官を望んで初上洛した九年前、当時の美濃国主であった斎藤義龍《よしたつ》から暗殺指令をうけて京へ放たれたものの、洛中で信長に一喝されて任を果たせずに帰国し、士道不覚悟により放逐された。その後、旧主の義龍は急死し、斎藤氏も滅ぼされたが、復讐の炎は消えずにいた。そして、信長その人を討つのは至難と諦《あきら》め、嫡男殺しの機会を窺っていた次第だったのである。

秀隆らは、この五人を見事に返り討ちにした。わけても、十一歳という年少の身の満は、大手柄といえよう。

「和子。あの船の者ら、美濃者でも尾張者でもないと存ずる」

去りゆく船を眺めやりながら、秀隆が言った。

「なぜ分かる」

落胆の色を隠さない奇妙丸である。

「美濃者なら、道三深瀬に船を留めて釣りなどいたさぬ。また、装を見るに、それなりの家柄でありましょうが、そういう尾張者であれば、それがし知らぬはずはござらぬ」

尾張愛知《あいち》郡の出身で、信長の父信秀《のぶひで》の代から仕える秀隆は、尾張の貴顕紳士《きけんしんし》に精通している。

「どこの誰にせよ、何か明かしたくない意図があって、岐阜《ぎふ》城下にきていた者らにござり申そう」

「そうであっても、命の恩人であることに変わりはない。せめて、礼をしたい……」

「於松。気が済んだか」

船内では、奇妙丸と同年ぐらいの男の子が、薄板の小袖の娘子にたしかめている。

「はい、兄上」

男の子は、武田信玄の五男で、信濃安曇《あずみ》郡の仁科《にしな》家に養嗣子《ようしし》として入った五郎盛信《ごろうもりのぶ》である。於松と生母も同じくする。

「急ぎ川岸を離れてようござった。河尻与兵衛の姿が見え申したゆえ」

年長の男がほうっと息を吐く。信玄の奥近習より始めて、諸国の動静を探る任を得意とする曽根内匠助昌世《そねたくみのすけまさよ》であった。もうひとりの男は、昌世の家来である。

「曽根さま。河尻というは、怖いやつにございますのか」

仁科五郎より歳下の男の子が訊《き》いた。

「あの者は鋭く、冷酷と評判なのだ」

「五郎さまと姫に無礼を働くようなら、それがしが斬り捨ててやりましたものを」

「頼もしいの、弥市《やいち》は。山県三郎兵衛《やまがたさぶろうびょうえ》が鍛えてみたいと言うはずだ」

五郎の小姓として随従してきた三井《みつい》弥市は、十歳でも武芸自慢であった。信玄の側近で剛勇を謳われる山県三郎兵衛昌景《まさかげ》をして、三井の小僧はきっと鍛えがいがあろう、と言わしめている。

「兄上はいかが思われました」

と於松が五郎に質《ただ》す。

「奇妙丸どののことか」

「はい」

許嫁がどんな男子なのか、輿入れ前にどうしても見ておきたい、と於松はわがままを言い、信玄の許しを得て、岐阜までやってきた。信玄が五郎も同行させたのは、於松が誰よりも頼りにし仲良くもしている兄だからである。絆《きずな》の強い兄妹であった。

「於松。輿入れするそなたがいかに思うたかだ。余人の異見《いけん》などどうでもよい」

のちに、領民から慈悲深いと慕われることになる仁科五郎。この慈兄《じけい》にとって、大事にすべきは妹の思いのみなのである。

すると、於松は頰を染めながら告白した。

「奇妙丸どのに嫁ぎとうございます」

三
「姫たちを守って落ちよ。これは主命ぞ」

仁科五郎盛信が、妹に告げた。

二十二歳の於松は、母を凌《しの》ぐ美貌を悲しげに歪《ゆが》めた。

仕切戸《しきりど》の取り払われた隣室では、年端《としは》もゆかぬ姫たちが雛《ひいな》遊びに興じている。甲斐国主・武田勝頼《かつより》の息女の貞《さだ》、五郎の息女で於松には姪にあたる小督《おごう》の姿もある。

「主命ではありましょうが、兄上のお計《はか》らいと拝察いたします。なれど、わたくしは高遠《たかとお》城へまいり……」

「申すな、於松。対手《あいて》は左中将《さちゅうじょう》どのだ」

「存じております……」

於松は俯《うつむ》き、語尾が消え入る。

奇妙丸と於松の結納が交わされたあと、織田信長が最も信頼する同盟者・徳川家康《とくがわいえやす》と、武田信玄とが、駿河・遠江《とおとうみ》の領有をめぐって、たびたび衝突を起こしたので、婚儀は先延ばしにせざるをえなかった。やがて信玄は、信長と不和になった足利義昭の要請をうけて上洛をめざし、その西上の途次、三方ヶ原《みかたがはら》合戦で家康を大敗させたものの、直後に陣中で病没してしまう。これで、縁組《えんぐみ》は自然消滅となったのである。

それでも、於松は、自分の夫は奇妙丸であると信じ、信玄のあとを嗣《つ》いだ異母兄の武田勝頼から、新たな縁談を幾度勧められても、迷わずに固辞した。怒りに触れたこともあったが、それでも心変わりはしなかった。

「お気に召さねば、首を刎《は》ねて下さりませ」

と於松が決然と言い放ったのを最後に、勝頼もとうとう諦めた。

当時の婚約には結婚に劣らぬ重みがあったとはいえ、御家のために政略婚を受け入れるのが当然の武門では、稀有《けう》なことと言わねばならない。たった一度の出会いでも、於松は奇妙丸に恋心を抱きつづけていたのである。

一方、十七歳で元服して菅九郎信忠《かんくろうのぶただ》と名乗り、二十二歳のときには従三位左近衛権中将《じゅさんみさこんえごんのちゅうじょう》に任ぜられた奇妙丸が、その間に正室《せいしつ》を娶《めと》ったとは、甲斐に伝わってこなかった。織田の嫡男として跡取りをもうけるのは使命だから、側室《そくしつ》は当然置いていよう。だが、信忠がいまだ正室を娶らないというのは、於松の心の拠《よ》り所《どころ》であった。

そういう妹のために、兄の五郎が甲府に新邸を建ててくれて、以後の於松は新館御寮人《にいだてごりょうにん》ともよばれるようになった。

寿々という者が信忠の長子《ちょうし》・三法師《さんぼうし》を産んだと知ったときは、さすがに心穏やかではいられなかった。その名も微《かす》かに記憶に留めていた。長良川の川岸で奇妙丸に抱きついた娘子が、寿々とよばれていたのではなかったか。しかし、側室であると分かって、動揺は鎮《しず》まった。

覇者信長より、尾張・美濃を託され、岐阜城主にもなったほどの信忠が、依然として正室をもうけない本当の理由は、於松には察せられない。が、身勝手な夢想で、おのれを納得させた。信忠もどうかして於松の心を知り、それを大事に思ってくれているのだ、と。それとも、少年時代に長良川で自分の命を救った船の娘子こそ、許嫁の於松であったとのちに知って、恋情《れんじょう》を抱いているのではないか、などと。

それもこれも、いまや夢のまた夢になろうとしている。

織田信長がついに、武田殲滅《せんめつ》戦に乗り出してきたのである。その先鋒《せんぽう》の総大将こそ左中将信忠であった。

武田の有力部将の木曽義昌、親族衆の筆頭というべき穴山梅雪《あなやまばいせつ》（信君）の相次《あいつ》ぐ裏切りにより、勝敗はすでに見えている。信玄のむすめである両将の正室にも、為《な》す術《すべ》はなかった。

徳川家康と相模の北条氏政《ほうじょううじまさ》も参陣した織田勢の大軍は、信濃口、飛騨《ひだ》口、駿河口、上州《じょうしゅう》口など幾つもの方面から、甲斐をめざしつつある。

いま於松と五郎がいるのは、勝頼が武田の新しき本拠とした韮崎《にらさき》の新府《しんぷ》城だが、築城が成ってまだ日が浅いというのに、おそらく捨てざるをえない。寝返りと逃走により多くの将兵を失い、城を守るべき戦力に乏しいのである。

「於松。兄が少しでも時を稼《かせ》ぐ。姫たちとともに必ず生き延びよ」

五郎は、これより、居城の信州高遠城へ戻り、信忠軍を迎え撃つのである。もとより勝ち目はないが、戦わずに敵の軍門に降《くだ》るなど、戦国最強の武将と讃《たた》えられた信玄の子としての矜持《きょうじ》が許さなかった。

「ご武運をお祈り申し上げます」

於松も、同じく信玄のむすめとして、兄を励ますように言った。五郎が信忠軍に対して華々しい死戦を挑むつもりであり、結果、城を枕に討死するであろうことも分かっていながら。

幼い姫君たちを落とす於松の一行は、目立ってはいけないので、乳母や侍女衆、警固衆を含めて、総勢三十人ほどである。

進退の決定権は、出立《しゅったつ》時に勝頼から直々《じきじき》に於松へ委《ゆだ》ねられた。

「貞のこと、くれぐれも頼んだぞ、於松」

「わが命に代えて必ず守りとおします」

一行を先導し、警固衆を指揮するのは、永年、信玄の下で諸国の動静を探った経験から、地理に精通する曽根内匠助である。

三井十右衛門《みついじゅうえもん》も、警固人数に加わった。かつての弥市である。山県昌景が長篠《ながしの》合戦で戦死するまで、この猛将に鍛えてもらった十右衛門の武芸は、並々《なみなみ》でない。

新府を発《た》った一行は、甲斐と境を接する国で唯一、まだ信長の影響下にない武蔵国《むさしのくに》をめざした。

婦女子連れの落人《おちうど》は、雑兵《ぞうひょう》、山賊、あぶれ者、戦場稼ぎに豹変《ひょうへん》する農民など、悪党どもに狙われやすい。一行は、のちに甲州道中と称《よ》ばれる幹線を避け、間道《かんどう》や獣道《けものみち》を辿《たど》った。姫たちの身に決して危害が及んではならぬので、動くのは危険と判断すれば、安全な場所に留まり息をひそめた。

遅々《ちち》として歯がゆい移動であったが、そうして細心の警戒を怠らなかったおかげで、甲《こう》武《ぶ》国境の小仏《こぼとけ》峠まで無事に達することができ、ようやく緊張を緩《ゆる》めた。ところが、そこで、百人ほどの武装の一団に追いつかれ、包囲されてしまったのである。

「武田四郎《しろう》の妹、松がおるな。前へ出よ」

一団の将領《しょうりょう》が進み出て、おのれの素生は明かさず、高飛車に言った。武田四郎とは勝頼のことである。

（わたくしに用が……）

於松は訝《いぶか》った。しかし、もしわが身ひとりの犠牲で、一行を助けられるのなら、命は惜しくない。

そう思って名乗り出ようとした於松だが、傍《かたわ》らに立つ十右衛門に袖を摑まれる。

「何のことやら、そちらの見当違い」

と内匠助が落ち着いて否定した。

「われらは、武蔵国鉢形《はちがた》城主、北条安房守《あわのかみ》家の者にて、上洛の旅を了《お》え、帰国の道中にござる」

「偽《いつわ》りは通らぬ」

「お疑いの前に、まずは名乗られよ。問答はそれからのこと」

一団の軍装が整っているので、山賊やあぶれ者のたぐいではないとみた内匠助だが、不審なところがある。家名や所属を示す旗指物《はたさしもの》をつけていない。

「名乗りも問答も無用。懸《か》かれえっ」

将領の号令一下、一団の兵が一斉に刀槍《とうそう》を繰り出した。

警固衆は寡兵《かへい》でも、手錬者《てだれ》揃いの武田武士である。臆せず、応戦した。

於松は、右腕で貞、左腕に小督を抱き上げた。危急のときは思わぬ力が出る。

「誰か、わたくしの先駆けと殿軍《しんがり》をつとめよ」

姫ふたりを抱いたまま、包囲陣を突破しようというのである。

「畏《かしこ》まった」

応じた十右衛門が先に立ち、ほかのひとりが背後につく。

「まいるぞ」

於松が決死の大音を発したとき、包囲陣の一角が後ろから崩された。別の武装の一団が飛び込んできたのである。

前《さき》の一団は、自分たちに倍する敵にたちまち斬り立てられ、防戦一方となった。

「退鉦《のきがね》じゃあ」

将領の悲鳴に近い命令で、にわかに退鉦が打ち鳴らされ、前の一団は退却を始めた。

「追うな。捨ておけ」

後の一団の大将が、鞍上《あんじょう》より下知してから、於松の前に下馬し、折り敷いた。

「それがし、織田左近衛権中将信忠の家臣にて、森勝蔵長可《もりかつぞうながよし》と申す」

森長可といえば、美濃金山城主で武辺者《ぶへんもの》と聞いている於松だが、長良川で奇妙丸と泳ぎを競った少年のひとりであったことまでは、もとより知る由もない。

「不躾《ぶしつけ》ながら、あなたさまは、亡き武田信玄公のご息女於松さまと見受け仕《つかまつ》った」

於松は、抱いていた貞と小督を、女房衆に託す。

「いかにも、わたくしは武田信玄のむすめ、松にございます」

素直に認めたのは、勝頼の妹と横柄に断じた前の一団の将領と違い、長可の態度に偽りのない敬意を感じたからである。

「あなたさまを襲うたあの者らは、それがしと同じく織田家家臣、河尻与兵衛秀隆の手の者。詫《わ》びの致しようもござらぬが、左中将さまの深きお情《なさけ》が図《はか》らずも仇《あだ》になったことと思《おぼ》し召し、どうかお赦《ゆる》しいただきたい」

「左中将さまの深きお情とは……」

「於松さまへの深きお情にあられる」

考えるまでもなく、この場合の情とは、恋心のほかにない。

(わたくしへのご恋情……)

於松の心《しん》の臓《ぞう》が早鐘《はやがね》を打ち始め、体は一瞬で熱くなった。

「子細《しさい》を有体《ありてい》に申し上げる」

長可が述べた事情は、以下の如くである。

信忠は、十二歳の秋に長良川で出逢った川船の娘子の俤《おもかげ》を、忘れられなかった。だが、どこの誰とも知れない。ただ、よくよく思い起こして、ある想像を抱く。

信忠が信玄より贈られた大左文字の脇指に、娘子は尋常ならざる視線を向けていた。もしやと思い、岐阜城の奥向きの者に、武田へ贈った結納品の記録を見せて貰《もら》った。すると、薄板百端とあった。娘子の小袖と結びつけるのは、あまりに短絡的ではあるが、大事な御方より頂戴した織物で誂えたもの、と言っていたはず。恋情が信忠をして信じさせたといえよう。それから、甲府の躑躅ケ崎《つつじがさき》館へ結納品を届けた者らをよび、於松の容姿を訊ねた。

「印堂に黒子がございました」

「信玄どのは、わが普賢菩薩と鍾愛《しょうあい》せられているとか」

もはや許嫁の於松に相違ない。信忠の心は婚儀に向けて高鳴った。

しかし、織田と武田は決裂し、互いに必ず倒さねばならぬ敵となってしまう。

それでも、信忠は望みを捨てなかった。実は、元服が通例よりいささか遅い十七歳であったのは、みずからの意志で先延ばしにしたからである。新たな縁談が進められるのを一日でも遅らせたかった。嫡流の跡取りは早めに必要なので、側室は置いたものの、正室の座を空けているのも、同じ理由である。

信忠の長子・三法師を産んだ側室の寿々は、夫の於松に対する未練を強く感じ、嫉妬していた。

「寿々の方《かた》は、それがしの妹にござる」

と長可は明かしてから、話をつづけた。

妹とはいえ、主家の嫡流の男児の生母として、大いなる力をもつ寿々から、武田攻めでは於松を必ず討て、と長可は命ぜられた。

しかし、信忠の於松に対する永年の想いを知る長可は、きっぱりと断った。ご不満ならば、それがしを討つなり、追放するなり、好きなようになされよ、と。

寿々の性情もまたよく知る長可である。決して諦めないとみて、それとなく注意を向けていると、案の定であった。武田攻めで信忠の輔佐をつとめる河尻秀隆へ、同じことをひそかに命じたのである。成功のあかつきには三法師の傅役《もりやく》に任じる、という交換条件をもって。

長可は懊悩《おうのう》した。この策謀を信忠へ注進に及べば、寿々は極刑に処せられるであろう。それは、兄が可愛い妹をみずから殺すのに等しい。

だが、注進する前に、信忠から、甲州入りしたときの任務を仰せつかるのである。それは、長可が秀隆に先んずることさえできれば、寿々の策謀を明かさずに済むことになる任務であった。

そのさいの信忠のことばを、長可は於松へそのまま告げた。

「必ず於松どのを見つけだし、わが意を伝えよ。まだいちども嫁いでおられぬと聞いておるゆえ、もしいまも奇妙丸を夫と思うていてくれるのなら、岐阜へお輿入れいただきたい。あらためて、正室として迎える所存」

当時は、婚約者でも、夫、妻とよぶことがめずらしくなかった。あらためて、という一言にも、すでにいちどは夫婦になったとの意を、信忠は含ませたのである。

(奇妙丸……)

信忠があえて幼名《ようみょう》を持ち出してくれたことに、於松は蕩《とろ》けそうになった。長良川で出逢ったあの日に戻ろう、というのである。純愛成就への誘《いざな》いともいえた。

「於松さま。左中将さまはいま、上諏訪《かみすわ》におわす。われらが警固仕るゆえ、お越し願いとう存ずる」

「上諏訪……」

はっとする於松である。

信忠が上諏訪まで達しているのなら、すでに高遠城を落としたということではないのか。

「森どの。ひとつお訊ねいたします。包み隠さず、おこたえ下さい」

「何なりと」

「高遠城と仁科五郎の末路や、いかに」

途端に、長可はおもてを引き攣らせる。

五郎は、信忠からの懇《ねんご》ろな降伏勧告に対し、使僧の耳鼻を削《そ》いで、信玄以来の武田武士の武勇をお目にかけると返答し、攻城軍の猛攻をしばし凌いだのちに、腹十文字に掻き斬って壮絶な最期を遂げた。籠城《ろうじょう》兵も玉砕した。

しかし、いまこの状況で、五郎の妹である於松に明かせるものではない。兄の仇《かたき》に嫁いでほしい、と頼むことになるのだから。

「森どのは正直なお人にございますね」

表情だけで、於松は察した。

「左中将さまは仁科どのをお救いなさりたかった。それを、われら家臣どもが挙《こぞ》って反対したのでござる。なにとぞ、なにとぞ……」

土下座する長可である。

「おもてをお上げなされまし」

於松は、折り敷いて、長可の手をとった。

「武門のならいにございます」

「では、上諏訪に……」

「それはできませぬ」

小さくかぶりを振る於松である。

「やはり、お兄上のことが……」

「いいえ。その儀は関わりありませぬ」

「ならば……」

「わたくしは、主命を奉じております。武田の幼き姫たちを落とし、その先も守り奉ることにございます。さよう左中将さまにお伝え下さい。左中将さまなら、いえ……奇妙丸さまならきっとお赦し下さると信じております」

長可は、一行の小勢《こぜい》の警固衆を討って、於松を強引に連れ去ることもできたが、そうはしなかった。そんなやり方は、信忠が最も嫌うと知っているからである。

「森どのには、われらの命をお救い下さり、ご恩は終生忘れませぬ」

於松一行は、小仏峠を越え、武蔵国へ入った。

四

天目山《てんもくざん》で武田勝頼を自刃《じじん》せしめ、戦功者たちへの旧武田領の割り当ても済ませた信長が、東海道を遊覧して、本拠の安土《あづち》へ帰陣したのは、天正十年四月二十一日のことである。

その頃、武田の姫君たちを守って、武蔵国八王子《はちおうじ》の金照院《こんしょういん》に身を寄せていた於松のもとを、父母を同じくする三歳違いの姉が突然に訪れた。越後《えちご》の上杉景勝《うえすぎかげかつ》に嫁ぎ、甲斐御前とよばれている菊《きく》である。

「於松。曽根内匠助の書状《ふみ》で知りましたぞ、織田左中将どのを袖にした、と」

「袖にしたなどと……」

「お元服の前から、そなたへの想いを抱きつづけておられたそうではないですか」

「はい。ありがたいことに、さように森長可どのから……」

「何を遠慮することがありますか。左中将どのに嫁ぎなさい」

「えっ……」

「わたくしは仕合《しあ》わせですよ」

　菊は、信玄と本願寺顕如《けんにょ》との約束で、初めは伊勢長島《いせながしま》の顕証寺《けんしょうじ》へ嫁ぐ予定であった。が、諸事情により解消されたあと、躑躅ヶ崎に独《ひと》り身《み》を託《かこ》つことになった。それゆえ、似た境遇の於松とは仲の良い姉妹として永く過ごした。妹の信忠への恋心も、誰よりもよく知っている。

　菊が上杉に輿入れしたのは、三年前のこと。いまの於松と同じ二十二歳であった。武田勝頼と上杉景勝が、信玄と謙信《けんしん》時代の怨讐《おんしゅう》を捨て、盟約を結んだ証《あかし》の婚姻とはいえ、夫から惜しみない愛情を注がれて、楽しく穏やかな日々を過ごしている菊なのである。

「こたびも、喜平次《きへいじ》さまが快くお許し下されたので、わたくしはこうして八王子までまいることができたのです」

「喜平次さま……」

「あ……」

　菊が頰に花を散らした。

「お屋形とも、殿《との》ともおよびにはならないのでございますね」

　於松は、からかった。景勝の通称が喜平次である。

「そなたとて、ずっと奇妙丸さまとよんでおりましたよ」

「それは……もう、姉上……」

　吐息まじりに、ふふっと笑ってしまう於松であった。菊も笑う。

「姉を、いえ、上杉家の正室を頼りになさい。あとのことは、わたくしが何とでもいたします」

悶々《もんもん》と過ごしていた於松は、大好きな姉の愛情に触れて、心がほぐれてゆくのをおぼえた。

後押《あとお》しは、菊が帰って数日後にやってきた。思いがけず、森長可の使者の訪問をうけたのである。

不干斎《ふかんさい》定栄《じょうえい》と号する入道の使者は言った。

「左中将さまは、どうしても於松さまを思い切ることがおできにならぬ。お輿入れとは申さぬゆえ、いちどだけでも左中将さまにお会いになっていただけまいか。身共《みども》は、織田家に帰参《きさん》が叶《かの》うたばかりにもかかわらず、森どのがこの任を託して下された。手前勝手と承知しており申すが、手柄を立てたいのでござる。お願い申す」

床にひたいをすりつけた定栄の俗名《ぞくみょう》を、佐久間信栄《のぶひで》という。本願寺攻めにおける奉公懈怠《けたい》が信長の怒りをかい、父信盛《のぶもり》とともに高野山《こうやさん》へ追放されたが、父の死後、赦免されて信忠付きとなったのである。

長良川で奇妙丸が刺客に襲われたとき、競泳した近習のひとり、佐久間甚九郎がこの定栄だが、むろん於松の記憶にはない。

於松の心を動かしたのは、命の恩人の長可の計らいというところである。

「承知仕りました」

その後、於松は、五月の半ばを過ぎてから、旧武田武士たちに警固されて、八王子を発った。

甲斐国を通るのは避けた。新しき国主の座についたのが河尻秀隆だからである。

八王子よりいったん東へ迂回《うかい》し、東山道《とうさんどう》を武蔵、上野《こうずけ》、信濃と繋《つな》ぐ行路をとった。

信濃と美濃の国境、後者に入ったところの落合《おちあい》という宿駅で、定栄が出迎えてくれることになっている。


「きょう、まことに到着するのじゃな」

六月四日午頃《ひるごろ》の落合宿《じゅく》で、寿々は定栄にたしかめた。

「まずは間違いないと存ずる。幾度も遣わしておる物見《ものみ》たちの復命にござる」

未明に岐阜城を発って、馬をとばしてきた寿々の目的は、定栄と佐久間の旧臣たちが於松を討ち取るところを見届けるためである。

武田攻めを了えた兄の長可が、束の間、帰国して岐阜城を訪れたさい、寿々は小仏峠の一件を突きつけられ、二度と於松さまに手を出すな、と釘を刺された。だが、於松の凜然《りんぜん》たる美しさを感じさせる言動に、一層の嫉妬の炎を燃やし、長可の名を悪用することにした。

そこで、今度は、帰参を許されたものの、この先の出世は望めそうにない定栄を唆《そそのか》した。成功報酬は、三法師の教育係のひとりに取り立てることであった。

「御方さま。あれに……」

と定栄が指さした東方は、峠路《とうげじ》である。

まだ遠目だが、ゆっくり下りてくる武家の一行が見えた。

「武田の不嫁後家《いかずごけ》よ、決戦じゃ。妾《わらわ》の……左中将さまの妻の尊顔を見ながら、身悶《みもだ》えて死ぬがよい」

西から急使が馬で馳《は》せつけたのは、このときである。

「一昨日の六月二日早朝、上様《うえさま》が、京のご宿所、本能寺《ほんのうじ》において、明智日向守《あけちひゅうがのかみ》の謀叛《むほん》により、ご生害《しょうがい》。同日、左中将さまも、洛中二条御所《にじょうごしょ》にて、同じくご生害」

ひいいいいいっ……。体の奥底から発せられた名状し難《がた》い叫声《きょうせい》である。寿々は、身を強張《こわば》らせたまま、白目《しろめ》を剝《む》いて倒れた。

やがて、於松の一行が落合宿に着いたときには、迎えの者らの姿はどこにも見当たらなかった。しばらく待っていると、西からやってくる人々が、貴賤《きせん》男女を問わず、一様にうろたえ気味なので、問い質してみた。

於松も知った、信長・信忠父子の不慮の死を。

寿々のように声を発しもしなければ、倒れもしない。ただ、涙が止まらなかった。そのまま、西に向かって、しばらく合掌した。

信玄は於松を普賢菩薩と言った。仏の理性と堅固《けんご》な菩提心《ぼだいしん》を示す菩薩である。

(奇妙丸さま。これにて、永久《とわ》の結縁《けちえん》と存じます)

踵《きびす》を返し、下りてきた峠路を、上り始める於松である。

於松が八王子へ帰り着いた頃、甲斐国では武田旧臣が蜂起《ほうき》して、河尻秀隆を甲府の岩窪《いわくぼ》に追い詰め、殺害している。秀隆の首級《しるし》を挙げたのは、三井十右衛門であった。

於松は、身を金照院から心源院《しんげんいん》へ移すと、落飾《らくしょく》して仏門に入り、信松院《しんしょういん》という庵《いおり》を結んで、ひたすら亡夫信忠の菩提を弔《とむら》って過ごし、徳川家康による元和偃武《げんなえんぶ》の翌年、五十六歳の生涯を畢《お》えた。

後年、八王子は絹織物の産地として名をなすが、於松が地元の女たちを指導して養蚕《ようさん》を盛んにしたのがきっかけといわれる。八歳の秋、結納品の薄板で誂えた小袖を、奇妙丸に美しいと褒められたことは、忘れ得ぬ思い出だったのかもしれない。

恩讐《おんしゅう》の一弾《いちだん》

薄白《うすじろ》く靄《もや》のかかった浅緑《せんりょく》の空の下、近江《おうみ》の山々は潤《うるお》いを帯びて笑っているように見え、満々たる水を湛《たた》える琵琶湖《びわこ》も光を躍《おど》らせて美しい。

湖畔《こはん》に、巨城が聳《そび》える。天守《てんしゅ》を具《そな》え、湖水を引き込んだこの美しい水城は、ルイス・フロイスが安土《あづち》城に次ぐ天下第二の結構《けっこう》と称《たた》えた坂本《さかもと》城である。

湖水に浮かぶ舟《ふね》から、笠《かさ》をつけた武士が釣《つ》り糸を垂《た》れている。その左右には、近習《きんじゅう》であろう、若侍《わかざむらい》が二名ずつ端座《たんざ》して控《ひか》える。

右方から、舟が一艘《そう》、やってくるのが見えた。船頭《せんどう》のほかに、乗舟者がひとり。破《やぶ》れ目やほつれを探してでもいるのか、しきりに網に触《さわ》っている。近在の漁師と思われる。

漁師舟は、武士の釣り舟に遠慮し、いったん遠ざかってから、五十間《けん》ばかり前方を横切ってゆく。

網に触っていた漁師が、こちらへ振り向いた。瞬間、ぱんっ、と乾《かわ》いた音がした。

釣り人《びと》の武士は、上体をのけぞらせた。

「殿《との》」

「不覚《ふかく》。あの漁師ども、刺客《しかく》であった」

近習たちはあわてふためくばかりで、後《あと》の祭《まつり》である。

「みたか、竜野善太郎《たつのぜんたろう》。おれは、明智光秀《あけちみつひで》を討った」

漁師に化《ば》けた狙撃手《そげきしゅ》は、顔を上気《じょうき》させ、鉄炮《てっぽう》を愛《いと》おしむように抱いた。

「たいしたものよ、雑賀五郎兵衛《さいかごろべえ》」

善太郎とよばれた船頭は、狙撃手を褒《ほ》めながら、急ぎ、舟を反転させる。南下して勢多《せた》川《がわ》へ逃げ込むつもりであった。勢多川は琵琶湖唯一の流出河川である。

「おい、揺らすな。おれは泳げぬと申したはずだ」

五郎兵衛が、舟床《ふなどこ》の梁《はり》と舟縁《ふなべり》を強く摑《つか》んで、艪《ろ》を漕《こ》ぐ善太郎を怒鳴りつける。

「案ずるな。舟をひっくり返すような真似《まね》はせぬわ」

両人は、西丹波《たんば》随一の豪族波多野《はたの》氏に属す者らである。織田信長《おだのぶなが》の丹波攻略に抵抗をつづける波多野氏だが、当主秀治《ひではる》の居城の多紀郡《たきごおり》八上《やがみ》城は完全包囲され、籠城勢《ろうじょうぜい》は餓死者が続出する有《あ》り様《さま》であった。

その包囲軍の総大将《そうだいしょう》こそ明智光秀である。

光秀が本拠の近江坂本に帰城し、茶会や釣りなどできるのは、織田氏の圧倒的な力を示すもので、八上城の落城は近い。

この暗殺行は、善太郎の独断による。

丹波の竜野家は、波多野氏譜代《ふだい》の忍《しの》びである。善太郎は、幕府管領細川京兆家《ばくふかんれいほそかわけいちょうけ》の内衆《うちしゅう》として、管領代までつとめた名門の主家を侵略する成り上がりの織田氏をゆるせず、光秀暗殺を思い立った。そのさい、傭兵《ようへい》の雑賀五郎兵衛を誘った。五郎兵衛は、天下に名を轟《とどろ》かせる紀伊《きい》の鉄炮集団雑賀衆の出身である。

湖上で舟から狙撃するという善太郎の計画に、当初は五郎兵衛は乗り気ではなかった。だが、揺れる舟上《しゅうじょう》では五、六十間先の標的に命中させる自信がないのだなと嘲《あざけ》る善太郎に、わが業前《わざまえ》を見せつけてやるべく、承諾したのである。

事は成った。あとは逃げるばかり。

勢多橋が間近《まぢか》に迫った。引きずり込まれるように、舟足《ふなあし》も速《はや》まる。

橋の西詰《にしづめ》から騎馬武者の一隊が、橋上へ乗り入れてきたのも、このときである。二十騎を数えよう。

「はや追いつくとは……」

驚いた善太郎だが、かまわず、艪を漕ぐ手を速め、河口へと突っ込んでゆく。

騎馬隊は坂本から湖岸沿いに追ってきたものであろうが、この対応の恐るべき迅《はや》さは、ひとり明智に限らず、信長に鍛《きた》えられた織田軍団共通のものというべきであった。

下馬《げば》したかれらは、橋の欄干《らんかん》へ寄って、弓に矢をつがえた。標的の漁師舟が、みずから死地へ入ってくる。

「射放《いはな》ていっ」

武士たちは、漁師舟を充分に引きつけてから、号令一下、一斉に弓弦《ゆんづる》を鳴らした。

「ゆるせ、五郎兵衛」

叫びざま、善太郎は先に、舟を捨てて飛び込んだ。

「卑怯《ひきょう》」

五郎兵衛は、罵声《ばせい》を投げつけただけで、飛び込まぬ。というより、飛び込めぬ。抜刀《ばっとう》して、飛来する矢を斬《き》っ払《ぱら》ったが、左肩と右股に浴びてしまい、舟中に転《ころ》がった。

船頭を失った舟は、河口の速い流れに、風に木の葉が舞うごとく翻弄《ほんろう》され、橋脚《きょうきゃく》へ激突した。

この年の夏、丹羽長秀《にわながひで》と羽柴秀長《はしばひでなが》の援軍をうけた光秀は、波多野秀治の同族で氷上《ひかみ》城に拠《よ》る波多野宗長《むねなが》・宗貞《むねさだ》父子を攻囲《こうい》し、自刃《じじん》せしめると、八上城の秀治に降伏を勧《すす》めた。その気になれば、八上城を落として籠城勢を皆殺しにすることもできるが、そういう悲惨な結末を避《さ》けたかったのである。

光秀は、必ず助命すると約束し、その証《あかし》として、おのれの母を八上城へ人質に差し出した。その懇《ねん》ろで、覚悟も見事な光秀の説諭《せつゆ》にほだされた秀治は、弟秀尚《ひでなお》とともに城を出て、安土へ護送された。

ところが、信長は、波多野兄弟を、引見《いんけん》もせず、ただちに安土城下で処刑してしまう。

「光秀の調略《ちょうりゃく》、見事である」

信長はそう言って痛快そうに笑った、と八上城に伝わり、主君兄弟の恙《つつが》ない帰城を待って、武装解除するはずであった籠城勢を憤怒《ふんぬ》せしめた。光秀が差し出した老女は母親などではなかったのだ、と。

五郎兵衛ひとり、光秀の背信《はいしん》を信じなかった。

(そのような御方《おかた》ではない)

この春、琵琶湖上で光秀狙撃に成功して、逃げようとしたところを、勢多川河口で捕《と》らえられ、坂本城へ曳《ひ》かれていった五郎兵衛である。

光秀は、舟上で衣の下に着《つ》けていたという防御具の腹巻《はらまき》をみせて、その真ん中の窪《くぼ》みを指さし、あっぱれな鉄炮術よな、と五郎兵衛を褒めた。

「ひとつ訊《たず》ねるが、そのほう、恨《うら》みによってわしを狙《ねろ》うたか」

「どのみち、首を刎《は》ねられる身。恨みであろうとあるまいと、どちらでもよろしゅうござろう」

「大事なことじゃ。こたえよ」

「それがしは丹波者ではなく、波多野の殿さまに恩義もござらぬ。ひたすら、わが鉄炮術を誇りたかっただけのこと。なれど、愚《おろ》かであったとは思っており申さぬ」

いまさら嘘をついても詮《せん》ないので、五郎兵衛は正直に明かした。

なぜか無言でうなずいた光秀は、医者《くすし》をよんで、五郎兵衛に矢疵《やきず》の手当てを受けさせ、歩けるようになったら出てゆくがよいと告げた。

狐につままれたような五郎兵衛は、やがて疵がほぼ癒《い》えて、坂本城を出てゆくさい、なにゆえに、と光秀に訊ねた。

「恨みを抱《いだ》く者なら幾度でもわしの命を狙うであろうが、そのほうにはもはやその気はあるまい」

「それは……」

たしかに光秀の言うとおりであった。だが、大きな褒美《ほうび》と引き替えなら、再び狙わぬとは約束できぬ。

「戦国の世とは申せ、われらは人を殺しすぎる」

表情を変えずに洩《も》らした光秀だが、その苦悩を、五郎兵衛は垣間見《かいまみ》たような気がした。

比叡山《ひえいざん》における僧俗男女三千人の焼殺、一向一揆《いっこういっき》数万人の撫《な》で斬《ぎ》りなど、憎んだ敵を皆殺しにすることを躊躇《ためら》わないのが織田信長であり、光秀ら織田の部将《ぶしょう》はこれを黙々と実行しなければならぬ。世に聞こえた軍略家であると同時に、茶の湯・歌学・書道にも通じた教養人としても名高い光秀には、時に堪《た》え難《がた》いこともあろう、と五郎兵衛でも察せられた。

右の経緯《けいい》ゆえに、五郎兵衛だけは、光秀が人質として八上城へ送った老女は、まことの母親と確信できたのである。

籠城勢は老女を磔柱《はりつけばしら》にかけて斬り刻《きざ》んだ。

老女は、悲鳴ひとつあげず、従容《しょうよう》として磔刑《たっけい》に処せられた。その覚悟の最期《さいご》も、五郎兵衛のみたところ、とても偽者《にせもの》になしえるものではなかった。

籠城勢は全軍で討って出て玉砕《ぎょくさい》したが、五郎兵衛ひとり、戦わずに行方《ゆくえ》を晦《くら》ました。

安土城下で、京都からきたという表具師《ひょうぐし》の太郎八《たろはち》なる者が、評判になっていた。軸物《じくもの》や襖《ふすま》などを張り替えるさい、歌舞音曲《かぶおんぎょく》から曲芸まで、様々な遊芸を披露《ひろう》するので、武士にも商人にも僧侶にも、面白がられて屋敷に招《よ》ばれた。信長の側近《そっきん》とも親しくなった。

太郎八の評判は天下人《てんがびと》の耳へも届き、ついに信長の謁見《えっけん》を賜《たまわ》ることになった。甲斐《かい》の武《たけ》田勝頼《だかつより》を滅ぼして凱陣《がいじん》した信長は、久々の上洛《じょうらく》を控えて慌《あわ》ただしい日々の中、好きな鷹《たか》狩《が》りをするという。その鷹野《たかの》での休憩時に、芸をみせよ、と懇意《こんい》の信長側近から命ぜられた。

鷹狩りの前日の午後、なぜか太郎八は、鷹野へ踏み入った。そうして一帯を見てまわっているとき、後ろから声をかけられた。

「罠《わな》でも仕掛けるのか、竜野善太郎」

太郎八、いや善太郎は、横っ飛びに身を投げ出し、立ち上がりざま、腰の刺刀《さすが》を抜いた。

「おぬしは、雑賀五郎兵衛……生きておったのか」

八上城の籠城勢が玉砕した三年前の夏、善太郎は丹波にいなかった。波多野氏の盟友であった播磨《はりま》三木《みき》城の別所長治《べっしょながはる》に仕《つか》える甲賀忍び魚住源吾《うおずみげんご》の要請で、三木城攻めの羽柴秀吉《ひでよし》を暗殺すべく、ともに奔走《ほんそう》していたからである。したがって、五郎兵衛との再会は、明智光秀狙撃行以来ということになる。

「あのときは世話になったな」

皮肉の言辞《げんじ》を吐《は》いた五郎兵衛に、

「ともにこうして生き長《なが》らえたのだ。水に流せ」

と言って、善太郎は含み笑いをみせた。泳げなかった五郎兵衛をからかったのである。

「流してやってもよい、おぬしが明日のことを思いとどまるのなら」

「なに……」

善太郎が色をなす。

「五郎兵衛。おぬし、こんどは信長に傭《やと》われたか」

「誰にも傭われてはおらぬ」

「ならば、邪魔立ていたすな」

「おぬしでは信長は討てぬ」

「丹波忍びの竜野善太郎を侮《あなど》るでないぞ」

「いま信長の命を狙うて、しくじられては困るのだ」

「何を言いたい、五郎兵衛」

「問答はこれまでだ。どうする、善太郎」

五郎兵衛の左手が、差料《さしりょう》の栗形《くりかた》にかかる。

夏の陽射《ひざ》しの照りつける鷹野で、しばし、両人は睨《にら》み合った。

「よかろう」

善太郎が、刺刀を鞘《さや》へ収めた。

「これで、琵琶湖のことは水に流した」

と五郎兵衛もうなずき返す。

両人は、背を向け合って、離れ去った。

本能寺《ほんのうじ》の変が起こったのは、それからわずか五日後のことである。

そのとき洛中《らくちゅう》にいた五郎兵衛は、光秀のために悦《よろこ》んだ。

信長の警固《けいご》の人数がきわめて少なかったことが、光秀の主君弑逆《しいぎゃく》を容易にした。もし善太郎が安土出立《しゅったつ》直前の信長の暗殺に失敗していたら、信長は警戒して、数千あるいは万余の軍兵《ぐんぴょう》を率《ひき》いて上洛したか、もしくは上洛そのものを見合わせたかもしれず、それでは光秀の謀叛《むほん》も成功しなかったに違いない。

だが、五郎兵衛は、光秀に仕えているわけではない。この三年間、光秀の動きと心境の変化を、人知れず探りつづけ、信長への叛意《はんい》が決定的になったことを確信し、何かしら役に立ちたいと望んだ結果が、五日前の善太郎との出来事だったのである。

（明智どのが天下人になられれば、人死《ひとじに》も少のうなるであろう）

五郎兵衛のその願いは、しかし、変後わずか十一日で潰《つい》えることとなった。光秀は、備《びっ》中《ちゅう》から信じがたい迅さで戻ってきた羽柴秀吉によって、山崎《やまざき》で撃破されてしまったのである。

いったん山城勝竜寺城《やましろしょうりゅうじ》に逃れた光秀であったが、その夜、再挙を図《はか》るべく、近江坂本へ向かって走った。これを知った五郎兵衛は、光秀をひそかに警固すべく、鉄炮をたずさえて、後《あと》を慕《した》った。

ごく少数の家来を率いて、間道《かんどう》を進んだ光秀は、翌日未明、小栗栖《おぐるす》の里で、藪《やぶ》の中から突き出された竹槍を腹に浴びた。土民たちの落人狩《おちうどがり》である。

わずかに間に合わなかった五郎兵衛は、なおも光秀主従に襲いかかる土民たちの中から、ひとり遁走《とんそう》した影を追った。光秀を刺した者と見当をつけたからである。

追尾《ついび》しながら、五郎兵衛は、器用に銃口より火薬を入れ、次いで玉《たま》込めをする。火縄《ひなわ》を火挟《ひばさ》みで挟んだとき、逃げる影は川を渉《わた》って、対岸の土手《どて》を駈《か》けあがった。微《かす》かな曙光《しょこう》にその輪郭《りんかく》が浮かんだ。

距離は、目測《もくそく》百間余り。五郎兵衛の用いる六匁《もんめ》玉の射程距離内だが、殺傷距離としてはぎりぎりのところであろう。命中精度ということなら、限界を超えている。

それでも折り敷いた五郎兵衛は、標的を照星に捉《とら》えるやいなや、引鉄《ひきがね》を絞《しぼ》った。

土手上で、一瞬、影の動きがとまった。と見えた直後、その躰《からだ》は前のめりに倒れた。

わざわざ検《あらた》めにゆかずとも、手応《てごた》えで判《わか》る。即死であろう。

五郎兵衛は、急ぎ、とって返した。

息のあるうちの光秀に再会することは叶《かな》わなかった。家老溝尾庄兵衛《みぞおしょうべえ》の介錯《かいしゃく》によって、自刃したあとだったのである。

怒りにまかせて、土民たちを斬った五郎兵衛は、

「ご助勢《じょせい》、かたじけない。ご尊名《そんめい》をお聞かせいただきたい」

庄兵衛に問われたが、何も言わずに立ち去った。結局、光秀の母も、光秀も救えなかったおのれを、慚《は》じたからである。

その後の雑賀五郎兵衛の消息は、杳《よう》として知れぬ。

ただ、五郎兵衛が竜野善太郎と三度《みたび》会うことは決してなかったはずである。光秀を竹槍で刺し、五郎兵衛の銃弾に仆《たお》れた影こそ、善太郎であった。

武商諜人
ぶしょうちょうじん

一

その立ち姿は神威をまとっている。とても踏み込めるものではない。

毛穴という毛穴から汗が噴き出し、息詰まって堪《た》え難《がた》くなった四郎次郎《しろうじろう》は、槍の柄《やりのえ》を腕《かいな》の下に抱え込んで、芝生に折り敷いた。

「畏《おそ》れ入り奉りまする」

すると、目の前の人が、木太刀《きだち》を小姓へ渡してから、微笑《ほほえ》みかける。

「真《ま》っ直《す》ぐな、よき構えであったぞ。上達いたしたな」

「おなぶりあそばしますか」

「予《よ》が申したのだ。素直にうけてよい」

塚原卜伝《つかはらぼくでん》直伝の新当流《しんとうりゅう》兵法の奥義に達し、剣豪将軍とよばれる足利義輝《あしかがよしてる》である。仕合《しあい》の対手《あいて》の力量を、構えだけで見極めるぐらいは造作もない。そのことに、あらためて四郎次郎は思い至った。

「無礼を申しました。ご容赦を」

自身の武芸は、義輝とは天地の開きがあって当然だが、上達しているのと信じてよいのである。

「豊後《ぶんご》。もはや、いつ家督を譲ってもよいのではないか」

落縁《おちえん》に端座《たんざ》する四郎次郎の父へ、義輝は声をかけた。

が、豊後守《ぶんごのかみ》を称す中島四郎左衛門尉明延《なかじましろうざえもんのじょうあきのぶ》はかぶりを振る。

「倅《せがれ》めは、武芸も商《あきな》いもまだまだにございます」

明延は、呉服商でもあり、屋号を茶屋《ちゃや》という。

小笠原《おがさわら》流の武家礼法では、弓馬術だけでなく、元服・婚礼・饗応《きょうおう》など諸礼を含むので、茶の湯にも通じていなければならぬ。その師範家として名高い小笠原氏の支流・中島氏の明延も、茶の湯の上手である。

明延の茶を喫したくて、洛中百足屋町《らくちゅうむかでや》の中島家を訪れるさい、義輝はいつも言った。

「茶屋に寄る」

これが縁で、いつしか将軍家の茶屋が中島家の通称となり、やがて屋号として定着したのである。いまでは、明延もみずから、茶屋四郎左衛門と名乗る。

父の言いつけにより、商用で諸国を巡ることの多い四郎次郎は、義輝に拝謁する機会は頻繁ではないものの、茶屋邸で引見を賜《たまわ》るときは、こうして庭で武芸の稽古《けいこ》をつけて貰《もら》える。山賊などに狙われやすい自身の商旅隊を守って、小笠原流兵法を幾度も実戦で用い、そのたびに自信をつける四郎次郎なのだが、義輝には遠く及ばない。

「四郎次郎。明日にでも武衛《ぶえい》に参上いたせ」

　室町中御門《むろまちなかみかど》の北の一帯を武衛陣町《ぶえいじんまち》という。代々左兵衛督《さひょうえのかみ》に叙任された管領斯波《かんれいしば》氏が、その地に永く住んだことから、左兵衛督の唐名の武衛が町名となったのである。その屋敷跡に義輝の将軍御所は築かれた。

「いつもの諸国噺《ばなし》を小侍従《こじじゅう》が楽しみにしておる」

「お体に障《さわ》りませぬか」

「さようにやわな女子《おなご》と思うか」

「それは……仰せのとおり」

「こやつ」

　義輝は明るく笑った。茶屋父子も声を立てて和す。

　義輝最愛の側室が小侍従である。

　身分の上下にかかわりなく誰にでも気軽に接し、言動も快活で、柳営《りゅうえい》の女性《にょしょう》とは到底思われない小侍従に、諸国で見聞した話や、みずからの体験談を語るのは、四郎次郎にとっても心はずむことであった。ただ、今回ばかりは、三河《みかわ》・尾張《おわり》への旅から帰ったあとも参上を遠慮していた。いま小侍従は身重《みおも》なのである。

　だが、義輝からお許しが出た。

（何を語っておきかせいたそうか……）

明日が待ち遠しい四郎次郎である。

その昂《たかぶ》りで、未明に目覚めた。

五官が、湿った静寂を感じ取る。

（雨……）

音は聞き取れない。小雨であろう。

（あの日も小糠雨《こぬかあめ》であった……）

小侍従との初めての出会いが、自然と思い起こされる。

洛東の青蓮院《しょうれんいん》へ呉服を持参したその日、桜の枝を手折《たお》って盗んだ十歳ぐらいの男の子が、寺侍《てらざむらい》に捕まり、罰として腕を斬り落とされそうになった。そのとき、寺内の林泉の美を娯《たの》しんでいた女性が、寺侍の振り上げた手の甲めがけて石を投げつけ、刀を取り落とさせた。十間《けん》以上も離れており、惚《ほ》れ惚《ぼ》れするほど見事な飛礫《つぶて》打ちであった。その女性は、寺侍を叱りつけた。

「この子の母は、重い病の床にあり、今日明日をも知れぬ命なのじゃ。母が大好きな桜の花を、生きているうちに見せてやりたいとの孝行心より、この子は盗みに入った。決死の覚悟でな。それと知ってもなお、罰を与えることこそ青蓮院御門跡《ごもんぜき》のお心に適《かな》う、とそのほうが信じるのなら、さよういたすがよい。次は邪魔立ていたさぬ」

こんな事情を知った上で男の子の腕を斬り落とせば、青蓮院は無慈悲と世人に誹《そし》られることは疑いない。寺侍は、男の子へ、一枚に限って見逃すと告げて、ばつが悪そうなようすで退いていった。

安堵《あんど》した男の子は、命の恩人というべき女性にぺこりと頭を下げるや、くるっと背を向け、走り去ろうとした。すると、その首根っこを、女性が押さえつけたではないか。

「おおかた、悪たれ小僧同士の肝試《きもだめ》しか何かやろ」

口調も乱暴になる。

男の子が明らかに動揺した。

「こんくそがき、耳の穴かっぽじって、よう聞けや。越後《えちご》の上杉《うえすぎ》ゆうおっとろしい大名はな、花の制札ゆうもんを定めとる。それによれば、花盗《はなぬす》っ人《と》は死罪じゃ。盗っ人ばかりやあらへんで。その家族も近隣の者《も》ンらも皆殺しや。あんたのこと、ずっと見てるからな。こんど盗みを働きよったら、牛の背に縛りつけて越後へ流したる」

恐怖のあまり失禁した男の子は、解放されるや、泣きじゃくりながら逃げていく。

飛礫打ちで強さをみせつけてから、男の子を救うために本当としか思われないような作り話を堂々と陳《の》べ、寺侍による処罰を門跡寺院の品位にすり替え、さらには、男の子の盗みのまことの理由を看破したあげく、二度とできないよう迫真の威《おど》し文句をかけた。

（なんと花も実もある裁きか……）

一部始終を見届けた四郎次郎は、その女性にすっかり魅了されてしまう。

女性は、男の子がいなくなるまで目撃者の存在に気づかなかったらしく、四郎次郎が会釈すると、ちょっと驚いてから、慌《あわ》てて笠《かさ》の端《つま》を下げて、あらぬほうを見やり、そのまま歩きだした。

春雨の　降るは涙か　桜花《さくらばな》
散るを惜しまぬ　人しなければ

なんとかごまかそうと、和歌など詠みながらすれちがっていく、そのはにかんだ風情がなんとも可愛らしく、この瞬間、四郎次郎は恋に落ちた。

しかし、わずか半月後、それは永遠の片恋《かたこい》となった。父に随行して将軍御所を訪れたその日、義輝の隣に小侍従は座していたのである。

もう眠れそうにないので、四郎次郎は床を片した。体を動かしながら、あえて、最近の旅で得た見聞に意識を集める。

ある男のことを思い出した。

（木下藤吉郎《きのしたとうきちろう》と申したか……）

茶屋家が呉服御用をつとめる三河の松平《まつだいら》（徳川《とくがわ》）家康《いえやす》は、三年前の正月、尾張の織田《おだ》信《のぶ》長《なが》と同盟を結んだ。以来、四郎次郎も、徐々に織田の武士を知るようになっている。

藤吉郎というのは、素生《すじょう》は怪しいのだが、なかなかの才覚者で、いま織田家で頭角を現しつつある。誰が奉行をしても、遅々として進まなかった清洲《きよす》城の城壁修理を、たった一日で完成させたその合理的なやり方を聞いて、秀でた商人のような思考の持ち主、と四郎次郎は感服した。と同時に、会ってみて、猿そっくりの愛嬌《あいきょう》たっぷりの顔を笑いそうにもなった。

（小侍従さまには、まずは、あの御仁《ごじん》の話をいたそう）

寝間の戸を開けてみると、やはり小雨が降っていた。どんよりとして薄暗いが、仄《ほの》かに夜明けの光も感じられる。

轟《ごう》っ、轟っ、轟っ……。

（何の音か……）

遠い雷鳴のようにも聞こえたが、どこか違う。

（よもや、いくさが……）

曲がりなりにも畿内《きない》を掌握し、将軍義輝とも折り合いをつけてきた三好長慶《みよしながよし》が、昨年七月に病死してから、京《みやこ》では不穏の気が絶えない。政権を引き継いだ三好三人衆と松永久秀《まつながひさひで》は、英邁《えいまい》、剛毅《ごうき》で衆庶の人気が高い義輝に主導権を握られることを恐れ、かれらが阿波《あわ》で養う足利義栄《よしひで》を新将軍の座につけたがっているのである。

茶屋家の旧主の小笠原長時《ながとき》は、信濃《しなの》守護であったのが武田晴信《たけだはるのぶ》（信玄《しんげん》）の侵略によって没落し、阿波小笠原一族である三好長慶を頼って、その居城・摂津《せっつ》芥川《あくたがわ》城に寄食しながら、しばらく義輝の弓馬師範をつとめた。義輝が茶屋家に立ち寄るようになったのも、最初は長時の案内だったのである。そうした経緯から、義輝と三好・松永との対立において、茶屋家は微妙な立場と言わねばならない。

四郎次郎は、手早く着替えを済ませ、刀架から大小をとって、寝間を出ようとした。ところへ、寝衣姿の父が入ってきた。

「武衛へ参るか」

明延も、音に気づいて、いやな予感を抱いたのである。

「はい」

「逸《はや》るのは分かるが、せめて胴丸《どうまる》だけでも持ってゆけ」

明延は、そう言いながら、みずから足早に具足櫃《ぐそくびつ》まで寄り、蓋《ふた》を開けて、中から胴丸を取り出した。

胴・腰・大腿部《だいたいぶ》の周りを防禦《ぼうぎょ》する胴丸は、すこぶる軽快に作られており、徒歩の戦闘に適している。着用も楽であった。

「かたじけのうございます」

四郎次郎は、胴丸を受け取るや、身を翻した。

「おっつけ、家人《けにん》どもを遣《や》る」

倅《せがれ》の背へそのことばを投げて、父も寝衣の帯を解きながら動きだす。

四郎次郎は厩《うまや》へ向かわなかった。

馬具をつけて馬を曳《ひ》き出していては手間がかかるし、この薄暗がりの中で、路面の濡《ぬ》れ始めている道に馬を飛ばせば、馬沓《うまぐつ》を滑らせ、落馬の危険も伴う。茶屋邸から将軍御所へは距離十五、六丁《ちょう》といったところである。いますぐわが身ひとつで駆け向かうほうが、間違いなく早く到達できる。

屋敷を飛び出した四郎次郎は、東隣の姥柳《うばやなぎ》町を抜けて室町通《どおり》へ出るや、一散に北上した。走りながら、胴丸を着けた。

雨雲を通してくる鈍い曙《あけぼの》の光が、洛中の家々や往還の姿を、ぼうっと浮き立たせる。

何か破裂したような乾いた音が、高らかに響いた。

鉄炮《てっぽう》である。一斉射撃と察せられた。

人馬のざわめきも届いた。将軍御所が凶変に見舞われたことは疑いない。

「何者かっ」

往く手を塞《ふさ》がれ、四郎次郎は足をとめた。

路上に鉄炮手が三人、膝台《ひざだい》の構えで、銃口をこちらへ向けてきたではないか。二十間ほどの至近である。

四郎次郎にとっては折悪《おりあ》しく、雨雲が薄れて、小雨が上がり、夏の朝の光が射し込んだ。

「胴丸ばかりで、陣笠《じんがさ》も指物《さしもの》も着けておらぬぞ」

「胡乱《うろん》な者は問答無用で討ち取れとの弾正《だんじょう》さまの御下知《おげち》じゃ」

それで、この者らが御所方ではなく、敵の松永弾正少弼《だんじょうのしょうひつ》久秀の兵、と四郎次郎は分かった。

「放てえっ」

三つの銃口が火を噴いたのと、四郎次郎が横っ飛びに身を逃がしたのとは、同時である。塀際《へいぎわ》まで転がってから、素早く立ち上がった四郎次郎は、抜刀し、銃手たちめがけて斬り込んだ。

たちまち三人を刃《やいば》にかけたものの、再び走りだそうとして、眩暈《めまい》に襲われ、よろめいた。右の側頭に触《さわ》ると、ぬるっと生温かく濡れた。弾丸に掠《かす》められたようだ。右の脇腹もひどく熱い。胴丸に命中した一発が、薄い鉄板を貫通し、四郎次郎の肉にまで食い込んでいたのである。

胴丸を剝《は》ぎ取って足許《あしもと》へ落とし、脇腹の傷口へ指をずぶりと入れた。幸い、銃弾は浅いところで留《とど》まっている。胴丸を着けていなければ、内臓を破壊されていたであろう。

銃弾を、指で摘《つま》んで取り出した。

(小侍従さま……)

なんとしても助けたい。一歩、二歩、と踏み出した。刹那《せつな》、気遠《けどお》くなった。

二

洛東の山々の緑が、五月雨《さみだれ》に弥増《いやま》している。

（安土《あづち》城を御覧になれば、必ずお目を輝かせあそばすと存ずる……）

墓前でひとり、笠も被《かぶ》らずに佇《たたず》み、泉下の人へ諸国噺を語ってきかせているのは、四郎次郎である。

天正《てんしょう》十年五月二十二日の朝。

十七年前の同月同日、洛外の潜伏先を発見された小侍従は、この知恩院《ちおんいん》に移送のうえ、腹に義輝の子を宿したまま斬首《ざんしゅ》された。三好三人衆と松永久秀の将軍御所襲撃から三日後のことである。

その間、松永軍に囚《とら》われの身であった四郎次郎には、どうすることもできなかった。が、自身は生きて解放された。茶の湯を通じて堺《さかい》商人と繋《つな》がる父明延が、三好・松永に対して発言力をもつ堺の会合衆《えごうしゅう》を動かしてくれたのである。

いまも後悔の念を拭《ぬぐ》えずにいる。

ただひたすら小侍従を助けたいという感情のみに衝《つ》き動かされ、焦って単身で駆けつけたのは愚かすぎた。そのせいで、負傷したあげく拘束された。結果的に、小侍従は三日間は潜伏していたのだから、四郎次郎自身が自由の身ならば、その間に三好・松永より早く発見して、どこか遠くへ落ちのびさせることができたかもしれない。きっと三河へ落としたであろう。家康ならば小侍従を厚遇し、必ず守ってくれたはず。

さらに冷静に考えれば、ほかに為《な》すべき術《すべ》があった。すでに襲撃の開始されていたあの時点では是非もないので、それ以前のことである。たとえば、三好三人衆とは茶屋家も茶人同士の交流があったのだから、長慶没後のかれらの動きをしかと探っておくべきではなかったのか。

明廷は武士の心情としては義輝、商人の実利としては三好・松永と思っており、その均衡を保つため、一方へ明らかな肩入れをすることは避けていた。それと知る四郎次郎だけに、自身も義輝と三好・松永の対立関係にはあえて踏み込まなかった。踏み込んでいれば、将軍御所襲撃の情報を事前に摑《つか》めたはずなのである。むろん、その場合は、茶屋家も三好・松永に潰《つぶ》されたかもしれないが。

将軍弑逆《しいぎゃく》の凶変後、四郎次郎は、徳川家康に請われて側近《そっきん》となった。甲斐《かい》の虎・武田信玄を敵に回しての遠江《とおとうみ》・駿河《するが》の争奪戦に、これまでの何倍もの軍需物資を必要とする家康が、最も信頼できる政商として四郎次郎を選んだのである。

小侍従を思い出す京に暮らすのが辛《つら》かった四郎次郎にとっても、渡りに舟の家康の懇請といえた。

それからの四郎次郎は、家康のために八面六臂《はちめんろっぴ》の活躍をつづけている。軍需物資を購入費を抑えながら大量に調達するだけでなく、みずから従軍して幾度も目立った手柄を立てた。敵対勢力との外交という難しい任の手助けもする。

信玄に大敗を喫した三方ヶ原《みかたがはら》合戦では、玉砕を覚悟する家康を叱りつけて早々の戦場離脱を進言し、その殿軍《しんがり》に加わって、浜松《はままつ》城へ生還させている。信玄は野戦で家康を討ち取ることに賭けており、逃げきられて決死の籠城《ろうじょう》戦に持ち込まれたら、絶対に深追いはしてこない、と読んだからである。結果は四郎次郎の読みどおりとなった。それで命冥加《いのちみょうが》を得た家康より、感謝のしるしとして橘《たちばな》の小枝を手ずから授かり、以後は茶屋家の家紋を三《み》つ梶《かじ》の葉《は》から橘に改めた。橘は、永遠の繁栄と長寿の象徴とされる。

小侍従を救えなかった後悔が、武人としても商人としても、かえって四郎次郎を成長させたといえよう。何につけ微《かす》かにでも不審や不安をおぼえたときには、他者から気取られぬようにしつつ、決して目配りを怠らず、かつ先を見据えて周到を期すようになったのである。

いまや、天下の覇者は織田信長に定まりつつあり、信長の唯一の同盟者・徳川家康も駿河・遠江・三河という東海三国の太守へと出世した。

信長から駿河国を拝領したばかりの家康は、その御礼言上のため、遠江浜松より近江《おうみ》安土へ参上し、信長の絢爛《けんらん》たる居城で数日にわたる贅美《ぜいび》の限りの饗応をうけたあと、昨日、上洛している。四郎次郎も随従者のひとりである。

安土を発《た》つとき、家康は信長から、京では姥柳町の南蛮寺《なんばんじ》を宿所とするよう勧められたが、実際に家康一行が旅装を解いたのは、百足屋町の茶屋邸であった。一行の人数は、同行の穴山梅雪《あなやまばいせつ》主従を含めても数十人だが、南蛮寺では手狭《てぜま》なので、京における饗応役の織田信忠《のぶただ》の許しを得て、変更したのである。茶屋邸の敷地は、百足屋町から不動《ふどう》町にまたがっていて広壮であった。

実は、この宿所変更については、四郎次郎が家康に進言した。まったく無防備で勝手も分からぬ南蛮寺より、押し込みなどを想定して備えを有し、信頼する家人に警固も任せられる茶屋邸のほうが、安心できるのである。

織田支配下の京で変事が起こるなど考えにくいことから、そのあまりの慎重さを、

「こけぬ先に杖《つえ》を突くか」

鬼と異名される剛直の将・本多重次《ほんだしげつぐ》に嗤《わら》われた四郎次郎だが、引き下がらなかった。乱世はまだ終わったわけではない。

「茶屋どの」

よばれて、小侍従の墓前の四郎次郎は振り返った。

「お屋形《やかた》がお帰りあそばす」

本堂で住職と対面中の家康より遣わされた若き井伊直政《いいなおまさ》である。

徳川家は浄土宗の篤信家で、旗印にも厭離穢土《おんりえど》、欣求浄土《ごんぐじょうど》の文字を用いる。家康は、上洛《じょうらく》を機に、その総本山たる知恩院に詣《もう》でたのである。

（三河へ帰る前に……）

いまいちど会いにくることを小侍従に約束して、墓前を辞した。が、次の墓参がはるか先のことになるのを、このときの四郎次郎はまだ知らない。

家康一行は、この日も、翌日以降も、妙覚寺《みょうかくじ》を宿所とする織田信忠の接待により、洛中洛外で遊興三昧《ざんまい》の日々を過ごす。

そして、五月二十九日の未明、四郎次郎は茶屋邸の自身の寝間で、夜具をはねのけて目覚めた。

寝衣が乱れて衿《えり》が広がり、ひどく寝汗《ねあせ》をかいている。左手で右の脇腹を触った。

いま撃たれたのではない。古い鉄炮疵であった。四郎次郎は、ほうっと息を吐いた。

（なにゆえ、いま……）

小侍従の墓に詣でた直後ならば、こんなこともあろうと思えるが、あれから七日も経《た》っている。

「兄上」

戸の向こうから、声をかけられた。

「仁右衛門《にえもん》か」

弟である。

四郎次郎は、立って、みずから戸を開け、仁右衛門を引き入れた。

「いま亀山《かめやま》より戻ったか」

「愛宕山《あたごやま》からにござる」

京の西北の山に、尊崇すれば必ず軍陣の勝利を得るという勝軍地蔵《しょうぐんじぞう》を祀《まつ》る愛宕神社が鎮座する。

「兄上の取り越し思案と思うていたに、探ってみると、それがしも気にかかってまいり申した」

将軍ですら、陪臣に追放されたり、陪々臣に殺されたりするのが乱世であり、織田信長も含めて戦国武将の多くは、下剋上《げこくじょう》によってのし上がっている。だから、自身が上に立ったときは、下を警戒するのが当然といえた。わけても、天下最大の版図《はんと》を有する織田氏の場合、大きな軍事力をもつ部将《ぶしょう》が幾人もいるので、信長の猜疑心《さいぎしん》、警戒心は尋常ではない。

そのため、家臣の粛清、追放を行うことに、信長は躊躇《ためら》いがなかった。

譜代重臣の地位に胡座《あぐら》をかいて働きの鈍い者。新参にもかかわらず抜擢《ばってき》してやっても期待に応《こた》えない者。敵対したのを不問に付してやったのに粉骨砕身しない者。単純に、軍令違反を犯す者、風紀を乱す者、など。

有体《ありてい》に言えば、こうした者らはいつ裏切るか知れないから、何らかの罪を負わせて、事前に処断してしまうのが信長流なのである。いわば、下剋上の予防措置であった。

一昨年《おととし》八月のそれには、信長を上に戴《いただ》く誰もが驚愕《きょうがく》した。本願寺《ほんがんじ》攻めの総大将であった佐久間信盛《さくまのぶもり》、信長の幼少時代からの宿老《おとな》・林秀貞《はやしひでさだ》、美濃《みの》三人衆のひとり安藤守就《あんどうもりなり》らが、一挙に放逐されたのである。

そのとき、四郎次郎は不安をおぼえた。

（次に憂き目をみるのは……）

家臣ばかりとは限るまい。同盟者の家康であろうと、働きが不甲斐《ふがい》なかったり、何かしら少しでも疑いを抱かせるような言動があれば、信長は容赦しないのではないか。

家康と徳川家臣団の働きは問題ないとして、信長の猜疑心を刺激することは何としても避けねばならない。そのためには、織田の部将個々に対して、懇意にすべき者、関わらぬほうがよい者、一定の距離を置いたほうがよい者、などを見極める必要があろう。

以来、四郎次郎は、織田の部将たちをそれとなく探っている。武士としてだけでなく、商人や茶人の情報網までもつ四郎次郎にとって、それは難事ではない。

近頃、気にかかるのは、明智日向守光秀《あけちひゅうがのかみみつひで》である。

信長に万一のことが起こったとき、織田家をひとつにまとめて率いうる部将は、光秀か羽柴筑前守《はしばちくぜんのかみ》秀吉《ひでよし》のいずれか、というのが永く衆目の一致するところであった。羽柴筑前守とは異数の出世を遂げた木下藤吉郎のことである。

ところが、このところ秀吉の活躍がめざましく、光秀は後《おく》れをとったと言われはじめた。とうに老境に入っている光秀が挽回《ばんかい》するのは難しい、とも。実際、今春の信長の甲州《こうしゅう》陣から東海道遊覧に随従した光秀は、四郎次郎の目にも、精彩を欠いたようすと映った。

安土では、家康と梅雪の饗応役をつとめ、万事に一流でそつがなかったものの、微笑みが何やら達観した高僧のそれのようで、ちょっと無気味であった。ただ、その印象は四郎次郎だけのもので、酒井忠次《さかいただつぐ》、石川数正《いしかわかずまさ》という徳川の両輪でさえ、さすが上様《うえさま》のご信頼随一の明智どの、と褒めそやした。

光秀は、備中《びっちゅう》で毛利《もうり》軍と対陣中の秀吉の赴援《ふえん》を命ぜられ、饗応役を途中で解かれて、いったん近江坂本《さかもと》城へ、その後、出陣支度のため領国丹波《たんば》の亀山城へ向かった。

四郎次郎の胸はざわついた。といって、説明せよと詰め寄られたら、勘《かん》、としかこたえようがない。具体的な画《え》が見えているわけでもないのである。

それでも、いまの光秀のようすを知りたくて、弟の仁右衛門を丹波へ遣わした。

「明智どのは昨日、戦捷《せんしょう》祈願のため愛宕山に参籠《さんろう》し、そこで神籤《みくじ》を幾度も引かれたようにござる」

「吉が出るまで引いたか」

いくさの勝利を欲するあまり、それはないことではない。

「神官の話では、明智どのは吉を一度目に出され申した」

「なに……」

「それどころか、その後も幾度も出されたのに、なお神籤を引きつづけ、その回数は尋常ではなかった、と」

「そのときのようすは」

「息も荒く、眼《まなこ》を血走らせていた、と」

「さようか……」

凶事の予兆、と四郎次郎は感じた。が、感じただけで、何の確証もない。

「兄上。よもや明智どのは、松永弾正のように織田さまに叛《そむ》き、城に籠《こ》もるつもりでは……」

将軍義輝殺しの首謀者であった松永弾正久秀は、織田信長が義輝の弟義昭《よしあき》を奉じて上洛すると、ただちに名物茶道具を進上してすり寄り、処罰を免れたばかりか、いったんはその麾下《きか》に属して忠義面《づら》をしてみせたが、結局は梟雄《きょうゆう》の血を抑えきれず、信長に叛いて大和信貴山《やまとしぎさん》城に籠城し、天守もろとも爆死している。

「いや……」

ゆっくりかぶりを振る四郎次郎であった。

察するに、光秀の心は悪性の病巣に蝕《むしば》まれている。それを取り除かぬかぎり、治癒は不可能に違いない。悪性の病巣とは、おそらく織田信長。

(明智どのが変事を起こすとしたら、ただ一散にご主君を討つ。それ以外にない)

二十九日は、この年の五月の尽日《じんじつ》。京は朝から雨に烟《けぶ》っている。

家康一行《いっこう》は、信忠を訪ねるべく、旅支度を調えて妙覚寺へ向かった。共に堺遊覧へ出かける予定なのである。堺の豪商茶人らによって明日開かれる茶会の賓客が、信忠と家康であった。

途次で、偶然にも、やはり妙覚寺へ参上するという京都所司代・村井貞勝《むらいさだかつ》と遭遇した。

「上様は本日午後にご上洛あそばし、本能寺《ほんのうじ》をご宿所となさる」

その報《しら》せが安土より届いたので、信忠へ伝えにいくのだという。上様とは信長をさす。

(何かよからぬことが……)

と四郎次郎の勘が冴《さ》えた。

家康の律儀さからして、堺行きを取りやめて京で信長を出迎える、と信忠に言上するのは目に見えている。そうさせたくない。いまは、できる限り、家康を信長から遠ざけたいのである。

「左衛門尉《さえもんのじょう》どの」

小声で酒井忠次に言った。忠次は左衛門尉を称す。

「いかがした、四郎次郎」

「お屋形が左中将《さちゅうじょう》さまの御前で何と仰せになろうと、本日中の堺行きを決して取りやめることなきように」

信忠は左中将に叙任されている。

「なにゆえか」

「たしかな理由はござらぬ」

「あきれたことを……」

「お願い申す」

自身の帯の意匠に、四郎次郎は触ってみせた。家康拝領の橘紋にかけて、という覚悟である。

「理由は、それで充分よな」

うなずき返す忠次であった。

かれらが妙覚寺に参上すると、まずは村井貞勝からの報告をうけた信忠が、自分はこのまま京に留まって信長を出迎えるが、家康は予定どおりこれより堺へ向けて発するようにと言いだした。四郎次郎にとっては願ってもない。

しかし、危惧《きぐ》したとおり、家康が自分も留まらせてほしいと申し出た。

それに対して、忠次が、堺の豪商らは東海の太守の来臨を首を長くして待っているのに、ここで肩すかしを食らわせては、かえって織田父子の評判を落としかねない、と信忠の好意を受けるよう主君を諭した。

酒井忠次というのは信長のおぼえがめでたい。その異見《いけん》に従うことを、信忠も家康に勧めた。

「かたじけない」

妙覚寺を辞したあと、四郎次郎が忠次に感謝すると、

「正直に申せば、こう幾日も左中将さまと一緒では、それがしも気骨《きぼね》が折れる。明日は存分に茶を愉《たの》しもうではないか」

晴々と徳川筆頭家老は打ち明けてくれたものである。

信長の上洛前に京を発った家康一行は、この日のうちに堺入りし、堺代官・松井友閑《まついゆうかん》の饗応をうけた。

明けて六月一日は、豪商の今井宗久《いまいそうきゅう》と津田宗及《つだそうぎゅう》、それぞれの茶会に招かれ、ゆったりとした時を過ごす。

すると、京から使者がきて、信長の西国《さいごく》出陣が六月四日に決まったというので、家康は明日にも京へ戻ることにした。御礼の挨拶《あいさつ》をしておかねばならぬ。

「されば、それがしは、これより、先に京へ立ち返り、ご宿泊の支度を調えておき申す」

四郎次郎が申し出た。しかし、家康は、よいよい、と手を振る。

「わざわざそちが先に戻ることはない。茶屋家に使者を遣わせば済む」

「手落ちがあってはなりませぬゆえ」

「万一、手落ちがあったとて、生死にかかわるわけではあるまい。いくさではないのだから」

「お屋形」

酒井忠次が口を挟んだ。

「主君へのもてなしは、家臣にとってはいくさに同じ。お屋形も、上様の東海道《とうかいどう》ご遊覧では、いくさのお覚悟をもって饗応なされたはず」

「それはそうじゃが……」

「それに、家臣は主君に似るもの。四郎次郎も律儀者なのでござる」

徳川家康は律儀者、というのが世評であった。知行を与えられていない四郎次郎は、正しくは徳川家の家臣ではなく、いわば家康個人の私設秘書というべき存在なのだが、それだけにかえって主従の絆《きずな》は強い。

「ならば、四郎次郎。そちの気の済むようにいたすがよい」

ようやく納得する家康である。

四郎次郎は、助け船を出してくれた忠次に、目配せで感謝した。

三

馬をとばし、日暮れ近くに、四郎次郎は洛中の茶屋邸へ戻った。

それから、奉公人たちに申しつけながら、みずからも動いて、家康一行の宿泊準備を進めていると、弟の仁右衛門がやってきた。

実は、昨日未明、明智光秀のようすを報せるため愛宕山から帰京した仁右衛門を、その場より蜻蛉返《とんぼがえ》りで丹波亀山へ往かせた四郎次郎なのである。

「兄上。明智日向どのは、明朝、ご上洛なさるつもりにござる」

「なに……」

「西国出陣前に、兵馬を上覧に供するとのことにて」

「妙じゃな……」

と明延が小首を傾《かし》げた。

茶屋家の当主はすでに四郎次郎だが、父の明延はまだまだ倅たちより頼りにされている。

出陣前、自軍の兵馬を主君に検閲して貰うのは、当たり前の行事ではある。が、あの気《き》早《ばや》な信長が、羽柴秀吉の援軍として備中へ赴く光秀に、わざわざ反対方向の京へ寄れと命じるであろうか。

「むろん、日向どのご自身がさようなさりたいからなさる、ということもないとは申せぬがな。このところ出世争いの先を往く羽柴どのの兵に、われらは決して劣らぬとご主君に見せつけたいのやもしれぬ」

「仁右衛門。明智軍の総勢は」

四郎次郎が訊《たず》ねた。

「一万三千」

考えたくはないが、光秀がそれだけの大軍を率いて、信長を討つつもりで乗り込んできたら、どうなるか。京は無防備な市《まち》である。剰《あまつさ》え、いま本能寺の警固人数も極端に少ない。信長はひとたまりもあるまい。

「兄上。これより本能寺へまいって、織田さまにおたしかめなされては」

茶屋邸と本能寺とは一丁ほどしか離れていない。

「それはできぬ。さようなことを口にいたせば、われらが織田さまの部将の動静を探っていたことが露見《ろけん》してしまう」

「それとなく訊《き》き出すぐらいのことは、兄上ならお出来《でき》になり申そう」

「仁右衛門よ」

明延が、かぶりを振る。

「織田信長というお人は、恐ろしいばかりにご鋭敏。間違いなく、四郎次郎をお疑いになる。それが、ひいては、徳川家に対する疑念となるのじゃ。騰雲院《とううんいん》さまの事件を思い起こすがよい」

家康の嫡男《ちゃくなん》で、信長の女婿《むすめむこ》でもあった信康《のぶやす》は、武田氏との内通を疑われ、その釈明のため、酒井忠次が安土に参上した。徳川家の問題に容喙《ようかい》はせぬと信長は言ったが、家康がどういう結着《けっちゃく》をつけるのかしかと見届けるぞ、という覇者の底意を感じないわけにはいかなかった。助命はありえない。忠次の復命をうけて、家康はわが子を切腹させた。三年前の事件である。信康の法号を騰雲院という。

「亀山から京へは、野条《のじょう》から老《おい》ノ坂《さか》越えで沓掛《くつかけ》まで下り、あとは桂川《かつらがわ》を渡って、七条《しちじょう》通より洛中へ入るということになろうな……」

独語するように、四郎次郎は言った。

「おのが五根《ごこん》で探ってくるか」

父が当主である倅を見つめた。五根とは五官のことである。

「されば、それがしもお供《とも》を」

早くも仁右衛門のほうが立とうとする。

「おぬしは残れ。何が起こるか分からぬゆえな」

と兄が弟を制して、立ち上がった。

四郎次郎は、妻を娶《めと》って男児をひとり儲《もう》けているが、この子は幼少なので、すぐには跡《あと》取《と》りになれぬ。四郎次郎の身に万一のことが起こったとき、茶屋家を守るのは仁右衛門である。

四郎次郎は、家人の中から、小助《こすけ》と喜平《きへい》を選んで供にし、茶屋邸を足早に出た。両人とも、武芸に長じ、脚力にも自信をもつ。

四郎次郎主従が、予想される明智軍の入京路を逆に辿《たど》って、沓掛に到着したのは、夜半近くのことである。

ここは岐路の地であり、南下すれば西国街道、西へ上る急坂《きゅうはん》が老ノ坂。

梅雨《つゆ》空で、月も星も見えぬから、あたりは漆黒の闇、のはずであった。が、老ノ坂を沓掛へ向かって下りつつある灯火の長蛇の列が見えるではないか。荷駄の車輪の音、物の具《もののぐ》の触れ合う音なども聞こえてくる。

（明智軍……）

沓掛の聚落《しゅうらく》の東外れまで後退し、松明《たいまつ》の火を消して、林の中で息をひそめて待った。

夥《おびただ》しい数の軍兵《ぐんぴょう》は、沓掛まで下りてくると、行軍を停止してしまう。私語が交わされることもなければ、しわぶきひとつ立たない。尋常ならざる兵気が伝わってくる。まことに明智軍なのか。

「みてまいる」

小助が、軍兵たちの近くまで寄り、確認して戻ってきた。

「総大将とおぼしき者の馬印は、水色桔梗紋《ききょうもん》」

間違いない。明智光秀の軍勢である。

「兵糧《ひょうろう》をつかい始めており申す」

こんな時分に、こんな場所で黙々と腹ごしらえをする理由は、ひとつしかない。戦闘が次の行動だからである。

すると、小休止中の明智軍の中から、一隊が飛び出し、四郎次郎主従の目の前を東へ向かって通過していった。数は見定められないが、百や二百はいたように思う。

(物見《ものみ》だな……)

いまの京のようす、おもに本能寺とその周辺を、偵察する先発隊なのであろうか。確証が欲しい。

「追うぞ」

四郎次郎主従は、先発隊の掲げる灯火を目当てに、かれらを追尾した。

桂川まで一里半足らずの下り坂である。半時《はんとき》かからず、西岸に達した。

先発隊の兵が、徒渉《としょう》を開始する。

最後尾の者が、草鞋《わらじ》が切れたのであろう、皆に後れをとった。新しい草鞋に履き替えるべく、岸辺にしゃがんだ。

背後へ忍び寄った小助と喜平は、その兵の口を塞ぎながら、体を岩陰まで引きずった。

「分かっておるな。わめくでないぞ」

と兵の喉頸《のどくび》へ短刀の刃をあてたのは、四郎次郎である。

塞いでいた口を自由にしてやると、

「お……お助けを……」

兵は掠れた震え声を洩《も》らした。

「明智日向守の兵だな」

「さ、さようにございます」

「日向守はこれから何をするつもりか」

「存じませぬ」

「この期《ご》に及んで」

短刀の切っ先を喉頸へ少し押し込む。

ひいっ、と兵が息を呑《の》む。

「まことにございます、まことにございます。わしらのような下《した》っ端《ぱ》は、物頭《ものがしら》さまに命ぜられること以外は何も、本当に何も知らされておりませぬ」

「では、先に行った者らは何を命ぜられた」

「洛中のようすをみてまいるように……」

「それだけではあるまい」

「そのさい、出遇《でお》うた者は、老幼男女の別なく悉《ことごと》く斬り捨てよ、と」

事を起こす前に、誰かに本能寺へ急報されるのを防ぐためと考えれば、その命令は納得できる。

「ほかに、命ぜられずとも、何か見聞《みき》きしたことがあろう」

「ございませぬ」

「思い出せ」

「ご家老が仰せになられたのが偶々《たまたま》耳に入ったと、ほかの足軽が申していたのでございますが……」

「日向守の家老は何を申した」

「お屋形は天下様《てんがさま》におなりあそばす」

これで明白となった。明智光秀はいまから主君織田信長を弑《しい》して、その座を奪うつもりなのである。

「よう正直に明かしてくれた。礼を申す」

四郎次郎は、兵から離れた。

すかさず、兵の口を小助が塞ぎ、その喉頸を喜平が搔《か》き斬った。

出陣前に光秀から決意を明かされた者は、斎藤内蔵助《さいとうくらのすけ》、明智弥平次《やへいじ》ら側近数名にすぎない。一万三千の兵の大半は、このあと桂川を一斉に渡河《とか》して東岸に上がったところで、初めて、本能寺に信長を急襲すると知らされることになる。

四郎次郎主従は、洛中へ戻る途次、東寺《とうじ》の近辺で、農夫の死体を幾つも見た。察するに、畑の作物を泥棒に盗まれぬよう夜番でもしていたところを、明智の先発隊と遭遇したばかりに斬り捨てられたのであろう。

百足屋町の茶屋邸へ戻った四郎次郎は、明延と仁右衛門に子細《しさい》を語った。

「兄上。こたびばかりは、急ぎ、織田さまにご注進申し上げねば」

ところが、四郎次郎は腰を上げず、沈思し始める。

「そうじゃな。ここは、茶屋の性根所《しょうねどころ》よ」

茶屋家の当主である倅の心を読んだように、明延が言った。性根所とは、正念場に同じで、ここぞという大事の場面の意である。

「おふたりとも何をお考えか……」

仁右衛門ひとりが、訝《いぶか》る。

「天下がこのまま天魔のものになってよいのかということじゃ」

明延が問いかけるように仁右衛門を見た。

比叡山《ひえいざん》焼き討ちや一向一揆《いっこういっき》の大虐殺などにより、信長は天魔と恐れられている。自身も書状に第六天魔王と署名したことがある。前時代までは時の政権と対等か、それ以上に渡り合ってきた堺の豪商たちでさえ、信長には完全に屈伏せしめられた。

茶屋家が御用商人をつとめる家康にしても、信長の唯一の同盟者でありながら、嫡男の犠牲を余儀なくされている。つまりは、天魔の心を推し量り、満足させつづけるなど、誰にもできぬということであった。

だが、もし天魔を確実に葬り去ることができるのなら、そして、いまやその絶好の機会を得た者がいるのなら、これを阻《はば》んでよいものであろうか。むしろ黙過すべきではないのか。

父の視線と、兄の黙考のようすから、仁右衛門もようやくそこまで思いめぐらせ、ひとり、ほうっと息を吐いた。

「織田さまに大きな恩を売る千載一遇の好機でもあるがな」

と明延は、真反対の異見も口にした。

誰も予想できなかった明智光秀の謀叛《むほん》から、信長の命を救った茶屋家が、以後、格別に厚遇されることは疑いない。やりようによっては、堺の豪商・今井宗久のような地位を得ることも夢ではないであろう。

宗久は、堺の町衆を説得して、信長の矢銭《やせん》二万貫賦課に応じた功により、摂津住吉郷《すみよし》に采地《さいち》を賜ったばかりか、その後、山城《やましろ》・摂津の蔵入地《くらいりち》や但馬銀山《たじまぎんざん》の経営も委《ゆだ》ねられた。信長の茶頭《さどう》までつとめている。つまり、織田政権下の商人中、一頭地を擢《ぬ》く存在であり、得ている利益も桁外《けたはず》れと想像される。徳川家の領地拡大と軌《き》を一《いつ》にして発展してきた茶屋家であっても、信長の随一の政商には逆立ちしても敵《かな》わない。

いま信長に明智勢の来襲を急報するのは、茶屋家にとって天下一の豪商への道を拓《ひら》くことを意味する。そう言い切っても大げさではあるまい。

「四郎次郎。茶屋の当主はそなたじゃ。心をきめよ。そなたのきめたことに、父は従う」

「それがしも、兄上に従い申す」

仁右衛門も覚悟する。

「武家も商家も……」

と徐《おもむろ》に四郎次郎が口を開いた。

「最も大事なるは、利心《りしん》ではなく、赤心《せきしん》」

利益を追求する心が利心。対して、赤心とは、嘘偽《うそいつわ》りのない心、すなわち真心とか誠意をさす。

「織田さまは利心のために赤心を疑うお人。天下のあるじに相応《ふさわ》しいとは、それがしには思われぬ」

信長へは注進しない、と四郎次郎は決した。

「十七年前のわしに聞かせてやりたいものよ」

溜《た》め息《いき》まじりに、明延が洩らす。

京畿《けいき》を勢力圏とする三好・松永との商いに障りが出ることを危惧するあまり、心情的に魅了されていたにもかかわらず、足利義輝のために働かなかったことを、実は明延も後悔しつづけてきたのである。

「本能寺襲撃は、おそらく夜明け。いくさ上手の明智どののことゆえ、せいぜい半時ばかりで織田さまを討ち果たすに相違ない」

四郎次郎はそう推察した。

「父上。それがしは、織田さまの死をたしかめてから、ただちに堺へ向かい申す。お屋形は堺を早立ちしておられようから、途次で出くわすことになりましょう」

「それから、いかがする。お屋形を京へお連れすることはできぬぞ」

その頃には、洛中洛外は明智軍に占拠されているとみなければならない。京に通じる道もすべて扼《やく》されているであろう。そして、信長の二十年にわたる同盟者である家康は、発見されたら間違いなく殺される。

「堺へ戻るのが最善では」

と仁右衛門は言う。

堺ならば、織田の代官の松井友閑や、大きな力をもつ会合衆に援《たす》けて貰える。万一のさいは、船で海上へ逃れることもできよう。

「仁右衛門。それは下策だ」

かぶりを振る四郎次郎であった。

「織田さまが明智どのの謀叛によって討たれたと伝われば、相模《さがみ》の北条《ほうじょう》氏がただちに動く」

旧武田領の上野《こうずけ》、甲斐、信濃に封じられ、領国経営の端緒についたばかりの織田の部将衆は、信長の横死に激しく動揺するであろう。一方、武田旧臣と領民たちは、信長という絶対的な権威を失った新領主など怖くはないので、一揆を起こすこと必至と言わねばなるまい。旧武田領を欲しくてたまらぬ北条氏が、この混乱に乗じないはずはないのである。そうなったとき、家康と徳川の重臣たちが京坂《けいはん》に留まっていては、北条氏にいいようにされてしまう。上野はともかく、徳川の領国と国境を接する甲斐と信濃においては、家康も後手《ごて》に回ることは避けたいはずであった。

「よって、お屋形には一日も早くご帰国いただかねばならぬ」

「山路《やまじ》を往くことになろうな」

明延が想像すると、四郎次郎は即答した。

「それがしの頭の中で、道程はほぼ定まっており申す。商いで諸国、諸道を巡ってきたことが役に立ちそうにござる」

「さもあろう」

頼もしい当主に、明延は目を細めた。

「明後日には三河岡崎《おかざき》へ到着いたす」

「なんと……」

仁右衛門が驚く。落武者狩りが横行するに相違ない危地を脱して、そんなに早く三河へ行き着けるものなのか。

「大きな商いの決断と同じよ。遅速が死命を制する。危うき所は一気に通り抜けるのがよい。それに、もたついておれば、織田さまの横死が各地に伝わって、それだけ討たれる危険も高まるのだ」

「されば、四郎次郎。そなたが京を発《た》ったあとに起こったことは、逐一、岡崎へ報せよう」

明延が請《う》け合った。

織田信長の最期は目睫《もくしょう》の間《かん》に迫っている。

四

四郎次郎の予想どおり、夜明けに開始された明智軍の本能寺攻撃は、半時ばかりで終わり、信長は炎上する御殿の中で自刃した。

小助と喜平を供として、馬をとばして京を発った四郎次郎は、河内《かわち》の枚方《ひらかた》あたりで、徳川きっての勇将・本多忠勝《ただかつ》と遭遇する。家康が信長へ挨拶に参じることを京へ伝えるため、先発を命ぜられたのが忠勝であった。

そこから、忠勝が来た道を共に戻り、飯盛山《いいもりやま》に近いところで、後発の家康一行に合流した。

「信じられぬ……」

明智光秀の謀叛により信長が本能寺で生害《しょうがい》と知らされると、家康はその場に腰から頽《くずお》れ、しばし動揺が収まらなかった。

「急ぎ京へ上り、憎き明智と一戦交えてのち、知恩院にて腹を切る」

当初、そう口走ったほど、家康は惑乱した。

同行の穴山梅雪主従と合わせても、一行の総勢は数十人である。一万三千の明智軍とまともに戦えるわけがない。

「お屋形。お鎮《しず》まりあれ」

家臣らに宥《なだ》められ、落ち着きを取り戻した家康は、周囲を見渡した。

「あの飯盛山に籠もり、丹羽《にわ》どのに報せて馳《は》せつけていただこう」

大坂《おおざか》平野を一望できる飯盛山は、南北朝時代に山頂に城が築かれた。晩年の三好長慶が居城とし、拡張整備を行っている。が、その後、織田勢に攻められて落ちた。ただ、城はなくとも、要害の地ではあり、一日や二日なら隠れ潜むことは可能であろう。その間に、織田の有力部将・丹羽長秀《ながひで》に助けにきてもらえばよい。長秀はいま、織田侍従信孝《のぶたか》率いる四国討伐軍の副将として、大坂に待機中であった。

家康がこの案を口にしていたさなか、四郎次郎は、酒井忠次を皆から離れさせて、何やら耳打ちしている。

皆が家康に賛意を示しかけたとき、四郎次郎は進み出て、異を唱えた。

「畏れながら、かようなところに留まらず、早々に帰国なさるべきと存ずる」

「無茶を申すな」

忠次と同格の家老、石川数正が眉《まゆ》を顰《ひそ》めるが、四郎次郎は語を継いだ。

「お屋形。これは、徳川が一挙に大きゅうなる絶好機」

「どういうことか」

耳を貸す家康である。

「信長公が家臣の謀叛によりご生害と東国《とうごく》に伝われば、織田が仕置《しお》きを始めたばかりの国、すなわち上野、甲斐、信濃では、時を移さず武田旧臣らが一揆を起こすは必定《ひつじょう》。また、相模の北条もこれ幸いと乗り出してまいると存ずる。その前に甲斐と信濃へはお屋形の兵を放ち、両国斬り取りの一番手となることが肝要。さすれば、このあとの成り行きによっては、両国とも労せずして徳川の版図に加えることができましょう」

「上様の死に乗じて、織田領を押領《おうりょう》せよと申すのか」

「さようにございます」

あっけにとられる家康だが、四郎次郎は悪びれない。

「甲信《こうしん》へ兵など放って、もし織田が変後をうまく乗り切ったそのときは、何とする」

そう数正が口を挟むと、忠次が四郎次郎を後押しした。

「徳川領と境を接する織田領の混乱を鎮めるため、同盟者として派兵したと申せばよい。あの恐ろしい上様がもはやおらぬのだ。言い訳など何とでも立つ。さよう申したいのではないか、四郎次郎」

「ご賢察」

すると、大音がつづけざまに発せられる。

「のった」

「おう。駿遠三《すんえんさん》に甲信を加えて五カ国とは豪儀なことだ」

「織田信長公亡きあとの天下の風雲児は、われらのお屋形ぞ」

本多重次、大久保忠佐《おおくぼただすけ》、榊原康政《さかきばらやすまさ》という武功抜群の猛者《もさ》たちである。

家康の家臣らの表情に、それまでの不安の色は消えて、昂揚感《こうようかん》が漲《みなぎ》った。

忠次が、四郎次郎に向かって、小さくうなずいてみせる。

命懸けで危地を突破する目的が、ただ故国へ生きて帰るためというだけでは、恐怖心を拭い難い。しかし、生還が領地拡大の利につながると分かれば、その欲心によって勇気が湧く。儒教でがんじがらめの江戸時代の武士と異なり、戦国の武人とはそうしたものであった。そこのところを、四郎次郎は、筆頭家老の忠次の助勢を得て、刺激したのである。

「四郎次郎。さまで申したからには、ここからお屋形をご領国へ逃がす算段はついているのであろうな」

数正が、詰問《きつもん》するように言った。

「長谷川《はせがわ》さまと服部半蔵《はっとりはんぞう》どのが手助けして下されば、事はうまく運ぶと約束いたす」

「何か知らぬが、それがしにできることなら助力は惜しまぬ」

信長側近の長谷川秀一《ひでかず》が応じた。家康の京坂遊覧の案内人を命ぜられて、安土から同道している。

「こちらは、もとよりのこと。何でも申せ」

と徳川家臣の服部半蔵もうなずく。

「明後日のうちに岡崎へご生還させ申す。但し、行き着くまで、皆さまには死に物狂いで走っていただきますぞ。申すまでもございませぬが、お屋形にも」

四郎次郎に釘《くぎ》を刺された家康が、おのれの腹をぽんっと叩《たた》いてみせた。

「安土、京、堺で旨《うま》いものばかりたらふく食うたゆえ、よき腹ごなしになろうて」

徳川の君臣は、ともに声を立てて笑った。

これが当時の徳川の気風であった。四郎次郎が家康を敬愛する所以《ゆえん》でもある。

五

家康一行が、河内から山城、近江を経て、伊賀《いが》へ入るまでの道のりは、諸書によってまちまちで判然としない。しかし、伊賀入り後の行程はほぼ確定していることから、この三河への生還の旅は「神君《しんくん》伊賀越え」の称で後世に名高い。

四郎次郎が、長谷川秀一と服部半蔵の助けを必要としたのには、むろん理由がある。

秀一は、近江国栗太《くりた》・野洲《やす》両郡の代官をつとめ、近江・伊賀国境付近の主立《おもだ》つ国人、地侍を知っている。もしかれらに本能寺の変が伝わったとしても、信長の代官の立場で語れば、少々の嘘でも信じさせることができる。

他方、半蔵というのは、三河生まれだが、伊賀武士の宗家たる服部家の嫡流であることは、知られている。そのため、昨年の信長の伊賀攻めにより故国を逐《お》われたあと、徳川家に半蔵を頼って、その家来になった伊賀者も少なくない。半蔵が一声かければ、喜んで家康一行の警固につく伊賀武士は必ずいる、と四郎次郎は踏んだのである。

どちらも、思いどおりに運んだ。

それでも、落武者狩りの土民の蜂起は避けようがない。おもに道筋の村々の百姓衆が、武器をとって凶賊と化すのである。

かれらに対しては、四郎次郎は、商人らしくかねにものを言わせた。常に一行よりも少し先行して銀子《ぎんす》を村民に渡し、安全な通行を確保した上、道案内までさせた。

本能寺の変の直後、四郎次郎が、銀子八十枚余りを入れた革袋を手に、京の茶屋邸を発《た》ったことは、茶屋家の由緒書に詳しい。

この事実は、イエズス会の日本年報の記述とも符合する。

「三河の王は多数の兵と賄賂《わいろ》とすべき黄金をもってゐた」

多数の兵というのは、服部半蔵の呼びかけに応じた伊賀侍のことであろう。その数、二、三百人。甲賀《こうか》の地侍も百人ばかり参じたという。

賄賂とすべき黄金とは、言うまでもなく、四郎次郎が用意した銀子をさす。

ここまで四郎次郎が周到を期しても、土民の一揆すべてを振り切ることはできなかった。現実に、途中、先を往く家康主従に後れをとった穴山梅雪主従が、襲撃をうけ、あえない最期を遂げてしまう。この一件については、家康が殺させたという説も伝わる。駿河国の中で庵原《いはら》郡のみが穴山領だったので、これを奪うためにというのだが、真相は藪《やぶ》の中である。

伊賀国を抜けた家康主従は、加太越《かぶとご》えで伊勢《いせ》国へ入り、関《せき》、亀山と繋いで、白子浜《しらこはま》より船で伊勢湾を横断し、三河大浜《おおはま》に上陸すると、六月四日には岡崎へ辿り着いた。

四郎次郎は、宣言どおりのことをしてのけたのである。

ほとんど同時に、京の茶屋から仁右衛門が使者として到着しており、織田信忠も信長横死からわずか一時《いっとき》前後で二条城《にじょう》に討死したことが伝えられた。

「また、大坂の四国討伐軍は、本能寺の凶報をうけるや、兵の大半が逃亡してしまい、織田侍従さまも丹羽さまも右往左往しておられるようにございます」

もし家康が、四国討伐軍の救援をあてにして、河内飯盛山に籠もっていたら、いまごろ明智軍か一揆によって主従皆殺しにされていたかもしれない。

「四郎次郎。そちは、わしの、いや、徳川家の恩人ぞ。この先も、われらをしかと導いてくれよ」

徳川家の行く末は四郎次郎にかかっていると言われたようなものである。これほどの謝辞、賛辞はない。

「御生涯御艱難《かんなん》の第一とす」

と『徳川実紀』に記された伊賀越えにおいて、最大の功労者は間違いなく茶屋四郎次郎清延《きよのぶ》であった。

身に余る栄誉に心を震わせながら、四郎次郎はようやく、永年の後悔が消えてゆくのを感じた。

家康は、先の四郎次郎の進言を容《い》れ、ただちに甲斐・信濃へ兵を派遣し、拠点を確保している。そのさいの将領には、信長の甲州征伐後、徳川家に仕えた武田旧臣を抜擢した。

この初動の速さと、武田旧臣の力を頼んだことが、のちに生きてくる。

六月十一日に本能寺の変のことを知った北条氏は、信長より関東管領に任じられていた滝川一益《たきがわかずます》を上野から駆逐するや、その勢いを駆って、甲斐・信濃へも侵攻した。当初は、兵力で勝る北条氏が優勢であったが、両国の武田旧臣が続々と徳川につき、形勢は一挙に逆転する。

家康は、北条氏との対峙《たいじ》中から、武田旧臣の将を重要な任に就かせることで、かれらの信用を得た。それればかりか、武田武士団にとって神にも等しい信玄の作った軍制や統治法を、そのまま採用することも約束したのである。

もともと家康は、信玄に対しては、最大の敵でありながら深い敬意を抱いていた。その赤心が、武田旧臣に伝わったといえよう。

結果、和睦《わぼく》を余儀なくされた北条氏が兵を引き、家康は、甲斐を年内に平定し、信濃についても翌年中に勢力下におさめることに成功する。駿遠三甲信、五カ国の大大名となったのである。

一方、明智光秀を討って織田の政権を引き継いだものの、家康が別格の存在になることを恐れた羽柴秀吉は、信長の遺児・織田信雄《のぶかつ》を追い込んで、家康を頼るように仕向け、小《こ》牧《まき》・長久手《ながくて》合戦を起こした。

この合戦は、秀吉が実際のいくさで敗れ、家康は外交戦で後手を引くという、いわば痛み分けに終わる。結局は、巨大勢力の秀吉の勝ちといえたが、見事ないくさぶりをみせた武将家康の世評は、さらに高まった。

従軍した四郎次郎も、軍需物資の調達だけでなく、みずから戦場を馳駆《ちく》し、敵将の首まで挙げている。

だが、合戦終結後、四郎次郎は家康に向かって宣言した。

「それがし、此度《こたび》をもって武士を廃業仕《つかまつ》る」

今後は、秀吉の天下に定まる。どうかして徳川を滅ぼしたい秀吉に、その機会を与えず、なおかつ家康が大きくなるためには、いくさよりも、政治工作と情報戦のほうがはるかに大事となる。よって、秀吉が本拠とする京坂に、それを巧みにこなす常駐者を置かねばならない。京の商家の当主たる自分以外に、この任はつとまらぬ、というのが四郎次郎の思惑であった。

その後、四郎次郎が思惑どおりの活躍をしてくれたおかげで、家康は関白秀吉の時代を生き抜くことができたといっても過言ではない。

そういう功績に報《むく》いようと、いちど家康が正式に四郎次郎を徳川の代官職に任じようとしたことがある。が、これをも四郎次郎は固辞した。

「手前のやることはすべて、一介の商人としてのもの。なれど、もし家臣となれば、一転して徳川の間諜《かんちょう》とみられ、お屋形まで関白よりきつい処罰をうけましょう」

四郎次郎は、家康が秀吉の命で関東に移封されたときにも、商人の目で江戸の町割を行っている。

四郎次郎の没年は、たしかには分からない。というのも、以後、茶屋家の当主は代々、四郎次郎を通称とするため、二代目、三代目の業績まで混同されてしまったからである。ただ、二代目の清忠《きよただ》、三代目の清次《きよつぐ》ともに、幕府の御用商人として、また政治顧問としても有能であったことは、疑いないらしい。

諸説ある四郎次郎の没年で、最も遅い年が慶長《けいちょう》十一年。これが事実とすれば、秀吉の死、関ヶ原《せきがはら》合戦、家康の征夷大将軍《せいいたいしょうぐん》任官と江戸幕府の開幕、いずれにも関わったことは明らかと言ってよい。家康の四郎次郎に対する感謝の思いは、筆舌に尽くしがたいものであったろう。

「徳川家がつづく限り、茶屋家の安泰は約束いたす」

四郎次郎の死に際に、それくらいのことを口にしてもおかしくはない。

そして、茶屋宗家は、幕末まで幕府御用商として厚遇されつづける。尾州《びしゅう》徳川家でも、紀州《きしゅう》徳川家でも、四郎次郎の子らより始まる分家が、同様の地位を得た。

武・商・諜《ちょう》。

三つの高い能力で家康を支えつづけた茶屋四郎次郎清延は、徳川時代の生みの親のひとりである。そう断言してよいかもしれない。

その異才を開花させるきっかけは、若き日の片恋にあった。家康を天下人へと押し上げ、満足の人生を畢《お》えるとき、四郎次郎の心にはその人の俤《おもかげ》が過《よぎ》ったことであろう。

（小侍従さまはきっと褒めて下さる……）

龍吟《りょうぎん》の剣《けん》

木々の梢《こずえ》は、うすら寒そうにふるえている。末枯《うらがれ》の葉が一葉、ひらひらと舞い落ちて、水面《みなも》に映る顔を微《かす》かな波紋で歪《ゆが》めた。浜松《はままつ》城の濠端《ほりばた》に立つその人は、徳川家康《とくがわいえやす》である。

後ろに控える近習《きんじゅう》たちが、小走りにやってきた者を押しとどめた。振り向いた家康は、胸の前で笛をにぎりしめる童女へ、微笑《ほほえ》みかけようとしてできなかった。涙をいっぱい溜《た》めた目に仰ぎ見られたからである。

「信長《のぶなが》を……」

それだけ言うと、あとは唇を強く嚙《か》むばかりの童女であった。

家康の嫡男《ちゃくなん》で三河《みかわ》岡崎城主の三郎信康《のぶやす》は、甲斐《かい》の武田勝頼《たけだかつより》に内通し、織田《おだ》・徳川への謀叛《むほん》をくわだてた。生母築山殿《つきやまどの》と家臣の暴走に巻き込まれたというのが事の真相であったが、これを未然にふせげなかった責めは信康が負わねばならぬ。織田信長の怒りを和《やわ》らげるためには、徳川家のとるべき道はひとつしかなかった。家康はわが子を切腹させた。

（御家のためじゃ）

と七歳の童女に告げたところで、聞き分けてはもらえまい。

「お小亥《ねい》。吹いてくれぬか」

腰を屈《かが》めて、家康はやさしく語りかけた。

小亥の笛の音を、信康は好んだ。浜松来訪の折は、必ず聴いてから帰った。それゆえ、今年の夏、家康が信康夫婦の不和を憂《うれ》えて岡崎へ出向いたときも、小亥を伴った。まだ上手《じょうず》の笛には程遠いが、幼いせいであろう、音色に邪心というものがまったくない。

「嚠々《りょうりょう》として清々《すがすが》しい」

信康が好んだ理由は、それであった。小亥も、凛々《りり》しい若殿に所望されることを、幼《おさな》心《ごころ》にも誇りとした。

「吹いてくれ、三郎のために」

もういちど家康は頼んだ。

すると小亥は、濡《ぬ》れた眼《まなこ》をいっぱいに見開き、頬を真っ赤にしてぷうっと膨《ふく》らませ、唇の端《はし》から小さな泡粒《あわつぶ》を出したではないか。

（なんと、平八《へいはち》そっくりじゃ）

徳川家随一の猛将本多平八郎忠勝《ほんだへいはちろうただかつ》が、合戦の場において兵を叱咤《しった》する際にみせる形相《ぎょうそう》であった。小亥は忠勝のむすめである。

「死人《しびと》のために吹くなんて」

叫ぶように言って、小亥は笛を家康の足許《あしもと》へたたきつけた。

「童《わらべ》とはいえ、ゆるしがたい」

いきり立った近習らが、小亥を押さえつけようとしたが、家康に怒鳴りつけられ、引き下がる。

小亥は、くるりと背を向け、走り去った。

入れ代わりに、べつの方向から本多忠勝が走り寄ってくる。家康に過ぎたるもの、とまで敵に褒《ほ》め称《たた》えられる男のめずらしく困惑げな顔つきが、家康にはおかしかった。

「小亥がこちらへ参りませなんだか」

「この家康を臆病者と叱りつけおった」

小亥が言いたかったことを、家康は察していたのである。信長を討ってほしい。むろん、いまの家康にできることではない。信長に抗《あらが》えば、徳川家は滅ぼされる。

「平八。お小亥が男子《おのこ》でのうて、よかった。あの気象《きしょう》で男子ならば、わしを叱りつけるよりも、おのれの身ひとつで安土《あづち》城へ斬り込む道を選んだであろうよ」

涙は溜めても、最後まで嗚咽《おえつ》すら洩《も》らさなかった小亥の気丈さが、家康にはわが子のように愛《いと》おしかった。家康は、笛を手ずから拾いあげ、泥を払った。

本能寺《ほんのうじ》の変後、謀叛《むほん》人明智光秀《あけちみつひで》を討った羽柴《はしば》（豊臣）秀吉《ひでよし》が信長の後継者となったが、家康は承服できず、信長の次男信雄《のぶかつ》を擁して小牧《こまき》・長久手《ながくて》で秀吉に挑み、局地戦では勝利を得た。ところが、信雄が勝手に秀吉と和睦《わぼく》したばかりに、戦いの名目を失ってしまう。

翌年、徳川と相模《さがみ》の北条とで旧武田領の分割が急がれ、真田昌幸《さなだまさゆき》の所領である上州沼田《じょうしゅうぬまた》が北条領と決《けっ》し、家康は属将の昌幸にその返上を命じた。ところが、突っぱねられた。

「沼田は徳川、北条に与えられた地にあらず。われら真田が命懸けで斬り取りしところ。返上せねばならぬいわれはござらぬ」

激怒した家康は、鳥居元忠《とりいもとただ》・大久保忠世《おおくぼただよ》らに七千の精兵《せいびょう》を授けて、昌幸の居城の信州上田城を攻めさせた。小勢《こぜい》の真田を一挙に踏み潰そうというのである。

だが、徳川軍は、かの武田信玄から「わが両眼のごとき者」と信頼された昌幸の術中にはまった。まんまと城下に誘い込まれて、火と伏勢《ふせぜい》と千鳥掛《ちどりが》けの柵とに翻弄され、最後は神川《かんがわ》に追い落とされて、溺死する者が続出した。徳川軍の死者は千人をこえたといわれ、『三河物語』によれば、徳川兵は「ことごとく腰がぬけはて」る恐怖を味わった。

大敗の直後、徳川の老臣石川数正《いしかわかずまさ》が突如、大坂へ出奔して秀吉に臣従するという一大事が起こったので、家康は信州から兵を退《ひ》かせた。昌幸もまた、秀吉に近づきつつあり、時の勢いはいまや完全に関白《かんぱく》豊臣秀吉のものとなったのである。

昌幸との講和を決断した家康は、年があらたまるや、本多忠勝と稲姫《いなひめ》を浜松城内の居館によんだ。稲姫とは十四歳になった小亥である。

「わしの養女になってくれぬか」

家康がそう言うと、稲姫はおもてを綻《ほころ》ばせた。桜花《はな》のような顔容《かんばせ》である。

「いずれへ嫁《とつ》げと」

主君の意を察した稲姫のその一言に、家康は満足した。

「真田じゃ」

「まあ、うれしい」

「さように悦《よろこ》ばれると、かえって真田へやるのが惜しゅうなる」

「安房守《あわのかみ》どのは、ご正室を離縁なされますするのか」

突然おかしなことを言いだした稲姫に、家康も忠勝も、目をしばたたかせた。安房守とは昌幸をさす。齢《よわい》、四十歳である。

「そなたが嫁ぐのは、倅《せがれ》の信幸《のぶゆき》（のちに信之）じゃ」

途端に稲姫は、不満げに唇を尖《とが》らせた。

「なあんだ、つまらない」

「御前《ごぜん》でなんという無礼な口のききようか」

と忠勝が叱りつける。

「真田安房どのなれば、お屋形《やかた》の兵を散々に討ち破り、天下《てんが》に名を轟《とどろ》かせた御方《おかた》ゆえ、稲も嫁ぐに不足なしと存じまするが、倅どののご武名は聞こえておりませぬ」

「上田における真田方の勝利は、安房守の策と信幸の剛勇がもたらしたものぞ」

まるで味方の自慢でもするような父娘の会話ではないか。家康は苦笑した。

ただ家康は、信幸のことは好もしく思っている。昌幸が徳川に服属した当初、人質として駿府《すんぷ》に送られてきた信幸を引見し、見目《みめ》も心根《こころね》も涼《すず》やかな若武者と感じたのである。

かくて、稲姫は上田城へ輿《こし》入れした。

真田の家臣も領民も、猛々《たけだけ》しき本多忠勝の息女《そくじょ》だから、鬼面の大女がやってくると思い込んでいた。それが、意外にも目の覚《さ》めるような美しさと、健《すこ》やかな笑顔の持ち主だったので、たちまち稲姫に魅了された。

信幸の弟幸村《ゆきむら》だけは、稲姫を歓迎しなかった。かつて真田が北条を見限って徳川へついたとき、家康は恩賞を約束しておきながら、これを反故《ほご》にしたあげく、沼田の地を奪おうとまでした。そのせいで、真田はいったん越後《えちご》の上杉景勝《かげかつ》に諂《へつら》って支援をもとめ、幸村自身は人質として春日山《かすがやま》に赴《おもむ》かねばならぬという辛酸《しんさん》をなめたのである。家康に送り込まれた女などに、心をゆるせるものではない。

「それがしは、関白さまのお側《そば》に仕《つか》えることになり申した。姫のご実家がなおも関白さまにご臣従なさらぬのであれば、早々の離縁もお覚悟なされたがよろしかろう」

年下の嫂《あによめ》に刺《とげ》のある言辞を吐いてから、幸村は上洛の途《と》についた。

生来、陽気な稲姫は、気にしなかった。肝心なのは良人《おっと》となる信幸である。貧相な風貌の幸村と同腹の兄とは思えぬほどの美丈夫《びじょうふ》ぶりに、稲姫は胸をときめかせた。

この年の冬、ついに家康も上洛し、秀吉に臣従を誓った。


秀吉の北条征伐の後、沼田は正式に真田領と定められ、沼田城には信幸が入った。

信幸と稲姫は誰《たれ》もがうらやむ仲睦まじい夫婦であり、城下の領民も、毎日のように洩れ聞こえてくる稲姫の笛の音の明るさに、心地よさをおぼえた。

太閤《たいこう》秀吉が逝去《せいきょ》したのは、稲姫二十六歳の年である。豊臣政権下の平穏は終焉《しゅうえん》を迎え、最強の実力者徳川家康と、秀吉の遺児秀頼《ひでより》を擁する石田三成《いしだみつなり》との覇権争いが始まった。

二年後、風雲急を告げ、三成に与《くみ》する上杉景勝が会津《あいづ》で兵を挙げると、家康は討伐軍を催《もよお》して江戸を発《た》った。真田父子も徳川秀忠《ひでただ》に従軍した。

真田父子が下野《しもつけ》国犬伏《いぬぶし》に至ったとき、三成挙兵の報がもたらされた。このまま家康の東軍に従うべきか、三成の西軍に鞍替《くらが》えすべきか、父子は密談を交わした。

信幸は、こうしていまは上杉討伐軍に加わっているのだから、にわかの心変わりは武人《もののふ》の道に悖《もと》ると主張した。稲姫の養父の家康を裏切れないという気持ちもあった。

一方の幸村は、秀吉に近侍《きんじ》して好遇され、そのはからいによって、三成の盟友大谷吉継《おおたによしつぐ》のむすめを正室に迎えている。もともと家康ぎらいでもあったから、自分ひとりでも西軍に味方すると固い決意を示した。

詰《つ》まるところ、兄も弟もそれぞれの義《ぎ》を重んじたいのである。

昌幸ひとり、べつの考えを明かした。

「かかる大乱のときこそ、家を興《おこ》し、信濃《しなの》の小大名から天下の大大名に成り上がらん」

このあたりが、戦国武将真田昌幸の真骨頂《しんこっちょう》というべきであろう。倅たちはここまでの気宇《きう》を持ち合わせぬ。

真田のような小さな家は、家康という絶対的存在の下で勝利したところで、恩賞などたかが知れている。烏合《うごう》の衆に近い西軍に属して勝ってこそ、戦後のどさくさに大封《たいほう》を得られる機会も生まれよう。

かくて、信幸は徳川軍にとどまり、昌幸と幸村は陣払いをして信州に向かった。これが、有名な「犬伏の別れ」である。

一歳違いの兄弟の信幸と幸村は、激論して喧嘩《けんか》別れのような形になったが、共通の思いも抱いた。これで東西いずれが勝っても真田家はのこるということである。その点は昌幸も同じ考えであった。

（御家のためには最善の策）

昌幸は、上田城へ戻る途次《とじ》、沼田城に寄った。信幸とは今後は敵味方となるので、最後に一目、孫たちの顔を見ておきたいと思ったのである。ところが、城門を開けてはもらえなかった。

「これは真田伊豆《いず》守信幸が城。伊豆守の許しなくば、舅上《ちちうえ》といえども城内へ入ることは叶《かな》わじ。もし押し入らんといたすなら、狼藉者《ろうぜきもの》とみなし、一人《いちにん》も余さず討ち取らん」

大音声《だいおんじょう》に言ってのけたのは、緋縅《ひおどし》の鎧《よろい》をつけ、薙刀《なぎなた》をひっさげた稲姫である。実は稲姫は、信幸から、いずれ父と弟とは袂《たもと》を分かつことになろうと言い含められており、日頃よりその覚悟をしていたのであった。

昌幸は、ふるえるほどに怒る幸村をなだめて、あっさり引き下がった。

すると稲姫は、侍女たちを付けて、昌幸父子を近くの寺へ案内し、酒肴《しゅこう》でもてなした。だけでなく、ほどなく、自身も武装を解いて衣服をあらためるや、子らを伴って昌幸の前へ挨拶《あいさつ》にまかり出たのである。

門前払いからこの対面まで、稲姫の致《いた》し様《よう》は武人の妻として見事というほかなく、昌幸は、さすが本多忠勝のむすめと感じ入った。

「そなたとも今生《こんじょう》の別れとなるやもしれぬ。笛を聴かせてくれ」

近《ちこ》う、と昌幸は稲姫を手招いた。所望された稲姫は、昌幸のすぐ目の前まで進んで、いつも帯にたばさんでいる笛を手に持った。

「待たれい」

ふいに幸村が、何を思ったか、素早く寄ってきて、稲姫の腕をつかんだ。

「何をなされます」

「これは、笛に似せて作られた懐剣《かいけん》であろう。輿入れのみぎり、家康より賜ったものであること、この幸村は存じておるぞ」

「されば、お検《あらた》めなされませ」

幸村は、検めてみて、恥をかいた。本物の笛だったのである。

「わたくしは真田家の者にございます。どうしてお舅上を殺《あや》めたりいたしましょう。殿方は、御家のためなら、骨肉《こつにく》が殺し合うのも、犠牲になるのもやむをえぬとお考えでしょうけれど、女子《おなご》は違います。女子にとって、御家のためとは、誰も死なせぬことにございます。わたくしは、真田家の者は、良人《おっと》もお舅上も……そして幸村どの、あなたさまも死なせるつもりはありませぬ」

肚《はら》の底から絞り出すように言った稲姫の眸子《ひとみ》は、濡《ぬ》れ光っていた。もし家康が同座していれば、七歳の小亥と見誤ったであろう。

こののち、信州上田にて、昌幸と幸村が徳川軍の主力を釘《くぎ》付けにし、秀忠を関ヶ原に遅参させたことは史上に名高い。

だが、実際には、秀忠が躍起《やっき》になって上田城を落とすべく無理攻めをした形跡はない。秀忠軍は、上杉討伐の途次から東山道へ転じて西上したので、たちまち軍資金や物資が不足してしまい、それらが江戸から届くのを上田で待つうち、思いのほか時が経《た》ってしまったのにすぎぬ。

また、当初は上田城の支城を守備していた幸村は、秀忠から先鋒《せんぽう》を命じられた信幸が攻めてくると、無血でこれを明け渡し、さっさと上田城へ引き上げている。その後も、真田父子が挑発的な動きをしたようすは、ほとんど見られない。父子には稲姫のことばが胸にしみていたのであろうか。

関ヶ原合戦の後、昌幸と幸村への処罰は、高野山麓《こうやさんろく》の九度山《くどやま》流罪と決した。信幸の戦功に免じてというだけの理由で、死罪を免れられたのではない。稲姫の嘆願が家康の心を動かしたのである。真田家の者は誰も死なせない。女のいくさの勝利といってよかろう。

稲姫は九度山へ、ことあるごとに金子《きんす》や衣類、信濃の名産などを送って、父子を慰めつづけた。幽居《ゆうきょ》先で六十五歳で卒した昌幸は、天寿を全《まっと》うしたというべきである。だが、関ヶ原から十五年後、大坂夏の陣で戦死する幸村を救えなかったことは、稲姫の生涯の痛恨事であったやもしれぬ。

稲姫は、元和偃武《げんなえんぶ》を見届けて数年後、江戸から上州草津《くさつ》への湯治《とうじ》旅の途中、武州鴻巣《こうのす》宿《じゅく》で病没した。彼岸桜《ひがんざくら》の咲くころであった。

「真田家から灯火《ともしび》が消えた」

悲泣《ひきゅう》した信幸は、以後、四代将軍家綱《いえつな》の時代に九十三歳で大往生するまで、ひとりの側女《そばめ》もおかなかった。そして、信州松代《まつしろ》十万石の真田家そのものは、幕末まで消えずに残った。稲姫の遺徳のおかげやもしれぬ。

家康より拝領《はいりょう》の笛を模《も》した懐剣は、現在《いま》も松代の大英寺《だいえいじ》に伝わる。稲姫がこの懐剣を抜いたことは、きっと一度もあるまい。

秋篠《あきしの》新次郎《しんじろう》

一

しとしと、雨が降っている。

天地の分かちがたい薄明は、朝のものとも、夕のそれとも判然とせぬ。

山路に雨は少ない。木々の枝葉が、降る雨を洩《も》らさぬほど、鬱蒼《うっそう》と繁って重なり合っている。

湿った土を踏んで、山路をのぼる武者草鞋《わらじ》が、五足。いずれも、足取りは力強い。

前後のふたりずつに警固される形で、その間を往く者が、六人目を背負っていた。

「すまぬな、又右衛門《またえもん》。疲れたであろう」

背負われている深編笠《ふかあみがさ》に木綿合羽《もめんがっぱ》姿の人が気遣《きづか》いをみせた。

「何を仰せられる。わが身をもって殿のおからだを運び奉ることができるとは、又右衛門、末代までの栄誉」

一文字笠《いちもんじがさ》の下の顔を、又右衛門は綻《ほころ》ばせる。

「皆。とまれ」

後ろのふたりのうちの一方が、切迫した声をだした。

一行は足をとめ、一様に耳をすまし、あたりの気配をうかがう。

聞こえるのは、谷側の樹林の下を流れる急湍《きゅうたん》の音と、頭上の枝葉をうつ雨音……。

べつの音が混じった。速い拍子のそれは、地続きでやってくる。足音である。

曲がりくねった山路の下方へ視線を振ると、動く人影の群れが、樹間《じゅかん》に見え隠れする。

多勢のようだ。

「はや見破られたとは……」

ひとりが、茫然《ぼうぜん》と洩らす。

「走るぞ」

又右衛門が言い、五人は駈《か》けだした。

駈けながら、又右衛門以外の四人は、蓑《みの》も一文字笠も脱ぎすてた。すでに上衣の両袖《りょうそで》をたすきがけに括《くく》りとめてある。それから、懐《ふところ》より鉢巻を取り出して、頭に巻きつけた。

差料《さしりょう》の柄袋《つかぶくろ》は、はじめからつけていない。

「見つけた」

「あそこだ」

追手《おって》たちの声があがった。

追われる者らの走りは鈍い。主君を背負った又右衛門に足並みを合わせるからであった。

みるみる差が縮まる。

うしろのふたりが、目配せして、立ちどまった。気づいた又右衛門は振り返る。

「与一《よいち》。甚三郎《じんざぶろう》。どうした」

訊《き》くまでもないことであった。両名の目に決死の覚悟が漲《みなぎ》っている。

「又右《またえ》。六郎《ろくろう》。藤兵衛《とうべえ》。殿をたのんだぞ」

与一と甚三郎は、踵《きびす》を返すと、抜刀し、追手に向かって山路を駆けおりてゆく。

主君を逃がすための時を稼《かせ》ぐつもりなのである。もとより、この瞬間、死兵《しへい》となった。

敵は二十人をこえる。

残された三名は、唇を嚙《か》んで呻《うめ》いた。が、大事なるは主君の命である。又右衛門らは、ふたたび山路を駈けのぼりはじめた。背中に怒号と剣戟《けんげき》の響きを聞きながら。

与一と甚三郎が稼いでくれた時は、しかし、長くはなかった。追手も手練《てだれ》者ぞろいのようである。

「又右。往け」

「必ず江戸へ」

六郎と藤兵衛も、盾《たて》となる道を選んだ。

うなずき返した又右衛門は、無言である。ことばを吐けば、涙声になってしまう。

又右衛門は走った。息のつづく限り。

いや、息が切れても、走るのをやめぬ。同僚の死を無駄にしないためには、死に物狂いで走りつづけるしかない。

あたりが、わずかに明るくなった。小さな峠の頂に出たのである。風に飛ばされた雨が、又右衛門の顔をうつ。

振り向くと、ひとり、あるいは二、三人ずつとなって、のぼってくる追手の姿が小さく見えた。同僚の奮戦が追手の団結を寸断したのに違いない。

それでも、時がたてば、追手はまた一丸となって迫ってくるであろう。そうなっては、又右衛門ひとりで主君を守ることは不可能というほかない。

又右衛門は、背から主君を下ろした。

「殿。ここからは、御身《おんみ》おひとつにてお逃げあそばされたい」

「なぜじゃ」

深編笠をもちあげて、のぞかせた主君のおもてには、不安と疑念が露《あら》わであった。

「策がござる」

「策とは……」

「ご案じ召されるな。殿軍《しんがり》をつとめながら、必ずおあとを慕《しと》うてまいり申す」

「必ず、じゃな。又右衛門」

「必ず」

主君を送り出した又右衛門は、路傍《ろぼう》の大木の陰に身を寄せ、笠をとり、蓑を脱いだ。手早く鉢巻もつける。

ほどなく、足音が近づいてきた。ひとりのようだ。その者の目の前へ躍りでた。刃圏内である。仰天した対手《あいて》の胴へ、抜きつけの一閃《いっせん》を送りつけた。

くるりと回った対手のからだを、抱きとめてから、谷側の斜面へ放り投げると、又右衛門は主君を慕って走りだす。

だが、しばらく下ると、また木陰に隠れた。ややあって足音。こんどは、ふたり。

ひとりをやり過ごし、わずかにおくれて続いてきたもうひとりへ、横合いから突きを繰り出し、脇腹を深く抉《えぐ》った。

先行の者が、悲鳴におどろき、足をとめて振り返る。一気に間合《まあ》いを詰めた又右衛門は、これを真っ向から斬り下げた。そして、このふたつの死体も、谷側へ蹴り落としておいて、また走る。

しかし、この策は、三度目でつまずいてしまう。

やってきたのは、ひとり。

「おい」

声をかけるやいなや、木陰からとびだして、下段から斬りあげた。その刹那《せつな》、対手が、石ころに足をとられて、後ろざまに転倒したせいで、又右衛門の初太刀《しょたち》は空を切った。

倒れた対手に向かって、切っ先を突き下ろす。が、対手も必死であった。転がって逃げる。

四回突いて、ようやく仕留《しと》めた瞬間、又右衛門はのけぞった。背中に矢を浴びたのである。下り坂にたたらを踏んで、前へ大きく身を投げだすようにして、地へ突っ伏した。

すぐそばを、幾人もの武士が駈け過ぎてゆく。はねあげられた泥が、顔にかかる。おのれの不覚を詛《のろ》い、主君の無事を祈りながら、又右衛門は唇をわななかせた。

「殿……」

悲痛の一言とともに、口から血がこぼれ出た。

横向いた又右衛門の顔へ、ぽとぽと雫《しずく》が落ちてくる。にわかに、雨脚《あまあし》は速くなったらしい。

二

波が高い。

海面を照らす光は、明滅を繰り返す。脚の速い雲が、月を出したり隠したりするせいであった。

湊《みなと》につながれた大小の船も、軋《きし》み音を立てて揺れつづけている。

紀ノ川《きのかわ》の河口に近い虎伏山《とらふすやま》に築かれた和歌山城は、月光を浴びると、紀州徳川《きしゅうとくがわ》家の居城にふさわしい巨大な輪郭《りんかく》を見せる。

城下も広域にわたる。このころ、町方人口だけで五万七千人をこえていた。

武家屋敷の並ぶ往還《おうかん》に、風が鳴っている。夜のことで、人けはない。

さして大きな屋敷は見あたらぬ。分限《ぶげん》の低い者らの居住区であろう。

どこかで、物音がした。何かが壊れたり、重いものが板の間に倒れたりするような、そんな音がつづく。悲鳴も混じった。だが、強い風の唸《うな》りの中では、よほど聞き耳を立てなければ、聞き取れぬ。

往還のはずれの屋敷の木戸門が、内側から開かれた。影がひとつ、転がり出てくる。ひどくあわてたようすで立ちあがった影に、月の光が射した。紺看板《こんかんばん》に梵天帯《ぼんてんおび》。武家の中間《ちゅうげん》である。

その頰《ほお》から首のあたりが、何やら黒っぽく濡《ぬ》れて、ぬらぬら光っている。ふるえる右手に握られた短刀の刀身も、汚れていた。どちらも血であろう。

肩を喘《あえ》がせるその形相は、阿修羅《あしゅら》のようではないか。屋敷内を一瞥《いちべつ》してから、中間はその場より走り去り、闇の中へ没した。

翌日、その屋敷内で、あるじの死体が発見された。藩士鶴岡伝内《つるおかでんない》である。

伝内は無役、百俵取の軽格ながら、下級藩士の間では、小金持ちとして知られていた。刀剣や武具も、分不相応《ぶんふそうおう》な立派なものを蔵していたそうな。

やもめ暮らしで、仕える者も軍蔵《ぐんぞう》という中間ひとりであった。その軍蔵の姿はどこにもなかった。

状況から推して、軍蔵が伝内を斬り、金品を盗んで逐電《ちくでん》したと思われた。藩では、ただちに捕吏《ほり》を放ったが、ついに発見には至らず、軍蔵は領外へ逃亡したとみるほかなかった。

「床下に隠した壺《つぼ》に小判がうなっていたという噂《うわさ》よ」

「吝嗇《りんしょく》でのうては、かねは貯《たくわ》えられぬ。きっと中間に給銀《きゅうぎん》をまともに払《はろ》うておらなんだのだ」

「自業自得よな」

人づきあいはしないが、質屋まがいのことはしていたという伝内である。その横死《おうし》に同情する藩士は、ほとんどいなかった。

兄弟も妻子ももたぬ伝内だったので、士道不覚悟により鶴岡家は絶家《ぜっけ》と決まった。

ところが、ここに、藩庁へ敵討《かたきうち》の許可を願い出た者がいる。

清水新次郎《しみずしんじろう》という。

伝内のように身分軽き者ではない。藩主徳川宗直《むねなお》の小姓《こしょう》であった。

「わたしは、伝内とは刎頸《ふんけい》の交わりでした。家は改易《かいえき》、敵も逃がしたとあっては、伝内は泉下でどれほど口惜《くちお》しいことか。伝内の霊を慰めるため、必ず軍蔵を討つ覚悟です」

たしかに、新次郎が伝内の屋敷を訪れたり、連れ立って釣りに出かける姿などを見かけた者は少なくなかった。

ただ、それは、かねを借りるためだろうと思われていた。新次郎の父親というのが、知《ち》行地《ぎょうち》の村人らが困窮すると家財を売ってでも助けるという人なので、清水家の内証の苦しいことを誰もが知っていたからである。

といって、刎頸の交わりであったとしても不思議ではない。新次郎も、父親に似て、どんな人間とも分け隔てなく接する若者なので、周囲から白い目で見られがちな伝内に同情を寄せるうち、友情が芽生えたのやもしれぬ。

しかしながら、敵討の旅に出るとなれば、上意討《じょういうち》でもない限り、禄《ろく》を返上するのがきまりである。新次郎がまだ家督《かとく》を嗣《つ》いでいないので、清水家に家禄返上の必要はないが、新次郎自身は、本懐《ほんかい》を遂げるまで、牢人《ろうにん》暮らしとなる。いかに友の無念を晴らすためとはいえ、たかが軽輩に仕えていた中間ひとりを討つために、徳川御三家の太守《たいしゅ》の小姓がそこまですることはあるまい。

「なるまいぞ、新次郎」

藩主宗直みずからが、敵討不許可を言い渡した。

ところが、この話は江戸まで伝わり、将軍徳川吉宗《よしむね》の耳へ達するところとなった。

「ちかごろの武士は柔弱と謗《そし》られる世に、殊勝《しゅしょう》なる心がけかな。紀伊中納言はよき家来をもった」

吉宗はそう感心したのである。これは、暗に敵討の許可をもとめているとみるべきであった。

武人のあるべき理想を家康とする吉宗は、武勇の士を好み、みずからもまた武芸達者として知られている。ましてや、前《さき》の紀州藩主でもあった。

おのれの身分や将来の栄達も捨てて、ただ亡友の無念を晴らしたいと望む若き武士がいる。その心意気にこたえてやるのが、主君というものではないか。それが吉宗の本音であることは、容易に察せられた。

紀州藩では、恐懼《きょうく》した。

実は、次男宗武《むねたけ》に田安《たやす》家を創立させたばかりの吉宗に、御三家はひとつの疑いを抱きはじめている。吉宗は、田安家を筆頭として、御三家に匹敵する身分格式をそなえた家を、次男以下の男子たちに次々と興《おこ》させ、強固な吉宗一門を形成し、自身の子孫のみに将軍家を独占させるつもりではないか。

それでなくとも、何か越度《おちど》があれば、たとえ御三家であっても、禄高《ろくだか》を削るぐらいのことをやりかねぬ。吉宗はそういう強い意志と指導力をもつ将軍であった。

吉宗の機嫌をそこねてはなるまい。藩は、やむをえず、新次郎の敵討を許可した。

そうなると、藩では一日も早い本懐を望んだのか、新次郎に助太刀《すけだち》をつけるべきだという意見が出た。宗直もそれがよいとすすめたが、これを新次郎は辞退する。

「鶴岡家が改易となったからには、藩の方々には関わりなき儀と存じます。清水新次郎という男が、友の敵討をする。それだけのことにすぎませぬ」

藩として助太刀をつけるのなら、それは上意討とみられても仕方ない。だが、伝内の士道不覚悟を理由に、鶴岡家を絶家としたからには、いまさら藩が積極的に敵討に関わるのはおかしな話だ。それに、藩が最初に判断したとおり、たかが中間ひとりを対手に、おおげさにすぎよう。新次郎の言い分は正しい。

一方、清水家の家人らは、新次郎の人柄を慕っており、それでなくても当然随行できるものと思い込んでいたが、新次郎は従者をも拒んだ。敵討の旅など何年かかるか予測もつかないから、皆にはこれからも両親や弟妹《きょうだい》によく仕えてほしい、と新次郎はかれらを説き伏せたのである。

最初にめざすところは、軍蔵の出身地の下総国銚子《しもうさのくにちょうし》。新次郎は、梅の花の開くころ、たったひとりで和歌山城下を発《た》った。

三

銚子は、東廻《ひがしまわり》海運と利根川水運を結ぶ積替湊《つみかえみなと》であり、同時に海産物の生産・集荷地としても、また醤油《しょうゆ》生産地としても栄えていた。

紀州とのつながりも深い。当時の漁業技術は、西国《さいごく》のほうが進んでいたので、紀州の漁民が移り住んでイワシ漁や干鰯《ほしか》生産に従事したのである。新しい湊の開発にも、紀州武士が関わった。

軍蔵が紀州藩の鶴岡伝内に仕えることになったのも、そういう縁《えん》による。軍蔵の家は代々、銚子の漁師だが、自身は三男坊だから、身軽だったのである。

新次郎は、軍蔵の実家を訪ねあてた。

「ここは、紀州藩士鶴岡伝内の中間をしておる軍蔵の実家であろうか」

「さようにございますが……」

応対に出たのは、軍蔵の兄喜助《きすけ》である。

「わたしは清水新次郎と申す」

「やっぱり軍蔵に何かあったので」

たちまち不安と疑念の色を露わにする喜助であった。

「やっぱり、とは……」

「一ヶ月《ひとつき》ばかり前にも、お武家がふたりやってきて、軍蔵は戻っているかとお訊《き》きになったんでございます」

事件は二ヶ月《ふたつき》余り前に起こっている。一ヵ月前なら、逐電した軍蔵が一散に故郷をめざしたとすれば、とうに帰り着いていたころであろう。

「軍蔵は帰っていなかったのだな」

「はい。そのときもいまも、国には帰っておりません。軍蔵は鶴岡伝内さまにお仕えしているはずでございますから」

「そのふたりは紀州の者ではなかったのか」

「名乗ってはいただけませんで、どこのどなたとも分かりませんのでございます」

「軍蔵を探している理由は申したか」

「いいえ、何も」

「どのような人体《にんてい》であった」

喜助の顔に警戒の色が強まったのを見て、新次郎は、これはすまぬ、と照れ笑いをしてみせた。

「申し遅れたが、わたしは元紀州藩士だ。いまは牢浪《ろうろう》の身である。実は、紀州藩にいたころ、伝内どのと昵懇《じっこん》でな。軍蔵にも幾度も会《お》うている。兄ならば存じておろうが、軍蔵は釣りの名人ゆえ、海釣りでも川釣りでも、いかい世話になった。それで、わたしが故《ゆえ》あって牢人いたすと決まったとき、東国へ行くことがあったら、遠慮せず銚子の実家に逗留《とうりゅう》してくださいと軍蔵は言うてくれたのだ。まこと気のいい男よ」

「さようにございましたか。それでは、軍蔵は元気にやっているのでございますね」

「安心いたせ。元気だ。その武士たちは、人違いでもしたのであろうよ」

一層の明るい笑顔を向けた新次郎は、喜助が肩の力を抜くのが分かった。

「思い出しましてございます。あのお武家がたも、清水さまのようにお耳が……」

言われた新次郎は、自分の耳に手をあててみて気づいた。

「潰《つぶ》れていたのだな」

「はい」

面ずれである。

将軍吉宗が盛んに武事を奨励するのも、元和偃武《げんなえんぶ》から百年以上が経《た》って、柔弱者の武士があまりに多くなったからであった。いまどき、面ずれで耳を潰してしまうまで剣術稽古に励む者は、そうそういない。

「それと、おふたりそれぞれにご中間がついておられたのでございますが、お武家から、たしか留造《とめぞう》とかよばれたほうが、弟にちょっと似ていたのでございます」

「軍蔵に似ていたとは」

「ひたいに黒子《ほくろ》があって、それから、ここんところにひきつれも」

と喜助は、右の小鬢《こびん》を指さした。

「軍蔵は左のほうでございますが……」

「なるほど」

たしかに、軍蔵はひたいの黒子が目立ち、左の小鬢にうっすらと刀疵《かたなきず》もあった。漁師であったころ、喧嘩《けんか》をとめに入って、匕首《あいくち》で斬りつけられた、と新次郎は軍蔵自身の口から聞いた。軍蔵の身体的特徴としては、ほかに向歯《むこうば》が一本欠けている。

「まあ、いまも申したとおり、その武士たちが来たのは、何かの間違いであろう。気にすることはない」

「ありがとう存じます」

「さて、わたしはこれで失礼する」

「何を仰せられます。弟が世話になった御方《おかた》を、このままお帰しするわけにはまいりません。かような茅屋《あばらや》ではございますが、どうぞ清水さま、お気のすむまでご逗留を」

「ありがたいことだが、こたびは、挨拶《あいさつ》だけと思うて立ち寄った。これから奥羽《おうう》へ行ってみようと思うておるのだ」

「新しいご仕官の口をお探しになられるのでございますか」

「そのようなものだ。いずれまた寄らせてもらおう」

新次郎は、軍蔵の実家を辞した。むろん、奥羽へ行くつもりなどない。

（やはり何かある……）

実は、新次郎が親しかったのは、鶴岡伝内ではなく、軍蔵のほうであった。

新次郎は、幼いころ、両膝の関節に痛みをおぼえる病を発した。後世ならばリウマチという病名がつくであろう。激しく動きつづけた日や、寒い時季には、痛みがひどい。

だからといって日々の生活を穏やかにしすぎて軟弱者に育っては、藩への奉公に支障をきたすと憂えた父が、かえって荒療治にでた。人の何倍も剣術稽古に励むよう、新次郎に強《し》いたのである。

新次郎も生来、負けずぎらいであった。父が望む以上に、剣術に精励した。膝に痛みがはしっても、涙もみせず、歯を食いしばって耐えた。

やがて、成長して、からだができてくるにつれ、症状は軽くなり、ついには、よほど寒い日に少々の痛みが出るくらいで、病気とはいえないほどになったのである。

ただ、水錬《すいれん》だけは避けてきた。直《じか》に膝が冷えるのは、さすがに子どもには耐えがたい激痛をあたえるからであった。

ところが、困ったことに、新次郎は大の釣り好きである。泳げないくせに、ひとりで海や川へ平気で出かけた。

磯《いそ》釣りをしていて、足を滑らせ、海へ落ちたのは二年前のことである。そのときの命の恩人が軍蔵であった。軍蔵もたまたま、伝内の釣りの供《とも》で、近くにきていたのである。

以来、新次郎は、鶴岡家をたびたび訪れるようになった。もとは下総の漁師で、釣りと泳ぎの達者な軍蔵に、新次郎は両方の教授をたのんだ。軍蔵の純朴さを気に入ったからである。

身分違いの交流に、当初は恐縮しきりの軍蔵であったが、新次郎があまりに気さくに接するので、次第にこの両人こそが永年の気の措《お》けない主従のような間柄となった。伝内は、暗くてとっつきにくい男だが、新次郎の訪問や軍蔵とのやりとりに、悪い気持ちを抱いたようすはない。たまには新次郎と酒を飲み、笑うこともあった。友のいない身には、新鮮な出来事だったのやもしれぬ。

軍蔵のおかげで、新次郎は泳げるようになり、釣りの腕前もあがった。それをまた、軍蔵もわがことのように悦《よろこ》んだ。

軍蔵があるじの伝内を斬り、金品を盗んで逐電したと聞いたとき、新次郎はわが耳をうたがった。ありえないことである。

新次郎には、目付《めつけ》の配下で田所《たどころ》左近《さこん》という友人がいる。事件の起こった現場のようすを訊《たず》ねてみた。おおやけにされたのと同じ内容を語る左近の態度には、どこか腑《ふ》に落ちないところがあった。

「何を隠している」

詰め寄ると、左近は溜め息《たいき》をついた。

「実は、おれもよく知らんのだ。この一件は、なぜか上のほうが処理している」

「上のほうとは」

「分からん。大目付か、あるいはご家老か……」

藩士でも、軽輩に関わる事件は、目付以下の管轄のはずである。大目付や家老まで登場するような重さはない。だが、左近にしても推測の域を出ないようであった。

「逃げた中間はどうなる」

「領外に出たとすれば、通常は幕府と諸藩に通達して、見つけ次第、捕らえてもらう。その後、わが藩へ引き渡しということになる。だが、実際には通達などしない」

「なぜだ」

「藩士が殺され、しかもその下手人《げしゅにん》を取り逃がしたのだ。御三家たる当藩が、そのような恥を、わざわざ満天下に明らかにするわけにはいくまい。それに、通達したところで、幕府や諸藩が、自分たちと関わりのない一件にまじめに取り組むと思うか」

「ならば、領外へ追手を出すことになるのだな」

「それもすまい」

「下手人を野放しにするのか」

「殺されたのがご重役であるとか、公務中の藩士が非命《ひめい》に斃《たお》れたとか申すのなら、わが藩の威信にかけても他国まで追うだろう。だが、鶴岡伝内は無役の軽輩。下手人も身分賤《いや》しき者とあっては、討つことができたとしても何ら得るところはない」

「では、伝内は殺され損か」

「そういうことになるな」

「しかし、上のほうで処理する重大事であるとしたら、その限りではあるまい」

「新次郎」

左近は、険しい顔つきで言ったものだ。

「おれのようなお役の者にはよく分かるのだが、藩が闇に葬りたい事件というのは稀《まれ》にある。へたに首を突っ込むなよ」

この瞬間、新次郎は、軍蔵のあるじ殺しは濡《ぬ》れ衣《ぎぬ》に違いないと確信した。

軍蔵だけが真相を知っている。そして、そうだとすれば、何か隠蔽《いんぺい》したいことのある藩では、ひそかに軍蔵への刺客《しかく》を放つのではないか。

新次郎にとって、軍蔵は命の恩人であり、身分差をこえた友でもあった。もしその身が危ういのなら、なんとしてでも救ってやるのが人の道というものであろう。また、藩が闇に葬りたい事件であるとすれば、それはいったいどのようなものなのか。

かくて新次郎は、まことの思惑を秘して、敵討の許可を藩庁へ願い出たのであった。

軍蔵の実家を訪ねたというふたりの武士は、間違いなく刺客であろう。軍蔵自身も、そういう恐怖を感じたればこそ、実家に足を向けなかったのではないか。いや、軍蔵の性格からして、自分の命よりも、実家に迷惑のかかることを恐れたのやもしれぬ。

（身を隠すとすれば……）

江戸しかあるまい。

江戸のような大都会ともなれば、諸国からあらゆる人間が流入してくる。このころ、人口も百万をこえていた。追われる者が身を隠すには最適の地といえよう。

新次郎は、下総銚子から、江戸へ向かった。

四

月夜に四つ、拍子木の音が響き渡る。

客のつかなかった格子内の遊女たちが、立ち上がり、一斉に枢戸《くるるど》をさす。

吉原の引け四つであった。

どこかで、尺八の音が流れている。

「いかがなさいました」

窓辺に腰を下ろして尺八を奏でる男に、女が訊いた。

男は、歌口《うたぐち》から唇を放す。新次郎であった。

「いかがしたとは……」

「音に迷いがあるように聞こえました」

「そうか……」

新次郎は、なぜか自嘲気味に口許《くちもと》を歪《ゆが》めてから、窓を閉めた。

座敷には、紅の錦の夜具が三つ重ねに敷きのべられ、行灯《あんどん》の火明かりになまめいている。

火の用心……。廓《くるわ》内を、鉄杖を振り鳴らしながら歩く夜回りの声が聞こえてきた。

「秋篠《あきしの》」

敵娼《あいかた》を見つめる新次郎の目が真剣そのものである。

「わたしと所帯を持たないか」

秋篠は、しばし、新次郎を見つめ返した。その目が、次第に険しいものになる。

「軍蔵さんというお人をお救いになるのを、あきらめる。そのお心にございますか」

新次郎は、遊女秋篠との初めの床入りで、自分が元紀州藩士で、江戸へ出てくるに到った経緯を、なにひとつ隠さずに話している。秋篠の佇《たたず》まいに、どこか近しいものを感じたからであった。

命の恩人の濡れ衣を晴らすため、大藩の藩士たる身分を捨てて、ひとり奔走している若者に、秋篠も心をうたれた。苦界《くがい》に堕《お》ちた理由までは語らぬが、実は自分も武家の出自であることを明かした。

運命の出会いというべきであったろう。新次郎は、秋篠の情夫となった。ただ、新次郎が吉原で遊んだのは、一度限りと思いきめて、なけなしのかねをはたいた結果だから、ふたたび通うことはできぬ。それを、秋篠が身揚《みあが》りで購《あがな》ってくれた。身揚りとは、遊女が休養をとりたいときなど、みずからの揚げ代を払って自由の時を買うことである。

「あきらめたのではない。いまさらではあるが、何もかもわたしの思い違いではなかったかと……」

「江戸に馴《な》れてしまわれたのでございますね、新次郎さま」

咎《とが》めるような秋篠の声音であった。秋篠が、ありんすに代表される廓言葉を使わないのは、正真惚《ほ》れた男との逢瀬《おうせ》ゆえである。

「馴れてはいかぬか、秋篠。わたしは、そなたを妻にしたいのだ。来春には年季明けであろう」

「年季明けは、三年先にございます」

「なぜだ。来春と申したのはそなただ」

新次郎はおどろく。

「身揚りは、抱え主《ぬし》への前借り。その分、年季はのびるのでございます」

「………」

絶句する新次郎であった。秋篠ほどの人気の遊女ともなれば貯えがあり、それで身揚りというものをするのだとばかり思い込んでいた。秋篠もいつも、ご懸念には及びませぬと笑ってくれるので、安心していたのである。

「新さま。裏長屋へお帰りなさりんせ」

廓言葉を投げて、秋篠はそっぽを向いた。

吉原をあとにした新次郎は、日本堤をとぼとぼ歩いている。

残る暑さの時季だが、初秋の夜半ともなれば肌寒い。新次郎は、ちかごろ流行《はや》り始めた長羽織《ながばおり》の前衿《まええり》をちょっと合わせた。左手にもつ細長い包みの中身は尺八である。

もしいま、紀州藩の田所左近がすれ違ったとして、脇指《わきざし》すら帯びていない新次郎を、わが友であると気づくかどうか。

新次郎が、下総の軍蔵の実家を訪ねた足で江戸入りしてから、二年半余り経つ。

江戸入りの当初は、馬喰町《ばくろちょう》の公事宿《くじやど》に旅装を解いた。訴訟のために地方から出てきた者を泊める宿屋を、公事宿という。軍蔵が江戸に身をひそめているとは限らぬので、居ながらにして諸国の情報も得られやすい場所として、選んだのであった。公事宿には、旅人宿と百姓宿があるが、前者は一般の旅客も宿泊がゆるされたのである。路銀《ろぎん》を十二分に持って国許《くにもと》を発ったので、半年ぐらいの宿代なら心配なかった。

毎日、江戸市中に手がかりを求めた。どんな些細《ささい》なことでも、軍蔵に関わりがあるやもしれぬと思えば、江戸じゅうを走り回った。間違いだったと分かっても、落胆せず、次があると信じた。気負っていたといえよう。

なんとしてでも軍蔵を見つけだし、濡れ衣を晴らして、以後は安心して生きられるようにしてやらねばなるまい。それは同時に、伝内殺しのまことの犯人を知り、藩が隠蔽したがっている何かを探りだすことでもある。結果、藩には障《さわ》りとなるのやもしれぬ。だが、最も大事なるは、正義ではないか。ひとりの人間の命を奪い、何の罪もない者を陥《おとしい》れるなど、政《まつりごと》を担う武士のやることではあるまい。御三家ともなれば、なおさらであろう。

若さゆえのそういう正論と純粋さが、新次郎を突っ走らせた。

だが、公事宿の訴訟人たちからも手がかりを得られず、やがて宿代も底をつきかけると、新次郎の気持ちは萎《な》えてきた。それで、いまいちど自身を奮い立たせようと、残りの路銀を吉原で使い切ってしまうことにした。秋篠との出会いは、このときである。

秋篠に励まされた新次郎は、腰を据えて軍蔵探しをすべく、江戸に浪宅《ろうたく》をかまえた。浅草瓦町《かわらまち》の裏長屋である。

むろん、今後の費用については、藩にも親にも泣きつくことはできぬ。藩籍を離れた身だからというより、敵討と偽《いつわ》って出奔してきたことが、いまになって後ろめたく思われたからである。

とりあえずは、軍蔵探しどころではない。日々の食い扶持《ぶち》を稼ぐことが目睫《もくしょう》の急務となった。尺八の指南を始めた。藩主の側近《そばちか》くに仕えた身で、その宴席に列《つら》なることも少なくなかったから、いくつかの遊芸を身につけていた新次郎なのである。

裏長屋の貧しい人々にも手ほどきしたが、おもに商家の旦那や、無役でひまをもてあます旗本や、別墅《べっしょ》に囲われている妾《めかけ》などのところへ出張した。しぜん、知り人もつきあいも増えた。楽しい毎日となった。

たったいま秋篠に指摘されたように、新次郎は江戸に馴れたのである。

（いまさら軍蔵を探しだして、わたしはどうしようというのか……）

後悔の始まりというか、この心の揺れは、しかし、新次郎が悪いのではない。致し方のないことというべきであった。

敵討において、仇人《あだびと》を発見するまで、討手《うって》を支えるものは、復讐心の持続である。ところが、暗い感情を頑《かたく》なに持ちつづけることは、生きていくうえの支障になるため、時の流れとともに薄れていく。人間はそういうふうにできている。すると、自問を始める。自分は何をやっているのか、と。

江戸時代は、敵討が盛んに行われたが、仇人を追っている途中で討手が死んでしまった例は、本懐を遂げたそれの倍もあったといわれる。復讐心が薄れ、追跡にも倦《う》んだことが、いちばんの原因であろう。決して軟弱なわけではない。これが正常なのである。

まして、新次郎の場合、敵討ではない。

親兄弟を殺された者の復讐心すら鎮静化させてしまうのが、歳月というものである。軍蔵の命を救って真相を暴きたいという、新次郎みずから盛りあげた観のある英雄的気分と正義感の発露《はつろ》など、時の流れの前には泡沫《うたかた》のようなものというほかあるまい。

江戸に馴れたことは、新次郎を泡沫の夢から醒《さ》めさせつつあった。独り身の若い男にとって、江戸の現《うつつ》ほど愉《たの》しいものはないのである。

（このままでいい……）

ついに、軍蔵探しに見切りをつけようと思い立った。そして、秋篠の年季が明けたら、所帯をもって、日々をおもしろおかしく暮らす。

これまで、外出時に腰に大小を帯びなかったことは一度とてなかったが、きょうは腰の軽いまま出てきた。浪宅へ故意に置いてきたわけではない。軍蔵を忘れると決めたことで、おのれが武士であることまで、しばし忘れてしまったのだとしか説明がつかぬ。

ただ、それでかえって新次郎は、秋篠に向かって妻にしたいと、すんなり口にできたともいえよう。

思いもよらなかったのは、秋篠の反応である。軍蔵探しをやめることに、あれほどの怒りをあらわすなど、解《げ》しかねた。悦んでくれるものとばかり、新次郎は信じていたのである。

聖天宮《しょうてんぐう》の裏門と結ぶ参道の前へさしかかったとき、路傍から影が湧いて出た。

影は二つ。正面に立った。月の光に浮きでた輪郭からして、武士とその従者であるらしい。

新次郎は、はっとする。

（後ろもふさがれた……）

ちらりと見返ると、背後にも影は二つ。やはり武家の主従だ。

不覚というほかあるまい。江戸に馴れる前の新次郎であれば、気配をもっと前に察知していたであろう。

前後の武士の息遣いに乱れがない。手錬者であることは、明らかであった。

清水新次郎とて、紀州藩の若き藩士中、その人ありと称《たた》えられた剣の名手だが、無腰《むごし》ではどうにもならぬ。

問答をするのは無駄であろう。四人は殺気を放っている。新次郎は、左方の参道へ走りこんだ。

長羽織を脱ぎ捨て、着流しの裾をもちあげて帯へはさみこむ。そのさい、尺八を落としてしまう。

両側は町家が軒を接し、突きあたりには門扉《もんぴ》の閉じられた裏門と、その両袖の塀があり、逃げ場はない。それを承知の新次郎であった。賊《ぞく》の足音が後続する。

塀が迫った。思い切り地を蹴った。無腰は身軽である。舞いあがった新次郎は、塀上の瓦に手をかけざま、一気に五体を門内へ飛び込ませた。賊の足音が、あわてたようすになるのが分かった。

新次郎は、振り返らず走る。左手の向こうに、こんもりと丘陵が見える。真土山《まつちやま》とも待乳山《まつちやま》とも著《あらわ》す。その頂に聖天宮本社が祀《まつ》られ、明るいうちなら、そこから、

「東の方を眺望すれば、墨田河《すみだがわ》の流れは長堤に傍《そ》ふて溶々《ようよう》たり。近くは葛飾《かつしか》の村落、遠くは国府台《こうのだい》の翠巒《すいらん》まで、ともに一望に入り、風色もっとも幽趣あり」

と『江戸名所図会』に記された絶景を得ることができる。

新次郎は、山へは逃げぬ。真っ直ぐ走って、表門の内側へ達するや、裏門と同様にして塀を躍りこえた。

浅草寺《せんそうじ》領の町家の並ぶ往還に立った。もとより、この真夜中に人の姿は見あたらぬ。往還を北へ走り、山谷堀《さんやぼり》口へ出た。そこに架かる今戸《いまど》橋の袂《たもと》には自身番《じしんばん》の小屋があるが、明かりはついていない。

自身番は町内警備のために設けられたのだから、本来は、夜でも戸を開けて火を灯していなければならぬ。だが、番人の多くは、安値で雇われた老人やからだの不自由な者だったりするので、まともに機能している自身番は少なかった。

船溜《ふなだ》まりには、吉原通いの猪牙舟《ちょきぶね》がつながれている。その一艘《そう》の舟床に身を横たえた新次郎は、頭から薦《こも》をかぶった。

耳をすませば、聞こえる足音が、徐々に大きくなる。新次郎は、息を殺した。

山谷堀も大川（隅田川）も穏やかそのものだが、猪牙舟の群れは、かすかな水の動きにも軋み音を立てる。それが、賊に自分の居所を知らせているように思え、新次郎の鼓動は一挙に速くなった。

足音は、しかし、ほどなく遠ざかった。

それでも、新次郎はすぐには動かぬ。気息を調《ととの》えながら、考えた。

あの四人は、辻斬《つじぎ》りや追剝《おいはぎ》のたぐいではあるまい。明らかに、こちらが何者かを知ったうえで襲ったと感じられた。となれば、思いあたるふしは、ひとつしかない。軍蔵にからんだことである。

（もしや……）

銚子の軍蔵の実家を訪ねたというふたりの武士。それぞれが中間を供にしていたというから、都合四人。勘定が合う。

（そうだとして、なぜわたしを襲わねばならぬ。それも、二年半余りも経ってから……）

襲ったのは、やはり、新次郎が軍蔵を探し出し、紀州藩の秘事を知ることを恐れたからか。だとすれば、四人は藩命によって動いており、一方、軍蔵はまだどこかで息をひそめていることになる。

二年半という歳月は、彼らが新次郎の所在をつかむのに費やした時間《とき》なのか。

（いや、そうではあるまい）

藩では、新次郎の真の思惑は知らずとも、国許を発ったときからの足跡《そくせき》を辿《たど》るのは容易であろうから、その所在が分からぬということはありえぬ。

おそらく、四人も軍蔵を探しており、これを殺害することが、第一の目的であるに相違ない。しかし、それが達成できないので、もうひとりの厄介者《やっかいもの》を、まずは殺しておこうと最近になって思い立ったのやもしれぬ。

（わたしは彼らに絶好の機会を与えた）

国許出立以来、大小を差さずに外出したのは、今夜が初めてである。四人が紀州藩の人間であれば、新次郎の剣の実力を知っていておかしくない。新次郎が武器をもたず、なおかつ人目につかぬという機会が訪れることを、彼らは辛抱強く待ったのであろう。

（そこまでしなければならぬほど、藩の秘事はたいへんなことなのか……）

少しずつ落ち着きを取り戻すと、頭も冴《さ》えてくる新次郎ではあった。

ようやく薦《の》を除けて、周囲を見回す。どうやら賊はあきらめてくれたらしい。

新次郎は、河岸へあがると、山谷堀に沿って、吉原のほうへ歩きだした。賊は、当然、新次郎の浅草瓦町の浪宅を知っているから、無腰のままそちらへ向かっては、また途次で襲われかねない。

いささかみっともないが、秋篠に子細《しさい》を告げ、あらためて軍蔵を探すと言うつもりであった。みずからの生命を脅かされて、新次郎の目は覚めたというべきか。

ふいに、背筋がひやりとした。久々に剣士の五感が蘇《よみがえ》ったいまなればこそ、後頭への一撃を避けることができたといえよう。

前を向いたまま横へ跳んだ新次郎は、得物《えもの》に空を切らせて、たたらを踏んでしまった者を、羽交い締めにした。中間である。

得物は、木刀だ。それを新次郎は奪いとって、中間のからだを前へ押しやった。

振り返った中間の顔を、月光と水明かりが上下から浮き立たせる。ひたいに黒子、右の小鬢にひきつれ。

新次郎の想像はあたっていた。軍蔵の実家を訪ねたひとりである。これが留造という男であろう。

留造の右手が素早く動いた。とっさに新次郎は、木刀を顔前に立てる。衝撃があった。木刀に棒手裏剣が突き立ったではないか。

「おぬし、薬込役《くすりごめやく》の手下《てか》か……」

新次郎は、目を剝《む》いた。

紀州藩薬込役は、藩主の内命により隠密活動をする者たちである。この役の者は、それぞれが忍びを手下としていた。

幕府御庭番《おにわばん》も、この紀州藩の薬込役が母体である。吉宗が、将軍職相続に伴い、薬込役のうちから十六名、馬の口取役《くちとりやく》一名を、幕臣に編入し、彼らをもって隠密御用をつとめる御庭番を創設した。薬込役で、吉宗に選抜されなかった者らは、ひどく落胆したと新次郎は聞いている。

ただ新次郎は、薬込役の藩士とは、まったく面識がなかった。彼らが、職掌柄、普段から表立つことを避けているからである。

留造が、指笛を吹いた。

たちまち、足音が聞こえ、急速に近づいてくる。新次郎が木刀を上段にかまえると、留造は後方へとんぼを切った。

もうひとりの中間が、背後から馳《は》せつけてきた。振り向きざまの一閃を浴びせたが、その中間は高く跳躍して、新次郎の頭上をこえた。

ふたりの中間に、前をふさがれる形となった。新次郎は、背を向けた。今夜は逃げたほうがいい。

今戸橋の袂近くまで駈け戻ると、武士がひとり、立ちはだかった。新次郎は、しかし、逡巡《しゅんじゅん》せぬ。木刀に刺さっている棒手裏剣を引き抜いて、投げつけざま、踏み込んだ。

対手は、差料を鞘走《さやばし》らせ、棒手裏剣を払い落とした。その動きのぶん、新次郎の初太刀に後れをとった。

新次郎の伸びのある突きが、武士の喉許《のどもと》をまともにとらえた。武士は、大きく後ろへ吹っ飛び、後頭から地面へ叩《たた》きつけられた。即死であろう。

その武士が取り落とした刀を、腰を落として拾いあげようとした新次郎だが、刹那、凄《すさ》まじい打ち込みに襲われた。応戦でなく、ただ防御《ぼうぎょ》のため、木刀を振りあげる。両腕が痺《しび》れた。手を離れた木刀は、武士の剣にくっついてしまった。本身《ほんみ》が木を深く嚙んだのである。

新次郎は、落ちている刀を、もういちど拾いあげようとして、できなかった。この瞬間は、手と腕の感覚が失せてしまったからである。

武士は、二の太刀を繰り出した。本身の半ばに木刀を交差させたままである。恐ろしい膂力《りょりょく》といわねばなるまい。

新次郎は、地を転がって逃れた。右頰に鋭い痛みが走った。中間たちの投げうった棒手裏剣に掠《かす》められたのだ。

立ちあがった新次郎は、今戸橋の橋板を鳴らした。橋の半ばまで走ると、欄干《らんかん》を跨《また》ぎこえて、山谷堀へ飛び込んだ。

そのまま、大川へ向かって、抜き手を切った。橋上から棒手裏剣を投げうたれたが、いちいち躱《かわ》してはいられぬ。ただ夢中で手足を動かした。

大川へ出ると、あとは流れにまかせて泳いだ。さすがに、敵も川中までは追ってこない。

新次郎は、虎口《ここう》を脱した。

軍蔵に出会う前の新次郎なら、地上を逃げるほかなかったろう。かなづちだったからである。地上では逃げ果せなかったに違いない。

和歌山の海と紀ノ川で水錬を教えてくれた軍蔵に、新次郎は心より感謝した。

（わたしはまた軍蔵に助けられた……。二度とふたたび、あきらめぬ。わたしは、必ず軍蔵を探しだして、あやつらの凶刃から守りぬく。そして、藩の秘事を暴いてやる）

夜の大川《おお》に身を委《ゆだ》ねながら、新次郎はそう誓った。

五

軍蔵らしき男のことが知れたのは、吉原においてであった。

ひたいに目立つ黒子、左の小鬢に薄い刀疵、向歯が一本欠けている。かねて秋篠が、廓の男衆や仲のよい遊女らに、そういう特徴をもった男を見たら知らせてほしいと頼んでおいたからである。

切見世《きりみせ》とよばれる最下級の女郎の中に、少しつむりは足りないが気のいい女がいて、秋篠に知らせてくれた。ただ、ひたいのそれは黒子でなく、火傷《やけど》の痕《あと》だという。女は、秋篠からそう言われたと思い込んでいたのである。

その思い込みが、新次郎をして閃《ひらめ》かせた。軍蔵は、容貌を変えるため、黒子を焼いてしまったのではないか、と。

浅草橋場《はしば》の総泉寺《そうせんじ》の寺男《てらおとこ》だという。

晩秋の午後、新次郎は浅草橋場へ出向いた。れいによって、流行のぞろりとした長羽織を、ひきずるようにして歩く。ただ、大小は帯びていた。

橋場へ着くと、浅茅ヶ原《あさじがはら》に身をひそめて、軍蔵かもしれない寺男が姿を現すのを待った。総泉寺大門のあたりを浅茅ヶ原という。このころまだ、門前の参道の周辺に、田畑に混じって茅原《かやはら》が残っていた。

新次郎が折り敷いたのは、大門に向かって左側にひろがる茅原である。

名乗りをあげて寺を訪ねることを憚《はばか》ったのは、必ず軍蔵と対面したいからであった。それには、直に声をかけるしかない。

また、そうしなければ、軍蔵は逃げてしまうであろう。新次郎とは親しかったといっても、やはり紀州の人間がやってきたと知れば、警戒心をもつに違いないのである。

秋の陽は、没するのが早い。西の山の端が茜色《あかねいろ》に染まると、門前の参道に人けは絶えた。門扉を閉じるため、寺男が姿をみせるころである。

じりじりする思いで待った。冬の気配を感じさせる風に、茅原がざわざわと揺れる。

それらしい人物は、なかなか門のところに現れない。もしや住職が他行《たぎょう》中で、その帰りを待ってから門扉を閉じるのであろうか。あるいは、軍蔵かもしれない寺男も、所用で早くから外出しており、不在ということもありえよう。

表の往還から参道へ、男がひとり踏み入ってきたのは、稍《やや》あってからであった。

丈高い茅原の中を、腰を屈《かが》めたまま、路傍近くまで寄った新次郎は、そこから、目の前をとおる男を眺めた。黄昏時《たそがれどき》の中でも、はっきりと容貌を捉えた。

ひたいに黒子はない。しかし、そこが火傷の痕に変じていても、新次郎が見誤るはずはなかった。

音を立てずに茅原より出た新次郎は、軍蔵が大門から境内へ入ったところで、声をかけた。

「軍蔵」

男は、一瞬びくりと立ち竦《すく》んでから、恐る恐る振り返った。

「わたしだ。清水新次郎だ」

新次郎は、笑顔を向けた。軍蔵を怖がらせてはならぬ。

「清水さまが、おれを討ちにまいられたので……」

いまにも泣きだしそうに、軍蔵は声をふるわせた。

「わたしは、そのほうを助けにきたのだ」

この瞬間、新次郎の背後で、大門に向かって右側の茅原の一部が烈《はげ》しく揺れた。

茅原から参道へ、男が三人躍り出る。

軍蔵の双眸《そうぼう》に恐怖の色がひろがった。

「軍蔵。中へ入って門扉を閉じよ」

叫ぶなり、新次郎は、男たちへ向き直った。吉原帰りの新次郎を襲撃した武士と留造ともうひとりの中間が、駈け向かってくる。

新次郎は、長羽織を後ろへはねのけて脱ぎ捨てた。戦闘支度は調っていた。着籠《きごみ》を着け、上衣の両袖をたすきがけに括りとめ、袴《はかま》の股立《ももだ》ちをとり、足拵《あしごしら》えも充分である。

直に軍蔵へ声をかけたかったのは、この瞬間を待っていたからでもある。どのみち薬込役の尾行を避けられないのなら、自分が軍蔵を探しだしたときには、一挙に片をつけるほかないと覚悟したのであった。

中間ふたりが、同時に棒手裏剣を投げうってきた。応じて、新次郎は、大小を同時に抜刀し、二本のそれを叩き落とした。

ふたりが、木刀を振りあげる。新次郎は違和感をおぼえた。いずれも、柄の部分を握る両拳《こぶし》が、おかしな位置でくっつきすぎている。

（仕込《しこみ》だ）

刀や槍の細身の刃を、見た目にはそれと分からぬよう、杖《つえ》などの中に入れてあるものを、仕込という。

刃圏内へ達する前に、仕込を振りおろして鞘を投げつけ、それで新次郎が怯《ひる》んだところへ、刃で斬りつける。

その戦法を一瞬裡《り》に予期した新次郎は、先手をうった。名も知らぬほうの中間めがけて、脇指を投げつけたのである。

おのれの秘策を、対手から先に仕掛けられたときほど、うろたえることはない。その中間は、自分の腹へまともに脇指の刀身が吸い込まれるのを、茫然と見送った。

留造も、狼狽《ろうばい》したが、それでも仕込の鞘を投げつけた。これを新次郎は、難なく払い落とし、刃圏内へ跳び込んできた留造の胴へ、下段からの刃風《はかぜ》を送りつけた。

手応えはあった。が、存分ではない。

背後へ駈け抜けた留造を振り返ると、新次郎にはかまわず大門へ近づいてゆくではないか。

軍蔵は、両開きの門扉を懸命に動かしているものの、まだ片側しか閉じていない。

留造に斬りつけようとした新次郎だが、先に武士からの打ち込みを浴びる。これを受けとめると、鐔競《つばぜ》り合《あ》いになった。

「し、清水さま、お助けを」

軍蔵の悲鳴があがる。ついに門扉を閉じきることのできぬまま、軍蔵は境内へ走り込んだ。それを留造が追う。

(しまった)

新次郎は焦《あせ》った。だが、眼前の武士は、焦りをおぼえたまま仆《たお》せるほど、やわな敵ではない。

「おぬし、名は」

と鍔競り合いしながら、新次郎は訊いた。むろん、こたえてはもらえぬ。

「名は明かせぬであろう。将軍家に選抜してもらえなかった不名誉の家ゆえな」

武士の顔色が、どす黒いものに変わる。

「うおおおおっ」

獣のように吼《ほ》えた武士は、力まかせに新次郎を押し離した。

怒りに盈《み》ちた上段からの打撃が、絶え間なく新次郎を襲う。後退しつつ、必死とみえる形相で受けながら、武士の隙《すき》を窺《うかが》った。次第に、対手のわきは甘くなる。

武士の両肘《りょうひじ》が必要以上に高くあがった瞬間、新次郎は体あたりを食らわせた。

ひっくり返って、泡を食って立ちあがろうとする武士の真っ向へ、真剣の面打ちがきれいに入った。

薄暗くなった浅茅ヶ原に、断末魔の絶叫が渡った。しかし、武士のほうは、最期まで隠密らしく、声を立てていない。

（軍蔵……）

殺《や》られたか、と新次郎は青ざめた。

境内へ走り込み、軍蔵の姿を探した。

塀際の灯籠《とうろう》のそばに、二つの影が立っている。駈けつけてみると、軍蔵と、いまひとりは見知らぬ牢人態《てい》の者ではないか。深編笠に黒い着流しという出《い》で立《た》ちである。

両人の足許に、留造が斃れていた。頸根《くびね》から夥《おびただ》しい血を流して、事切《こと き》れている。

牢人は、血塗《ちまみ》れの刀身に拭いをかけて、鞘に収めた。

「率爾《そつじ》ながら、そこもとは……」

新次郎は、牢人の名乗りを待った。

深編笠がとられた。信じられぬ。

「秋篠……」

男装の遊女は、切れ長の美しい目を伏せて、羞《は》じらいの風情をみせた。

六

紀州藩の藩祖徳川頼宣《よりのぶ》の次男頼純《よりずみ》は、紀州徳川家の分家として伊予《いよ》西条藩に封じられた。頼純の嫡子《ちゃくし》は頼雄《よりかつ》であったが、いつのころからか父子に不和が生じた。やがて、頼純は頼雄を義絶し、江戸屋敷の一間《ひとま》に押し込めてしまう。代わりに、頼雄の弟頼致《よりよし》が家督を継いだ。

そのころ紀州藩五代藩主であった徳川吉宗は、頼雄を憐《あわ》れんで紀州へ引き取り、田辺の秋津村宝満寺《ほうまんじ》下に屋敷を建てて、その隠居所としてやった。田辺は、藩の付家老《つけがろう》安藤家の領地である。

ところが、その数年後に、吉宗は将軍家相続のため、江戸へ去った。藩主を失った紀州藩には、分家の西条藩から頼致が入って、名を徳川宗直とあらためた。本来ならば、頼雄が継ぐべき紀州六代藩主の座である。

吉宗の将軍職就任から二年足らずのうちに、頼雄は急死した。宗直から捨扶持《すてぶち》を給付されることを潔しとせず、水も食物も断《た》って、みずから餓死の道を選んだといわれるが、死の真相は藪《やぶ》の中である。

だが、真相を記した書付《かきつけ》がある、と藩中の一部では永年囁《ささや》かれつづけてきた。それが回り回って、鶴岡伝内の手に渡ったらしい。

伝内は、書付を国家老へ差し出すさい、かねを要求した。出世の見込みのない軽輩とすれば、一か八かの大博奕《ばくち》であったろう。

多額のかねを受け取ったあと、一度、夜道で命を狙われた伝内は、書付の書き写しを隠し持っていることをほのめかした。自分の身に万一のことがあれば、将軍家へ差し出すつもりでいる、と。

その後、しばらく身に危険が及ばなかったので、伝内は油断した。屋敷を襲撃されるとも予期していなかったのである。

「刺客は五人にございました」

と総泉寺の闘《たたか》いのあと、軍蔵が新次郎に語っている。

刺客たちが、書写状のありかを詰問《きつもん》しても、伝内は頑《がん》として明かさなかった。

伝内という男は、根っからの悪人ではない。永《なが》く仕えてくれた軍蔵の命ばかりは助けたいと思ったのか、無謀を承知で刺客たちに斬りかかった。その隙に、軍蔵は屋外へ脱した。脱するさいに、伝内から手渡された短刀を夢中で振り回し、刺客のひとりに手傷を負わせている。

成り行き上、刺客たちは伝内を斬り殺してしまった。そして、そのあと家探しをしたに違いない。

「書き写しなど、見つかるはずはございません。さようなものは、最初からなかったのでございますから」

存外に、伝内は正直者だったのである。本気で主家を脅すつもりはなかった。

軍蔵は、書付の内容を知らぬ。ただ、藩にとってよほど危うい秘事が記されていることだけは、察しがついた。それでなければ、伝内ていどの軽輩に刺客を差し向けるような真《ま》似《ね》はすまい。

となれば、伝内のただひとりの奉公人であった軍蔵にも、魔手がのばされるのは、火を見るよりも明らかであろう。

軍蔵は、孤身で逃げて、息をひそめて生きるしかなかった。れいの書付でも持っていれば、いささか事情は異なったやもしれぬが、軍蔵はまったくの徒手空拳で、身分も低い者である。徳川御三家の紀州藩を対手に、戦う力などありはしない。

「書付は、わたくしの母がしたためたものにございます」

そう明かしたのは、なんと秋篠であった。

秋篠の父は、和佐《わさ》又右衛門という。和歌山藩士で、京都三十三間堂の大矢数《おおやかず》で日本一になったこともある弓術の名手、和佐大八《だいはち》の従弟《いとこ》であった。又右衛門のほうは、西条藩士であり、少年期から頼雄の側近くに仕えた。

又右衛門は、頼雄がその父頼純と不和になったのは、宗直（当時は頼致）の讒言《ざんげん》によるものと知っていた。宗直は早くから家督を狙っていたのである。だが、人を疑わぬ鷹揚《おうよう》な性格の頼雄は、弟宗直を悪く言う又右衛門ら側近を、かえって叱りつけた。その結果が、頼雄の廃嫡《はいちゃく》と江戸屋敷押し込めであった。

のちに紀州田辺の隠居屋敷に暮らした頼雄が、紀州藩主となった宗直からの捨扶持を拒否したのは、毒殺を謀《はか》られたからである。

「父と同僚たちは、毒殺未遂の一件と廃嫡の折りのまことの経緯を、吉宗公に知っていただこうと、頼雄さまを励まし、ひそかに江戸へ向けて田辺を発ったのでございます」

田辺出立の日は、おとり策戦《さくせん》をとった。

頼雄は、安藤家に、紀州日高郡小松原の九品寺《くほんじ》へ詣でると称して、許可を得た。だが、早朝に出発した行列中の駕籠《かご》には、頼雄でなく、別人が乗っていた。そして、小半時《こはんとき》ほど後《おく》れて、又右衛門以下わずか五名を供にして、ひそかに隠居屋敷を出ると、龍神《りゅうじん》街道へ踏み入ったのである。山越えの難路であった。

しかし、隠居屋敷には、宗直の意をうけた人間がいて、その者が安藤家へ急報したのであろう、たちまち露見《ろけん》するところとなって、追手をかけられた。

「頼雄さまは、みずから食を断って餓死あそばしたのではありませぬ。わたくしの父らとともに、龍神街道で無残に討たれたのでございます」

秋篠の母の佳乃《かの》は、それら一切をしたためた書付を、むすめに託し、自害し果てたのである。

当時の秋篠は、少女であったが、書付を読んで理解した。母の心情も察した。母は、この一件で、いずれ娘が命を狙われることになっても、それは運命と覚悟していたのだ。それよりも、亡夫の勇気ある行いを知っておくほうが、武家の娘として誇りを失わずにいられると考えたに違いない。

だが、書付は、その存在が叔父《おじ》の露見するところとなり、とりあげられてしまった。叔父は連座を恐れたのである。

秋篠は、江戸へ送られ、吉原へ禿《かむろ》として売られた。命を永らえるのに、吉原ほど安んじて暮らせるところはないのだ、と叔父は言った。一理はあろう。吉原は治外法権的な性格をもっており、廓内に長道具《ながどうぐ》を持ち込むことも禁じられている。しかし、叔父の本音は、厄介払いをするのと、秋篠を売ったかねを手にするのと、一石二鳥を狙ったにすぎぬ。少女の秋篠に抵抗する術《すべ》はなかった。

廓内に暮らすようになってからは、日中は棒切れを振りつづけた。なぜ振りつづけるのかは、自分でもよく分からなかった。ただ、生前の父に小太刀《こだち》を習うことが大好きだったから、その思い出に浸《ひた》りたかっただけかもしれぬ。

秋篠は、しかし、新次郎が元紀州藩士で、その牢人した子細を聞かされたとき、龍神街道に結びつけはしなかった。結びつけるには、歳月が隔たりすぎていた。

初めて結びつけたのは、総泉寺へ出向いて、もし軍蔵に出会えたら、刺客たちとも一挙にけりをつけるつもりだと語った新次郎を、吉原から帰したあとである。胸騒ぎというものであったろう。その感覚は、父を最後に送り出した朝か、母が自害した日の朝、いずれかで味わったものだ。あるいは、両方のときであったか。

新次郎が総泉寺へ出向く日を知っていた秋篠は、その日、身揚りをして、廓の外へ出た。吉原の大きな遊女屋は、大川端あたりに寮を持っており、体調のすぐれぬ遊女がそこで療養することはめずらしくなかった。

総泉寺における秋篠の活躍は、すでに見たとおりである。

刺客三人を仆したあと、新次郎は、軍蔵をただちに去らせておいて、留造の死体の向歯を一本、柄頭《つかがしら》で叩き折った。

「秋篠、見てくれ。ひたいの黒子、小鬢の疵、欠けた向歯。こいつが軍蔵だよ」

黒子と歯欠けはともかく、小鬢の疵が左右どちらであったかなど、紀州藩の人間でも誰もおぼえていまい。もともと、注目されることのない下人のひとりにすぎぬのである。

新次郎は、秋篠と連れ立って、奉行所へ出頭した。新次郎の敵討に関しては、紀州藩から公儀御帳への登録が済んでいるから、何の咎めもなかった。それどころか、あっぱれと褒《ほ》めそやされた。

秋篠を助太刀として紹介したのも、理由があった。遊女が、身揚りをし、療養と偽って半日も行方を晦《くら》ましたのでは、あとで折檻《せっかん》をうける。だが、敵討の助太刀をしたとなれば、秋篠の抱え主も、かえって宣伝となるから、むしろ諸手《もろて》を挙げてその帰りを迎えるに違いない。現実に、翌日はそうなった。

新次郎は、奉行所に届け出たあと、紀州藩の上屋敷を訪ねて、本懐を遂げたことを報告した。軍蔵がこのときあるを期して雇っておいたらしい牢人らも斬ったと告げた。

折しも、藩主宗直が在府中であり、拝謁を許された。

「でかしたぞ、新次郎。褒美をとらす。清水家の加増がよいか、何なりと申せ」

宗直の上機嫌は、軍蔵の死で口封じができたことの悦びからであったろう。

また、新次郎の口ぶりから、頼雄にまつわる秘事も、薬込役を放《はな》ったことも、まったく気づかれていない、と宗直は安心したらしい。それを、新次郎のほうでは見抜いた。

しかし、もはや新次郎は、藩主の過去の悪行を白日の下にさらすつもりなどない。改易を免れないほどの御家騒動に発展するやもしれぬからである。正義感というものは、時に度《ど》し難《がた》い。

「されば、おことばに甘え、申し上げます」

「うむ」

「遊女をひとり、落籍《ひか》せていただきたく存じます」

翌年の春、秋篠の年季は明けた。三年先までのばされていた奉公期間を、紀州藩が買い取ったのである。

同じころ、宗直は将軍吉宗から、

「戒飭」

をうけている。

かいちょく、と読む。注意を与えて慎ませることである。

吉宗は、新次郎の敵討に絡んで紀州藩の薬込役が動いたことを、御庭番から報告をうけて不審に思い、独自に探索をすすめたのではあるまいか。結果、龍神街道まで辿り着いたのやもしれぬ。

だが、戒飭のみにとどめた。

吉宗の心事を想像するに、宗直が野心のために実の兄を葬り去った事実を、自身の将軍の座への道のりと重ね合わせたのではないか。

二代紀州藩主徳川光貞《みつさだ》の四男で、生母は下婢《はしため》であったという吉宗が、越前丹生《にう》三万石から、五代紀州藩主へと駈けあがることができたのも、三代四代を継いだ兄たちが、相次いで急死してくれたからである。さらには、病弱な幼年将軍家継《いえつぐ》の後継をめぐって、何かと取り沙汰されていたころ、御三家筆頭の尾張藩の当主父子もつづけて卒した。当然のことながら、当時、吉宗に疑惑の目が向けられたものである。

もし宗直の過去を云々《うんぬん》すれば、吉宗の幸運の陰にも何かがあったに違いない、と世人は蒸し返すであろう。それだけは、吉宗も避けたいところである。なればこその戒飭のみであったと思われる。

新次郎と秋篠が、夫婦になったのかどうか分からない。遊女の助太刀という、敵討史上、稀有《けう》な出来事として、その記録だけが残されている。

たぶん新次郎のことだから、家督を弟にでも譲り、自分は若隠居して、和歌山で釣り三昧《ざんまい》の日々を送ったのではあるまいか。あるいは、敵討のあともそのまま牢人をつづけ、大川端あたりに暮らしたか。

いずれにせよ、新次郎のかたわらには、恋女房の秋篠の姿があったと信じたい。

金色《きんいろ》の涙《なみだ》

寒々と冴《さ》えた月の光が、溟《くら》い川面《かわも》を仄白《ほのじろ》く照らしている。

番屋《ばんや》の笊《ざる》に渡橋銭《ときょうせん》二文を投げ入れ、本所中之郷竹町《ほんじょなかのごうたけちょう》から、吾妻橋《あづまばし》の橋板を鳴らしはじめた男の吐く息は、口許《くちもと》のあたりで白く舞う。

いささか足許がおぼつかない。

（おちよ坊は縹緻《きりょう》よしになる……）

銀次《ぎんじ》が、亀戸町《かめいどちょう》・与右衛門《よえもんだな》店の裏店《うらだな》住まいの剝《む》き身《み》売り、吉太《きちた》・つね夫婦と知り合ったのは、四年前のこと。浅草寺《せんそうじ》の祭礼で、地廻《じまわ》りにからまれているところを助けてやった。

吉原者《よしわらもの》の銀次は、たいていの盛り場で顔が利く。

以来、銀次の奉公先である吉原の大見世《おおみせ》の万字屋《まんじゃ》へ、吉太が足繁《しげ》く蛤蜆《はまぐりしじみ》の剝き身を届けにくるようになった。代金は要らないという吉太に、銀次が無理やり銭をとらせるのが常である。

吉太は遊女たちに歓迎される。苦界《くがい》に堕《お》ちた女たちの、どんなつまらない話でも親身になって聞いて、時には涙を流すようなやさしい男だからである。

吉太・つね夫婦のいちばんの悩みは、永く子を授からないことであった。それこそ江戸中の寺社をまわって、子宝祈願をいやというほどやっているのに、兆しすらないという。

そんな夫婦がついに子を授かったのは、去年の秋のこと。女の子であった。

銀次は、吉太から名付け親になってほしいと頼まれたが、固辞した。

「吉原者が名付け親じゃ、ためにならねえ。堅気のしかるべきお人に付けてもらいな」

ちよと命名したのは、与右衛門店の大家《おおや》である。

今夜、銀次は、吉太によばれて、与右衛門店を訪れた。よその子よりしゃべり出したのが早いちよが、舌足らずながら、ぎんじおじさん、と言えるようになったので、聞いてもらいたいというのである。親ばかであった。

銀次の顔を見るなり、ちよがにっこり笑って口にした一言は、しかし、

「ぎんぼう」

であった。

夫婦はあわてたが、銀次にはそのほうがうれしかった。

「これからはずっと、おちよ坊、銀坊でゆこうな。約束だぜ」

銀次は、ちよの可愛《かわい》らしい手をとって、指切りげんまんをした。

女に悲しみを強いる遊女屋のあるじは、忘八《ぼうはち》とよばれる。仁義礼智信忠孝悌《じんぎれいちしんちゅうこうてい》という、

人が守るべき八つの徳を忘れた者の意である。そこで働くからには、自分は仕合《しあ》わせなんか望んじゃならねえ、と銀次は思っている。それだけに、こういうごくありふれた小さな幸福感こそ、胸に迫って切ない。銀次は吉太と夜更けまで呑《の》んだ。

その帰りの吾妻橋なのである。

川風が吹きつけて、胴紙《どうがみ》に万字屋と書かれたぶら提灯《ちょうちん》を揺らした。ぶら提灯を懐へ寄せて、地の薄板を左手で押さえた途端、くしゃみが出た。

前方に、小さくぼんやりと見えた明かりも揺れている。人が来る。

その明かりはすぐに消えて、銀次が長さ八十四間《けん》の橋の半ばあたりに差しかかったとき、声をかけられた。

「申《もう》し、おにいさん」

女の声だ。

「風で提灯の火が消えちまった。火をおくれでないかえ」

この夜中に、ひとり歩き。狎《な》れ狎れしく、媚《こび》を含んだことば遣い。夜鷹《よたか》であろう。

「こっちへ寄りねえ」

人影が寄ってくる。脂粉が匂《にお》った。

「ね、いいだろ」

手拭《てぬぐい》を頬《ほお》かむりに、蓆《むしろ》を丸めて小脇《こわき》に抱えた女は、うつむき加減に言って、銀次の衿《えり》のあたりに手を置いた。夜鷹といえば、大年増《おおどしま》よりも年齢《とし》を重ねた醜女《しこめ》がほとんどなので、顔はまともに見せたがらないのである。

「すまねえが、今夜はひどく酔っちまってる。これで勘弁してくんな」

銀次は、女の手に銭を握らせる。

実は酔いはさめかけているのだが、無垢《むく》な幼子に触れてきたばかりの手で、たとえ若い美女であったとしても、女を抱く気にはなれない銀次であった。まして、夜鷹は病気持ちが多い。

「たった五十文《もん》かい」

銭をたしかめた女が剣呑《けんのん》な言いかたをした。

夜鷹のような最下級の私娼《ししょう》の売笑価《ばいしょうか》は、その半分が相場である。銀次は苦笑した。

「気を悪くしたんなら、川へ投げ捨てな」

「ふん」

女は、身を離して、背中を向けた。

「火は要らねえのか」

「もらうよ」

向き直った女と、ふたたび躰《からだ》を寄せ合って風をさえぎりながら、銀次は自分の提灯の火を対手《あいて》のそれに頒《わ》けてやる。

ふたつの火明かりを浴びて、女がはじめて、おもてを上げた。

銀次は、意外の感を持った。

(夜鷹にしちゃ、若《わけ》え)
二十五、六歳というところであろう。縹緻もなかなかのものだ。
しかも、その顔は、なぜか、みずからきらきらと光を放っているように見える。

「お忘れかえ、万字屋の銀次さん」

光る顔が、妖《あや》しげな笑みをこぼす。

「お前《め》え……千金《せんきん》……」

一瞬にして、銀次の酔いはさめた。

「うれしいねえ、おぼえていてくれたとは」

「島抜けしやがったのか」

「船が八丈《はちじょう》へ着かなかったのさ」

「嵐でどこかへ流されたってことか」

「房州《ぼうしゅう》さね」

遠島刑の罪人を運ぶ流人船《るにんぶね》というのは、幕府の船ではなく、伊豆七島《いずしちとう》の各島の交易用の持ち船を御用船とするので、罪人は便乗という形をとる。だから、簡単には目的の島へ着かない。今春の流人船は、三宅島《みやけじま》の持ち船であり、新島《にいじま》送りの罪人を下ろしたあと、三宅島が終着地となったため、千金ら八丈島送りの四名は、別の船がやってくるのをそこで何ヵ月も待った。そして、ようやく出帆《しゅっぱん》したものの、風向きが悪くて幾度も碇泊《ていはく》したあげく、暴風雨に見舞われて、房州の浜へ漂着したのである。

「千金。罪を重ねるんじゃねえ」

流人船が遭難して、図らずも脱走可能な状況になったとしても、上陸地の役所に自首しなければならない。逃げた罪人は場合によっては死刑を免れぬ。

「役人みたいな口を利くじゃあないか。さすが吉原者だね」

露骨な皮肉の笑みを、千金はみせた。

「お前え、恨みを晴らしてえのか」

「ああ、そうだよ。けど、その前に、返してもらおうじゃないかね」

「何をだ」

「とぼけるんじゃないよ。わっちのがきさ」

「……」

銀次はちょっと驚いた。こんな女でも、わが子を忘れられないものなのか。

「死んだよ、お前えの子は」

とっさに銀次は嘘《うそ》をついた。

「あんたががきをどこぞへ売っ払ったことは知れてんだ。吐かないと痛い目にあわすよ」

　そのことばが合図だったように、橋上の暗がりの中から、明かりの届くところへ、影が三つ現れ、銀次を取り囲んだ。

　影の輪郭から、ふたりが武器を手にしている、と銀次は見た。鎌《かま》に、棒か。三人が放つ殺伐の気は、こういうことに狎れた者らであるのを示している。

　だが、銀次もまた、幾度も修羅場をくぐり抜けてきた男であった。

「旦那《だんな》、ここですぜ」

　東の本所の方へ顔を向け、銀次は大声を出した。連れがいるように見せかけたのである。

　思惑どおり、三人がわずかに怯《ひる》んで、そちらへ視線を振った。その隙《すき》を逃さず、銀次は、包囲の輪を抜けるや、ぶら提灯を投げ捨て、西の浅草《あさくさ》方面へ走った。

「野郎、騙《だま》しやがった」

「ふざけやがって」

　三人が追ってくる。

　ふだんの銀次なら逃げきれる自信はあるが、酒の入った躰は思うようにならず、息切れも早い。振り返り、振り返りしながら送り出す脚の動きが、橋の西詰《にしづめ》に達しようかというところで、にわかに鈍った。

　前から来た人に気づかず、ぶつかってしまい、ともに橋上へ転がった。

　対手の提灯が落ちて、胴紙が燃えだす。

「大事ないか」

別の者が、自分の提灯で、倒れた二人を照らした。

「おや……銀次ではないか」

その武士は言った。

見覚えのあるひげ面である。

「膝付《ひざつき》さまで……」

地獄に仏とは、このことか。

「おお、やはり銀次か。何をさように急いでおる」

ひげ面は、美作勝山藩《みまさかかつやまはん》の荻野《おぎの》流《りゅう》砲術家の膝付源八《げんぱち》。

万字屋の花魁関屋《おいらんせきや》が、図らずも、さる藩の御家《おいえ》騒動に関わったさい、その藩の若侍たちを手助けした銀次は、他藩の者ながらひと役かった源八とも面識を得たのである。今夏のことであった。

いま銀次のぶつかった対手は、源八の供の者である。

乱れた足音が迫ったので、源八は振り向いた。
三、四間ばかり向こうの橋上で、三つの影が立ちどまったのを見て、銀次が追われていると察した源八は、かれらを怒鳴りつけた。
「何用か」

砲術訓練で鍛えているその声は、悪漢たちを後ずさりさせるに充分な迫力があった。踵《きびす》を返して走り去ってゆく三人の背を眺めやりながら、しかし、安堵《あんど》したように大きく息を吐き、

「助かった。それがしは、こっちは苦手ゆえな」

差料《さしりょう》の柄《つか》を指で叩《たた》いて、ばつが悪そうに頭を掻《か》いてみせる源八であった。

「何を仰《おっしゃ》いやす。お声だけで追っ払っちまうなんざ、膝付さまは大《てえ》した御方《おかた》だ」

銀次は心から感謝した。

江戸では、公娼を抱えるのは吉原のみである。その他の私娼地は岡場所《おかばしょ》とよばれて、非合法なので、しばしば奉行所による摘発が行われた。この不意の摘発のことを、けいどうと称す。

けいどうのさい、吉原は奉行所への全面協力を惜しまず、男衆《おとこし》に手伝わせる。公娼地ゆえに運上金の上納を義務づけられた立場として、岡場所に客をとられるのは死活問題なのであった。

銀次自身は、岡場所の女郎《じょろう》にも抱主《かかえぬし》にも、恨みがあるわけではないので、ことさら冷たくもしなければ、同情もしない。吉原者としての仕事のひとつをこなすだけである。

間口四尺五寸に仕切った棟割長屋《むねわりながや》の各局《つぼね》に女郎を置いて、ちょんのま（短時間）で事を

済ませる遊女屋を、切見世《きりみせ》と称するが、去年の秋のけいどうで、銀次は護国寺《ごこくじ》門前の切見世へ踏み込んだ。そこでいちばんの人気女郎が、千金という女であった。

女は、顔に茶の花の蘂《しべ》を塗って、客の前へ出る。整ってはいるが寂しげな顔立ちを引き立たせるために、始めたものらしい。うつむき加減に咲く茶の花の金色の蘂には、えもいわれぬ風情がある。源氏名の千金も、京都栂尾《とがのお》の茶種の名からとったそうな。

千金が乳呑み子《ちのみご》を抱えて逃げようとしたので、銀次は不審を抱いた。女郎が妊《はら》めば、抱主は無理やりにでも堕胎させるのが、この世界の常なのである。

「お前えの子か」

銀次は、きつく糺《ただ》した。

「だったら、何だっていうんだい」

「父親《てておや》は」

「吉原者のくせに、間抜けなことを聞くもんじゃあないか。父親なんぞ、わっちにだって判るもんか」

毒吐《どくづ》いてはいても、その眼には必死さが見えた。

見逃してやろうと思ったが、折悪《おりあ》しく役人が寄ってきたので、捕らえるほかなかった。

挙げられた私娼は、吉原へ下げ渡され、三年を限って無給奉公を強いられるのが定法で、これを奴刑《やっこけい》という。むろん、密淫売《みついんばい》以外の罪を犯している者は、この限りではない。

奉行所の調べで、千金の過去の殺人が発覚した。

駿河国庵原郡《するがのくにいはらぐん》の小さな村で生まれた千金は、名をさんという。村は、風光明媚《ふうこうめいび》さと茶所で知られる清見《きよみ》にほど近いそうな。少女のころ、茶作り農家の次男坊に手籠《てご》めにされたさんは、対手の男を殺して村を出奔すると、以来、素生《すじょう》を隠して苦界で生きつづけてきたのである。

殺人は、原則として死罪だが、例外もある。理非をわきまえぬ十五歳以下の子どもの殺人は、罪一等を減じられる。事件当時、さんは十三歳であったという。

千金に遠島刑が申し渡されると、銀次は、いったんは奉行所預かりとなっていた千金の子を貰《もら》いうけた。万字屋に馴染《なじ》みの大身《たいしん》旗本に頼んで、手を回してもらったのである。そして、その乳呑み子を、人知れず、亀戸町・与右衛門店の吉太の住まいの前に捨てた。

捨て子の処分は、捨てられていた所の名主五人組に任される。その所に引き取り手がいれば、それでよい。いなければ、その所全体で責任をもって育てねばならない。

吉太・つね夫婦は、ここに捨てられていたのは、神仏のお引き合わせに違いないから、ぜひ引き取りたいと申し出て、ゆるされた。夫婦に子ができることを、わが事のように願っていた与右衛門店の住人たちからも祝福された。貧乏人の子沢山《こだくさん》とはよく言ったもので、裏長屋には子を産んだばかりの女が三人もいて、貰い乳には事欠かなかった。

銀次は、思い描いたとおりに事が運んで、ひとり胸を撫《な》で下ろした。これで、吉太の一家は仕合わせになれる、と。

年があらたまって、今年の春、千金は流人船に乗せられ八丈島へ向かった。

島流しというのは、重罰なので、恩赦が行われぬ限り、事実上の終身刑である。その恩赦にしても、滅多に下されるものではなく、流罪人《るざいにん》の大半は流されて数年のうちに島で死ぬ。だから、千金が残したわが子に会いにくるなど、ありえぬことのはずであった。

(何かしっくりこねえ……)

万字屋の見世先の妓夫台《ぎゅうだい》に腰を下ろし、雪気《ゆきげ》の雲が垂れ込めるどんよりとした空を見上げながら、銀次は千金のことを思っている。

昨夜、銀次は、襲撃されたあと、その足で奉行所へ出向き、赤子に関わることだけは伏せて、けいどうの恨みで千金に襲われたと訴えた。

訴えをうけて、奉行所は色めき立った。当然のことながら、幕府では、流人船が嵐に遭《あ》って房州へ流れ着き、四名が逃げたという情報を得て、早々に房総《ぼうそう》半島全土の諸藩に通達したのだが、すでにかれらが江戸入りしているなど、思いもよらぬことであったらしい。

千金のほかは、酔って町人を半殺しにした羽州牢人《うしゅうろうにん》の室田弥之介《むろたやのすけ》、いかさま博奕《ばくち》の常習者の浅五郎《あさごろう》、女犯僧《にょぼんそう》の晁春《ちょうしゅん》。昨夜、銀次を襲った三人であろう。

江戸の内外に、人相書が行き渡るのに幾日もかからぬ。また、探索の岡《おか》っ引《ぴき》、下《した》っ引《ぴき》も総動員される。

千金らも、銀次の襲撃に失敗したことで、そういうことは想像がつくであろう。とすれば、暗いうちに江戸を脱したはず。

そうは思う銀次だが、何かひっかかる。

だいいち、昨夜の一件でも、わが子を取り返したいという女郎の頼みを容《い》れて、男たちが危ない橋を渡ったとは、とうてい考えにくい。千金の色香に籠絡《ろうらく》されたのだと思えなくもないが、それだけで手助けをするような手合いではあるまい。もっと割に合う見返りを期待できたからではないのか。

（おちよ坊に何か秘密があるのかもしれねえ……）

抱主のいる女郎が子を産んだこと自体、解せぬ話なのである。

（たしか、おせきって女郎が、千金と親しかったんじゃあなかったか……）

銀次は、吉原の廓《くるわ》内の河岸《かし》へ向かった。

安女郎《やすじょろう》を置く切見世が軒を接して建ち並ぶ、鉄漿溝《おはぐろどぶ》沿いの一帯が河岸とよばれる。もとは千金と同じ護国寺門前の切見世の女郎で、いまは奴刑に処せられているせきは、
銀次の質問に素直にこたえた。

「ああ、千金の子の父親なら、下谷茅町《したやかやちょう》の茶問屋河越屋《かわごえや》の若旦那だろうよ」

下谷の河越屋といえば有名である。

「あれほどの大店《おおだな》の跡取りが、岡場所なんぞに出入りするはずはあるめえ」

「千金のこれさ」

とせきは、自分の頰を軽く叩《たた》いてみせる。

「茶問屋だけに、興を湧《わ》かせてやってきたんだろうよ」

「なるほど」

茶の花の蘂を化粧に用いる女。たしかに、惹《ひ》かれるものがあったであろう。

「だが、その若旦那の胤《たね》だって、どうして判る。ちょんのまの女郎なら、一日に対手にする男がひとり、ふたりということはねえ。まして、千金の局の前にゃ行列ができてたって聞いてるぜ」

「たとえ何百人の男と寝たって、女にはね、判るんだよ。女の躰ってのは、そういうふうにできてるのさ」

あとは、銀次に訊《き》かれもしないのに、せきは世間話でもするように口を動かした。

「千金は、若旦那の子を産んで、河越屋にゆすりをかけるつもりだったのさ。がんまくも、それにのったから、千金の子を堕ろさせなかったんだ」

がんまくというのは、千金やせきの抱主だった男である。けいどうで引っ張られたあと、入牢《じゅろう》中に、ほかの囚人たちに大便飯《だいべんめし》を食わされ、病死している。

跡取りが岡場所の女郎に子を産ませたとあっては、商いの信用に瑕《きず》がつくから、河越屋は口止め料を払うに違いない、と千金とがんまくは踏んだ。ところが、千金が赤子を抱いて河越屋へ乗り込むつもりでいた前日に、けいどうがあった、とせきは明かした。

「ありがとうよ」

銀次は、懐より一朱金を取り出し、せきの手に握らせてから、河岸を離れた。

せきは、急いで一朱金を懐中へ突っ込んだ。一両の十六分の一。無給の身には、夢のような額であった。


月のない夜空から、不忍池《しのばずのいけ》の水面《みなも》へ、ちらちらと雪の花が舞い落ちてくる。

河越屋の裏手の路上に、池を背にして立つ影が四つ。千金、室田弥之介、浅五郎、晃春である。

ひとりとして頬かむりもしていないのは、お尋ね者の居直りであろうか。

「やるよ」

千金が言い、皆で河越屋の裏戸の前へ寄ったところで、

「死罪になりてえのか」

という声に、ぎくりとして振り向く。

池之端《いけのはた》の土手から、幾つもの影が上がってきて、千金らは包囲された。

布で被《おお》い隠されていた提灯が次々に現れる。どれも万字屋のものである。

「ちくしょう……」

七人を数える包囲陣の宰領を、千金は睨《にら》みつけた。

「手ぶらじゃ、河越屋もたいしてかねを出しちゃくれめえ」

と少し憐《あわ》れむように、銀次は言った。

どこかへ逃れたくとも、千金らには先立つものがない。手っとり早く大きなかねを手に入れ、しかも露見しないという方法は、去年やりそこねた河越屋へのゆすりを、いまやることである。だから、昨夜、千金は赤子を取り返しにきた。弥之介らは、かね目当てで、これにのった。だが、銀次の襲撃に失敗したことで、今日明日にも江戸から脱しなければ危うい状況になり、赤子をあきらめた。それでも、ゆすりまであきらめては、何のために江戸入りしたのか判らない。となれば、千金らは必ず河越屋へ押し入る。

これが、銀次の推理であった。

奉行所には告げていない。ちよの素生が明るみに出るきっかけを作りたくないからである。

「室田の旦那、たいした人数じゃねえ。殺《や》っちまおう」

浅五郎が、後ろ帯にたばさんでいた鎌を抜いて、わめいた。晃春も棒を振り上げる。

「そうよな」

室田弥之介はゆっくり差料を抜いた。

(刀を手に入れやがったか)

昨夜の弥之介らは刀を持っていなかった。迂闊《うかつ》だった、とおのれに対して舌打ちする銀次であった。

銀次と万字屋の若い衆の武器は、六尺棒・突棒《つくぼう》・刺股《さすまた》など、生け捕り目的のものばかりである。

弥之介が八双《はっそう》に構えた。遣い手であるとみた銀次は、こいつと最初からまともにやり合えば、若い衆に死人が出ると思った。

「この牢人は、おれひとりで対手する。お前えらは、坊主と三下《さんした》にあたれ」

若い衆に、銀次は命じた。

銀次とて、勝てる自信はないが、闘いを長引かせるぐらいは、なんとかやれると思う。その間に、若い衆が晁春と浅五郎を取り押さえることができれば、その後は七人全員で立ち向かえる。

銀次の考えは甘かった。振り下ろされた刀の切っ先に、いきなり左肩を斬《き》られた。浅手とは判るが、袖口《そでぐち》から腕を伝って流れ出た血が路上へ滴《したた》り落ちた。

二ノ太刀《たち》が、銀次の右胴を襲ってくる。躱《かわ》しきれない。その刀は、しかし、間一髪のところで、横合いから飛び込んできた銀光に、はね上げられた。

救い主は、銀次の前に、背を向けて立った。

「退《さ》がっていろ」

言われるまま退《しりぞ》きながら、銀次はその人の肩ごしに、横顔をちらりと見た。

「筧《かけい》さま」

この夏、御家騒動を起こしたさる藩の若侍、筧新吾《しんご》であった。

「銀次、話はあとだ」

「へい」

もはや安心してよい。

若い衆のほうを見れば、かれらも退いている。躍り込んできた雄偉な体軀《たいく》の持ち主が、浅五郎と晃春を素手で叩きのめすところであった。こちらは、新吾の竹馬の友、花山太郎《はなやまたろう》左衛門《ざえもん》である。

「何者だ、汝《うぬ》は」

弥之介が吼《ほ》えたときには、新吾は踏み込んでいる。

新吾は、対手の刀を巻き落とすやいなや、さらに踏み込んで、柄頭《つかがしら》を弥之介のこめかみへ叩き込んだ。

弥之介は、腰砕けに頽《くずお》れた。

「ありがとうございやす、筧さま。ですが、どうして……」

「今朝早く、膝付どのからすべて聞いたのだ。きょうは、おれも太郎左も暇だったから、昼間からひそかにおぬしを警固《けいご》していた」

「気づきやせんでした」

「それはそうだろう」

鼻をうごめかしたのは太郎左である。

「新吾とおれのやることだからな」

「畏《おそ》れ入りやした」

「銀次。おぬしはおれたちのために命懸けで働いてくれた。ささやかなお返しだ」

新吾が微笑《ほほえ》んだ。

「あとは知らんぞ」

「もったいねえ」

と言い放った太郎左も、笑顔をみせる。

目頭を熱くする銀次に見送られ、新吾と太郎左は、くすぐったそうに肩を揺すりながら去っていった。

本降りになりはじめた雪景色の中で、女のすすり泣きが聞こえた。

「わっちの子……わっちの子に、会わせておくれ。お願いだよ」

銀次は、不意をつかれた驚きに、立ち竦《すく》んだ。

（なんだってんだ……）

千金が子を取り戻したかったのは、かねのためではなかったのか。純粋に母親の思いからであったというのか。

銀次は思い到った。もしかねのためだけなら、赤子なんて、自分の子でなくとも、どこかでかどわかした子を抱えて、河越屋へ乗り込めばよかったであろう、と。

頰に塗られた茶の花の蘂を、涙が洗い落としてゆく。千金の涙であった。

銀次は、心を鬼にして、千金に告げた。

「気の毒だがな、千金。お前えの子は、風邪がもとで、ほんとうに死んだんだ」


土手の桜は五分咲きというところか。

いましも、永代橋《えいたいばし》西詰の幕府御船《おふな》手番所前の岸を離れ、沖に碇泊《ていはく》中の遠島者御用船へと向かう牢舟《ろうぶね》に、見送りの人々の多くが、涙ながらに声をかけ、手を振っている。

牢舟の舟上の木組《きぐみ》の内には、千金、弥之介、浅五郎、晃春の姿も見える。この四名は遠島刑のやり直しだが、永久に恩赦の対象外とされた。二度と生きて江戸の土は踏めまい。

千金は、枠木《わくぎ》と枠木の間に顔をくっつけ、橋の袂《たもと》を凝《じ》っと見つめている。視線の先には、銀次。その横には見知らぬ男女がいて、男のほうは厚着をさせた赤子を抱きかかえている。

銀次がいちど赤子を見やってから、千金のほうへ視線を移し、うなずいてみせた。

千金は息を吞む。

見送りのおとなたちを真似《まね》て、赤子が小さな手を振った。けちゃけちゃと笑いながら。

千金の双眸《そうぼう》から涙が溢《あふ》れた。

茶の花の蘂は塗られていない。頰を伝う涙は、透明である。

蘂化粧は、十三歳で手籠めにされたとき、対手の男に無理やり塗りたくられたのが最初であった。その後、みずからそうするようになったのは、自分でも説明のつかない屈折した思いからである。

銀次に向かって、千金が両掌《りょうて》を合わせ、辞儀をする。

おもてをそむけた銀次は、鼻を指で摘《つま》んですすり上げた。

「いけねえ、うすら寒くなってきやがった。そのへんで一盃《いっぺえ》やらねえか、吉太」

「きょうの銀次兄哥《あにい》は変だな。とつぜん、おちよも連れて流人船を見に行こうって言いだしたかと思えば、こんどは、こんな明るいうちから呑もうって」

「なんだ、呑《や》りたくねえのか」

「そらぁ、おれはかまわない」

「だったら、四の五の言うねえ」

それでも銀次は、つねにことわる。

「いいかい、おつねさん、ご亭主を借りても」

「いつかみたいに呑みすぎないようにして下さいましよ、ふたりとも」

「判ってらあ」

と吉太が言って、ちよをつねへ渡す。

風が、ちよのやわらかい髪の毛をふわっと舞い立たせる。心地よいのであろう、ちよは、ほおっ、という声をあげた。

あまりに可愛らしくて、銀次も吉太もつねも、蕩《とろ》けるような笑顔にさせられてしまう。

光が躍る春の朝であった。

明治烈婦剣《めいじれっぷけん》

一

少女は、そのきらきら光るものを手にとってみたくて、乗舟してから幾度も盗み見ていた。だが、その端正な顔だちの若い男に声をかけることなど、とてもできぬ。帽子《シャッポ》を被《かぶ》り、黒い西洋服を身につけているだけでも、この越後《えちご》山脈の懐深い辺境では、

（逆立ちしたって……）

見かけることがないので、身分の高い人に思われたのであった。東京から来た人に違いない。

その光るものは、上衣の下の袖無し胴衣《チョッキ》の隠し《ポケット》から、わずかに垂れ下がった紐《ひも》の先端に付いている。根付《ねつけ》のように見えるが、どこか違う。若い男の装《よそお》いと同様、異風に感じられた。とすれば、隠しの中身も、印籠《いんろう》や巾着《きんちゃく》ではなさそうである。

背負っている赤子《あかご》が、むずかり始めた。痩《や》せこけた少女には、いささか荷が勝ちすぎている。が、少女は、手慣れた動作で、おんぶ紐を解くと、赤子を胸に抱いて、何やら唄いだした。

〈はー　玄如見《げんによ》たさに　朝水くめば〉

晴朗な声であった。

阿賀野《あがの》川の流れに棹《さお》をさす船頭が、艫《とも》から合《あい》の手を入れる。

〈は　さーよいや　しょーえ〉

こちらは奇妙に低い声だ。船頭は、年頃十三、四歳とみえ、声のかわる時期らしい。

ただ、この少年がにわか船頭でないことは、その立ち姿で分かる。

いちどもふらつかぬ腰、柔らかい膝の動き、舟底にぴたりと吸いついた足指。船頭の下半身のあるべき機能を、すでに完璧な形で備えていた。別して足指は、十本すべてが、やや異様なほど長く、しかも熊手のように下へ折れ曲がった、いわゆる蛸足《たこあし》である。舟上でも安定する道理であった。

〈姿かくしの　霧が降るよー〉

〈あら　霧が降るよー〉

少女と少年の掛け合いは馴《な》れたようすで、聞く者の耳に心地よい。唄い終わるころには、赤子が寝息を立てていた。

「かわった子守唄だね」

と若い男が、少女に言う。麒麟《きりん》山麓の湯治場で乗舟してから、初めて声を発した。

少女は双頬を赧《あか》らめたが、肌が浅黒いので、それと分からぬ。

「子守唄でねえっす」

船頭の少年が、代わりにこたえた。

「玄如節ちゅうて、恋の唄だっぺ。もりこのけいは、船頭の四郎に惚《ほ》れとる」

少年は、にこにこと、おのれを指さす。もりことは、子守《こもり》のことだ。

けいとよばれた少女は、少年を睨《にら》んで、

「四郎さまの、うすら」

と切り返した。薄馬鹿の意である。

四郎は、けっけっと笑う。

山裾を深く穿《うが》って蛇行する流れは、どこまでも澄明で、春の光を底まで通している。舟の上空を、母衣《ほろ》を打つような大きな羽音を立てて、山鳥が掠《かす》め過ぎていった。

土地の名を、津川《つがわ》という。のちには新潟県に編入されるが、このころは福島県に属した。

旧幕時代は会津《あいづ》藩領で、会津若松と越後を結ぶ若松街道の宿駅であったと同時に、津川船道《ふなみち》と称《よ》ばれた阿賀野川水運の川湊《かわみなと》としても栄えた。藩の廻米その他の物産が、この地を経由して、新潟まで運ばれたのである。そのため、津川には藩の船番所が置かれた。

四郎の家は、その船番所の下役をつとめる貧しい軽格の士であった。維新後、帰農したが、うまくゆかず、一家の者はそれぞれに生計《たつき》の道を求めねばならなかった。四郎は、八歳から船頭を始めた。

けいの菅沼《すがぬま》家は、会津若松城下に屋敷を構える百石取りだったが、戊辰《ぼしん》戦争で悲運に見舞われる。父の仁兵衛《にへえ》が、祖父や叔父《おじ》たち共々、官軍との戦闘で討死してしまった。一刀《いっとう》流の遣い手だった仁兵衛は、官軍の将領ひとり、兵卒四人を斬って、死に花を咲かせたという。

当時、けいはまだ、母きくの胎内にいた。身重のきくは、三男二女を伴《つ》れて城下を離れ、仁兵衛の弟の儀助《ぎすけ》をたよった。

儀助は、武士を捨てて、津川の河岸《かし》問屋〔佐渡屋〕の入り婿となった男である。武家には向かぬ生来の気弱さもあったろうが、菅沼家の厄介者として一生を窮屈に過ごすよりも、請われて商家の主となる道を選んだものであった。

ところが、戊辰戦争の折りの菅沼仁兵衛の奮戦が伝わると、人々は、新政府を憚《はばか》り、きくの一家を養う佐渡屋を敬遠しはじめた。きくと五人の子どもたちこそ、まさしく厄介者となった。そんなときに生まれた六人目の子は、佐渡屋には余計者でしかない。

きくから名付け親を頼まれていた儀助は、荒《すさ》んだ気持ちそのままに、その女児を、

「よけい」

と名付けた。

それでは不憫《ふびん》にすぎる。きくや兄姉たちは、縮めて、けいと称ぶことにした。

けいが物心ついて、他人から、ほんとうの名は余計者のよけいだと嘲けられたときも、

長姉の萩乃《はぎの》が、

「あなたの名は、余慶と書きます」

と教えた。先祖の善行のおかげで受ける幸せを、余慶という。

「わたくしたちの父上は、武人の道を全うされて、みごとなお討死を遂げられました。お顔を知らぬあなたに、父上のご冥加《みようが》を戴いたのです。わたくしたちが、人から誹《そし》りをうけるいわれは、寸毫《すんごう》とてありませぬ」

儀助が、しかし、きく一家を見捨てなかったのには、理由があった。

この男は、菅沼家にいたころ、嫁いできたばかりの美しい嫂《あによめ》に懸想《けそう》した。佐渡屋の婿取りに応じたのも、実はその邪恋を振り切りたかったからであった。六人の子を産んでなお色香をとどめる未亡人きくの姿に、強《し》いて過去へ置き去りにしたはずの感情が、儀助の中で蘇《よみがえ》った。

ある夜、儀助は、無言できくを抱いた。きくは抗《あらが》わなかった。六人の子を養いつづける代償を、きくに求めたのであり、その黙契が成った。そう儀助は信じた。

翌朝、きくの冷たい骸《むくろ》を発見して、儀助はおのが浅はかを呪った。きくが儀助の思惑を受け容《い》れたことに疑いはないが、みずから貞節を汚して亡夫を裏切ったことの罪を、武家の女として赦《ゆる》せるものではなかったのである。うちのめされた儀助は、遺児たちを立派に成人させる、ときくの墓前で誓った。

むろん、こうした事情は、余人の知るところではない。きくの自害は、佐渡屋に迷惑をかけたことへの詫《わ》び、と誰もが受け取った。

儀助は、いったん傾きかけた佐渡屋の身上《しんしょう》を、死に物狂いの働きで立て直した。その間、きくの遺児たちを、奉公にも出さず、養いつづけた。

やがて、けいのすぐ上の姉が流行《はや》り病《やまい》で死ぬと、儀助も、それまでの無理が崇《たた》って、頓死した。折りしも、はるか西方の九州で、西郷隆盛《さいごうたかもり》が自決して西南戦争の終結をみたのと、ほぼ同時期であった。

その西南戦争自体、菅沼家に無縁ではなかった。きくの遺児のうち、長男と次男が政府軍に参加して、戦死したのである。会津人は、幕末の土壇場で倒幕へ転じた薩摩《さつま》人を憎悪しており、兄弟もその煮えたぎる血を抑えかねたものであろう。

ただ、兄弟が津川を出奔した直接の動機は、それではない。かれらは、入り婿の身ながら、家付きの妻と舅姑《きゅうこ》に敢然と抵抗して、自分たちを守ってくれる儀助叔父の負担を、少しでも軽くしてやりたいと思ったのである。

儀助が卒すると、佐渡屋では、きくの残された遺児三人に奉公を強いた。

菅沼家を嗣《つ》ぐべき唯一の男子の謙三郎《けんざぶろう》は、横浜の商家へ丁稚《でっち》に出された。が、数日後には、店の金を盗んで飛び出してしまった。以来、行方が知れぬ。

萩乃は、新潟の遊廓《ゆうかく》へ売られた。

いちばん稚《おさな》いけいには、南から阿賀野川へ注ぐ常浪《とこなみ》川を挟んで、津川の東に聳《そび》える岩峰麒麟山の麓の温泉宿に、子守の口があった。宿の主人一家の幼子たちの世話である。わずか三畳の薄暗い納戸が、けいに与えられた部屋であった。日に二度の食事以外、何の手当てもない。

けいにやさしくしてくれるのは、湯治客相手に舟稼ぎする四郎だけであった。家格の差こそあれ、互いに、もとは武家の子という暗黙の連帯意識があったのやもしれぬ。

四郎は、新潟方面へ下る客を、三川《みかわ》まで送る。麒麟山温泉から三里ほどの距離である。ふつうは、十人ぐらい乗せるのだが、きょうの若い男は、舟賃をはずんでくれたし、好感のもてる佇《たたず》まいでもあったので、そのまま貸切りにして舟を出した。

けいは客ではない。赤子をおんぶして戸外をふらつくひとときを、束の間の舟旅に代えているのである。むろん、四郎と三川まで同行できるほどの時間はないので、半里ばかり下った清川というところで、ひとり下舟して、若松街道を歩いて戻る。

けいは、そわそわしはじめた。ほどなく清川の船着場だ。若い男の袖無し胴衣の隠しの中身が分からずじまいになる。

けいが言いだせぬまま、舟は河岸へ横付けされた。そこは、船客の乗降を容易にするため、短い石段がつけられている。

けいが舟中で立ち上がりかけたとき、異変は起こった。

「天佑《てんゆう》なり」

叫んで、屈強の男が二人、下駄を踏み鳴らしつつ、河岸へ駆け入ってきたのである。

「見つけたぞ、嘉納治五郎《かのうじごろう》」

二

のちに講道館柔道を創始する嘉納治五郎、このとき二十歳。まだ東京大学の学生にすぎないが、すでに天神真楊流《てんしんしんようりゅう》柔術を福田八之助に学んで、門下の麒麟児とよばれていた。

当時から知育・徳育・体育の三要素を唱えて、新時代の柔術をめざしたことで、戦場の組み打ちを基本とする旧来の柔術家たちと軋轢《あつれき》が生じた。治五郎の夢に理解を示した福田八之助の卒去後、門下生の一部から治五郎破門の声があがったのも、予想されたことである。

治五郎は、みずから身をひいたが、同門の山上一鉄の闇討ちに遇い、やむをえず闘った。一鉄は、腰骨を折り、半身不随となる。

その直後、治五郎が旅へ出たのは、天神真楊流の宗家磯正智《いそまさとも》より、ひとまず東京を離れるよう申し渡されたからである。

奥州《おうしゅう》行きには目的があったが、麒麟山温泉に滞在したのは事のついでにすぎぬ。

会津藩の元家老の西郷頼母《たのも》が、東京で漢学舎《かんがくしゃ》を開いていたとき、短期間だが、治五郎は出入りしたことがある。西南戦争の折り、頼母は、鹿児島の西郷隆盛と呼応せんとしたという嫌疑をかけられ、故郷への逼塞《ひっそく》を余儀なくされた。その頼母を会津若松に訪ね、壮健を確認して安堵《あんど》し、さて次は越後へ出てみようかと思い立ち、その途中、ふらりと山間の湯治場へ寄ったという次第であった。

「のんきに湯治とは、いい身分だな、嘉納」

舟中の人である治五郎へ、山上半次郎が憎々しげに言った。乱暴が過ぎて、福田門下を破門になった男だ。もうひとりは山上庄三。ともに一鉄の弟である。

半次郎・庄三の山上兄弟は、治五郎の消息を訊《たず》ねに訊ねて追跡してきたのだが、三川温泉でそれらしい男を見たという伝聞を得て、昨日、そこへ向かった。いったん、治五郎を追い越してしまったのである。ひとまず少し戻り、麒麟山と角神《つのがみ》の湯治場もあたってみようと思案し、こうして津川方面へ向かう途次、偶然にも川舟に治五郎の姿を発見したのであった。

「あがれ、嘉納」

庄三が、吼《ほ》える。

「分かりました。あちらの荷揚げ場でやりましょう」

穏やかに治五郎は応じて、腰をあげた。

山上兄弟が荷揚げ場のほうへ行こうと、踵《きびす》を返した瞬間、治五郎は、舟から石段へ跳び移り、両腕を伸ばして、それぞれの後ろ襟を同時に摑《つか》んだ。

「あ……」

山上兄弟があわてたときには、もうおそい。いずれも、後方へ大きく投げ飛ばされ、四郎の舟を越えて、川へざんぶと落ちていた。

治五郎の痩身のどこから、そんな力が出るのか。あるいは、これを技というのか。

「舟を出せ」

四郎へ命じながら、治五郎は、ふたたび乗り込んだ。打てば響くように、四郎が舟を滑り出させる。

「あ、兄者。助けて」

どうやら泳げないらしい庄三が、半次郎にしがみついている。

「ば、ばか。放せ。おれまで溺れる」

兄弟があっぷあっぷしているうちに、舟はどんどん離れていく。

赤子が泣きだした。山上兄弟が川へ落ちたときに上がった飛沫《しぶき》を、まともに顔へ浴びたのである。けいの髪も濡《ぬ》れていた。

「そうか。娘さんは、あそこで下りるのだったな。すまないことをした」

治五郎は、申し訳なさそうな顔をする。

けいは、赤子をあやしながら、かえって恐縮したように、かぶりを振った。

「ほら」

と治五郎が差し出したのは、袖無し胴衣の隠しの中のものであった。けいの視線に気づいていたのであろう。

けいは、眼を瞠《みは》った。

(懐中時計……)

聞いたことはあるが、見るのは初めてだ。耳にあててみた。ちっちっ、と音がする。

気になっていた紐の先の小さな装飾品は、きれいな青い硝子《ガラス》をはめこんだ周囲に、鍍金《めっき》の施されたもので、何を象《かたど》ったものかは分からぬ。

「ガス燈《とう》だよ」

治五郎が教えてくれた。ガス燈も、けいは見たことがない。

「詫びの代わりに、もらってくれるかな」

「えっ……」

びっくりして、またかぶりを振る。

「お師匠さまは気前がええべ」

と四郎が、妙なことを言った。

「お師匠さまって……わたしのことか」

こんどは治五郎が驚いて、四郎を見る。

「んだ。きょうから、おらを弟子っこにしてくんちぇ」

それは困ると治五郎が戸惑っても、四郎は気にするふうもない。もはや、ひとり決めに決めてしまったようである。

けいは、ひとり、押し戴くようにして両掌にのせている懐中時計に、うっとりと見入っていた。少女の双眸《そうぼう》に映るのは、文明開化の華やかな都会であったやもしれぬ。

三

「おらが帰《けえ》るまで、他人《ひと》の嫁っこになるでねえぞ」

というのが、四郎の別辞であった。

けいの返した一言は、

「うすら」

それだけであった。涙を怺《こら》えたのである。

四郎が嘉納治五郎の弟子となって津川を出奔してから、三年余の月日が流れた。

その間に、新潟の遊廓へ売られていた長姉の萩乃が死んだ。

萩乃は、何か粗相《そそう》をして、客にひどく殴られ、それがもとで翌日、息を引き取ったという。萩乃を抱えていた妓楼《ぎろう》では、山形から来たその客を訴えようとしたが、政府の有力者とつながっているとかで、どうにもならなかったらしい。

若松という女郎名だった萩乃は、嫋《たお》やかで品があり、芸も嗜《たしな》んだので、何人もの上客がついていた。

「うちは大損だ」

遺髪だけを佐渡屋へ届けにきた妓楼の使いは、苦々しげに吐き捨てて、帰っていった。

萩乃は、二十二歳の若さであった。

けいは、もらった遺髪を三日三晩抱いて寝た。母の死後の数年間、母親代わりとなってけいを慈《いつく》しんでくれ、おのが身が不幸の底へ落とされた後も、折りにふれてけいの身を案じる手紙《ふみ》を送ってくれた姉である。涙が止まらなかった。

悲嘆から立ち直るのに、しばらく時を要したが、それ以外には、けいの生活に変化はない。十年一日のごとく、温泉宿の子守をつづけていた。

新政府が急速にすすめる欧化政策も、この山間の町には遅々として届かず、人々の生活様式は江戸時代とさして変わらなかった。既婚の女は、あいかわらず、眉を落とすのも、歯に鉄漿《かね》をつけるのもやめていない。

ただ、この明治十五年、年頭から福島県は揺れていた。新たに福島県令に就任した三島《みしま》通庸《みちつね》が、三方《さんぽう》道路の建設工事を、県議会で否決されたにもかかわらず、強引に推し進めてしまったのである。

三島は、もと薩摩藩士で、維新前夜には尊攘激派のひとりとして、寺田屋騒動にも連座した。戊辰戦争では東北各地を転戦、倒幕後は、大久保利通《おおくぼとしみち》の知遇を得て頭角を現し、東北地方の県令を歴任、この年は六月まで山形・福島両県令を兼任している。

「土木県令」

と渾名《あだな》されたほど、道路や橋梁の建設、県庁や学校の建築に力を注ぐと同時に、大胆な都市計画や社会政策を次々と実行に移した。が、やり方が、民情をほとんど無視した性急で強圧的なものだったので、三島は赴任先の県民の恨みをかった。暗殺されかかったことも一度や二度ではない。

今回の三方道路建設工事にしても、会津六郡の農民を強制労働に駆り出し、夫役に就かない者からは代夫賃を徴収するという、無茶なものであった。三島は、福島県令専任となった七月から動きを速め、翌月ついに工事を開始させた。

会津は、東北の自由民権運動の中心地で、県議会は河野広中《こうのひろなか》を筆頭に自由党員が圧倒的多数を占めていた。まして敵対する三島県令が、幕末に会津藩を騙《だま》した薩摩藩の出身とあっては、かれらも激昂《げっこう》せざるをえない。

「自由の公敵たる擅制《せんせい》政府を顚覆《てんぷく》し、公議政体を建立する」

と河野以下、血判誓約を結んだ自由党員の指導の下、地元農民は工事中止の訴訟を起こした。

これに対して、三島は、郡吏と警察官を動員し、指導者の検挙と、農民代表の財産没収という強行措置に踏み切った。もはや血を見なければ、騒動は収まらぬところまできてしまったのである。

怒りの頂点に達した数千の農民が、喜多方《きたかた》の弾正ヶ原《だんじょうがはら》に集結し、そのまま喜多方警察署へ押しかけて警官隊と衝突したのは、十一月末のことであった。この事件を、三島はかえって奇貨《きか》とし、道路建設工事反対派の大量検挙に乗り出した。

そのころ、越後の山々は雪景色で、けいの住む麒麟山温泉郷も、血腥《ちなまぐさ》い騒動とは無縁だとでも言いたげに、白銀の中で静まり返っている。

十二月のある夜、けいは、何かが雨戸を打つ音で目覚めた。

「………」

けいの三畳の部屋は、温泉宿の主人一家と同じ屋根の下だが、北側のいちばん寒々しい場所にある。

けいは、主人夫婦からもらった石油ランプに火を灯した。肌身離さず持っている懐中時計を取り出して、時刻を見る。深夜零時だ。

それから、ランプを持って、廊下へ出る。

「どなたさまです」

けいは、幼少期は母に、その死後は長姉の萩乃に、それぞれ躾《しつ》けられた武家の言葉遣いを、いまだ忘れていない。

「け……けい」

苦しげな声だ。知り人であろうか。

「お名乗り下さい」

「げ、げら三郎……」

「まあ」

五年前、遠く神奈川県の横浜の商家へ丁稚奉公に出されたが、すぐに飛び出してしまい、それ以後、行方不明になっていた兄の謙三郎ではないか。子どものころ、げらげらとよく笑うので、長姉の萩乃に、げら三郎とよばれて、からかわれたものである。

雨戸を開けると、たちまち粉雪と寒気が侵入してくる。ランプの明かりに、地へ突っ伏した男が浮かびあがった。その向こうの林まで、足跡がついている。

けいは、素足のまま外へ出て、男を抱え起こすと、ぐったりしたからだを、廊下へ押し上げた。

雨戸も部屋の戸も閉めてから、明かりを近づけ、男の顔をあらためた。こめかみや、唇から流れた血が凝固して、おどろおどろしかったが、その面相は、五年前に別れた兄の俤《おもかげ》を、濃厚に留めている。

「兄上」

呼びかけたが、返辞はない。謙三郎は気を失ってしまったらしい。

和服の下にワイシャツという恰好で、着衣はすべてぐしょ濡れである。けいは、それらを脱がせようとして、手をかけたが、

（どうしよう……）

と思案した。脱がせたところで、火鉢ひとつない部屋では、冷えきった謙三郎のからだを温めようがない。

けいは、いちど瞼を閉じてから、ふいに何か思い切ったような表情になり、謙三郎の濡れた着衣を脱がせた。その全身には、数カ所、刀疵《かたなきず》らしいものがつけられていたが、いずれも浅手で血はとまっている。それよりも、打撲の痕《あと》のほうがひどい。

謙三郎を蒲団へ仰向けに寝かせると、けいは、自身の帯を解きはじめる。

やがて露《あら》わになった曲線は、少女から女へと成長しつつあるそれであった。

春に初経をすませている。以来、板のようだった胸には白磁を想わせる双の碗が形を成しはじめ、下腹のうねりの尽きるところに淡く萌え出《いづ》るものがあった。五体すべてが活《い》き活きと動きだしたことを、日々に感じるけいなのである。

その美しい裸身を兄の上に重ねて、けいは、盛んに四肢を動かした。膚《はだ》と膚の摩擦で、謙三郎のからだを温めようというのである。

そうしながら、けいは、手拭を唾で湿らせて、それで謙三郎の顔とからだにこびりついている血を、丁寧に拭き取っていく。

胸に、幼少期の思い出が蘇る。

西南の役で戦死した長兄と次兄は、十歳以上も離れていたせいか、少し怖くて、ほとんど言葉を交わした記憶すらない。しかし、五歳上の謙三郎には、よく遊んでもらった。

けいは、佐渡屋の裏手の原っぱで兄たちが剣術の稽古をするのを眺めては、自分も棒切れをもって振り回した。謙三郎が斬られる真似《まね》をしてくれるのが面白くて、調子にのって後ろから殴りつけたことがある。頭が割れて、血が出た。それで、けいのほうがびっくりして泣きだすと、謙三郎は怒るどころか、

「やあ、けいはすじがいいなあ」

常浪川へ頭を突っ込んで血を洗い流しながら、げらげらと笑った。ほんとうに、げら三郎であった。

「兄上……」

けいは、声を殺して泣いていた。

四

雪は明け方に熄《や》んだ。

朝餉《あさげ》の折り、けいは、わざと咳《せ》き込み、熱のあるふりをして、休ませてくれるよう、主人夫婦に願い出た。

「にっしゃ、もう武家の姫さんじゃねえだぞ」

けいが何かしくじるたびに、主人夫婦はそう罵るのが常であった。

ちかごろのけいは、子守のほかに、宿の手伝いもやらされている。一日だけと釘《くぎ》を刺されて、けいは部屋へ引き取った。

主人夫婦は、子どもたちに、風邪《かぜ》がうつるといけないから、けいの部屋へはゆくなと命じた。それでなくとも、けいが病気だからといって、心配してくれる人間など、四郎のいないいまは、ひとりもおらぬ。ただ、それで部屋をのぞかれる惧《おそ》れがなくなったのは、幸いというべきであった。

午《ひる》ごろ、ようやく謙三郎は覚醒した。

「けい……か」

寝床の中から、ぼんやりした眼差《まなざ》しを向けて、謙三郎が確かめるように言った。

「はい、兄上。わたくしは、けいです」

にわかにこみあげてきた熱いものを怺えて、けいは、精一杯の笑みをつくる。

「……」

謙三郎も、何か言って、唇許《くちもと》を微《かす》かに綻《ほころ》ばせる。

「何とおっしゃって」

「腹がへった」

「いま、にぎり飯をつくってまいります。それまでお静かに」

謙三郎のうなずきが返される。

妹が部屋を出ていくと、謙三郎は、届かなかった言葉を、もういちど呟《つぶや》いた。

「きれいになったな……」

人目を憚りながら台所へ立ったけいだが、主人夫婦も奉公人も宿のほうへ出払っており、子どもたちは外で下女と雪合戦をして遊んでいた。

急いでにぎり飯をつくっていると、表のほうで、人声がした。

「どこだ」

高圧的な声調であった。

「へ、へえ。げんども、子守は風邪ひいて……」

主人の声もする。明らかに、おどおどしている。

「もういい。上がるぞ」

けいは、はっとして、戸外へ跳びだした。にぎり飯を二つ胸へ抱え込んだまま。

雪を蹴立てて、裏手の自分の部屋へ廻りこむと、すでに謙三郎も異変を察知したのだろう、廊下へ出ていた。屋内に、どやどやと性急な足音が響く。

「けい。女だからというて、何もかも堪《た》えることはない。自由に生きろ」

「自由……」

謙三郎は、けいの腕の中で押し潰されているにぎり飯を、手に摑み取り、満面に笑みを浮かべた。げら三郎の笑顔であった。

そのまま、謙三郎は、昨夜けいの着せてやった小袖の裾を翻して雪面へ跳び下り、十五、六間向こうの林に向かって駆けだした。

「兄上」

追いかけようとして、けいは、やわらかい雪に足をとられ、前のめりに倒れた。

「待て、菅沼謙三郎」

だだっ、と廊下の板を鳴らして、巡査が二人、けいの傍らへ跳び下りてきた。

「逃げて、兄上」

けいは、雪を摑んで、巡査たちの背へ投げつける。

「退《の》け」

その声に、けいが後ろを振り仰ぐと、シルクハットに燕尾服《えんびふく》という出で立ちの、口髭《くちひげ》をたくわえた長身の男が、廊下に立っていた。眸子《ひとみ》が茶色い。

男の伸ばした右腕の先には、拳銃が握られている。コルト・シングルアクション・アーミーという名銃だが、もとより、けいの知るところではない。

巡査たちが、背後の銃口に気づき、あわてて左右へひろがる。

「おやめください」

けいの必死の叫びは、同時に噴きあがった銃声に、掻《か》き消された。

謙三郎のからだが、背を反らせながら、前へ飛んだ。

そのまま顔から雪中へ突っ伏して動かなくなった謙三郎を見てから、けいは、もういちど男へ視線を戻した。

男の表情は、明らかに恍惚《こうこつ》の色で充たされている。刀疵だろうか、右頰に三寸ばかりの長さに刻みつけられた醜いひきつれが、うれしげにひくひく動いた。

「沢木さん、何も射殺することは……」

と巡査のひとりが抗議しかけたのを、男は、じろりとひと睨みして黙らせる。

「それがし職に在《あ》らん限り、火付け盗賊と自由党とは頭をもたげさせ申さず」

沢木は、何か復唱でもするように言った。

「三島県令のお言葉だ」

謙三郎が、横浜の商家を飛び出したあと、各地を転々としてから、最後は福島県の自由党員となったのは、望郷の念がやみがたかったからであろう。喜多方警察署乗り込みに参加したことで、官憲に追われる身となったのだが、それらのことを、けいは後に知る。

沢木が、けいを見下ろした。

「どこかで会ったか」

むろん、けいは、こんな男に会ったことはない。ただ無言で憎悪の視線を送る。

「妹か」

それにも、けいは返辞をせぬ。

「情のこわい小娘だな。ふつうなら、おれを睨む前に取り乱そうものを」

ふっ、と沢木は、疵さえなければ整ったおもてを、笑み崩した。

「仇討《あだう》ちなら、いつでもうけて立つ。おれの名は、ジェイク沢木だ」

風貌といい、名といい、混血児であるらしい。

すると、けいは、初めて口をひらいた。

「菅沼けい」

それがおかしかったのか、沢木は、くっくっと笑いながら、シルクハットをちょっと持ち上げた。

「菅沼けい。おぼえておいてやる」

そうして沢木は、燕尾服の裾を翻して立ち去った。遠ざかる足音に混じって、いやな感じの咳《せき》が聞こえた。沢木は、肺を患っているのやもしれぬ。

けいは、唇を嚙《か》んだまま、雪を踏んで兄のもとへ辿《たど》りつくと、謙三郎のからだを仰向かせ、その頭を胸に抱えこんだ。

けいの吐く白い息が、謙三郎の顔へかかる。その温かさに、一瞬、兄が微笑《ほほえ》み返したような気がした。が、錯覚にすぎぬ。

これで両親も五人の兄姉も、すべてを喪ったけいである。

謙三郎の右手から、にぎり飯が落ちて、ころころ転がり、雪の玉となって林の中へ消えていく。

「自由に生きろ」

謙三郎がこの世に残した最後の言葉が、惻々《そくそく》として胸に迫る。天涯孤独の乙女《おとめ》は、慟哭《どうこく》した。

温泉郷からけいの姿が消えたのは、阿賀野川に雪解け水が滔々《とうとう》と流れる、翌年の春のことであった。

五

陽《ひ》にきらめいて吹き渡る風はやわらかく、桜は爛漫《らんまん》と咲き誇っている。まことに陽気のよい日で、宮城県古川《ふるかわ》町の市《いち》へ繰り出した善男善女は愉《たの》しげであった。市の立つ日は、香具師《やし》たちもやってくる。かれらは、淀《よど》みない口上に声を張り上げ、まことに賑々《にぎにぎ》しい。

中でも、ひときわ耳目を引き寄せているのが、小屋掛けをして角櫓《すみやぐら》に吹き流しを靡《なび》かせ、太鼓や法螺貝《ほらがい》を鳴らしては、

「さあさあ、いま六十余州で噂《うわさ》に高き直心影流《じきしんかげりゅう》の剣花一輪、松平雪女《ゆきじょ》を知らないか。畏れ多くも、武門の神様八幡様のご託宣、雪女見ずして剣は語れず……」

なぞと呼び込みも大仰な、撃剣《げきけん》興行であった。幟《のぼり》に〔佐竹鑑柳斎《さたけかんりゅうさい》社中〕と墨痕《ぼっこん》鮮やかに大書されている。

小屋の内から、おおーっと歓声があがり、拍手がわき起こった。

「雪姫さま、天下一」

と懸け声も聞こえてくる。木戸口は、押すな押すなの大盛況であった。

小屋の内は、人いきれで蒸し風呂のような暑さだが、舞台を囲繞《いにょう》する見物衆は、汗の

噴き出るのも忘れて、ひとりの女剣士に魅了され尽くしている。

舞台といっても、周囲に高さ一尺ばかりの仕切りの土居《どい》をめぐらし、中の円形の地面へ砂を撒《ま》いただけのものだ。そこで、一対五の仕合《しあい》が開始されようとしていた。

五人の男たちに囲まれた女剣士の清らかさは、まさしくその名の通り、雪と見紛《みまが》うばかりであった。濡れたような黒髪を、無造作とも見える馬の尻尾《しっぽ》の結び髪にしたところへ、一筋の白縮緬《しろちりめん》の鉢巻き。本天《ほんてん》の真紅の紐をたすきに掛けた白帷子《しろかたびら》に、股立《ももだ》ちとったる白袴《しらばかま》。その下には、素足がのぞく。

あれほど浅黒かった肌が、わずか三年で、いかにして、白絹をまとったようなそれへと変化《へんげ》したのか。女の肉体の霊妙さというべきであろう。

撃剣興行佐竹鑑柳斎社中で松平雪の剣名を高からしめる乙女とは、菅沼けいのことであった。けいは、十八歳になっていた。

けいの得物は竹刀《しない》。直心影流の定寸三尺八寸を、右足を引き、八双《はっそう》にかまえている。

敵方は、槍《やり》ひとり、薙刀《なぎなた》ひとり、竹刀が三人。これら長短さまざまの得物をいちどに対手《あいて》として、間合いを見切るのは、至難といえよう。

けいも男たちも、誰ひとり防具をつけていない。刃をつけぬ稽古用の得物とはいえ、打たれれば怪我《けが》をする。

けいの背めがけて、槍が繰り出された。手加減などしていないと分かる、鋭い突きだ。

「卑怯」

「姫さま、うしろ」

見物衆から怒声と悲鳴があがった瞬間には、けいは前へ身を投げだしている。そのまま地を一回転して、薙刀を青眼《せいがん》につけていた者の懐へ跳び込んだ。

「えい」

ぴしりっ。右胴をとる音が、場内へ響き渡る。

薙刀の男は、激痛に顔を歪《ゆが》め、ひっくり返った。鍛えてはいるだろうが、肋骨《ろっこつ》が折れたのではないかと思わせる。

大歓声が小屋を揺らす。

「やはり天稟《てんぴん》にございますね」

「うむ……」

けいの軽捷《けいしょう》きわまる動きを、出場者用に仕切った通路から、満足そうに眺める男女の姿がある。

佐竹鑑柳斎と、その妻茂雄《しげお》であった。女で茂雄は奇妙だが、直心影流薙刀術では、印可《いんか》を得た者には男名が授けられる。

もと越後藩士の鑑柳斎は、東京の下谷車坂《したやくるまざか》に道場を開いていた直心影流十四代宗家・榊原鍵吉《さかきばらけんきち》の門下であり、維新後、鍵吉が日本の武術の廃れることを憂えて撃剣会を創始すると、これに参加した。日本人の郷愁を刺激したのか、鍵吉の撃剣興行が異常なまでの好評を博したことで、真似をする連中が雨後の筍《たけのこ》のように出現した。すると鍵吉自身は、興行をやめてしまったので、鑑柳斎は新たに自分の社中を作って、妻とともに、全国を巡業するようになったのである。

いわば鑑柳斎社中は、そのころ、数だけは隆々たるものだった撃剣興行の中で、数少ない正統派のひとつであった。

しかし、時代の流れとともに、本格の剣を見せるだけでは客を招《よ》べなくなり、鑑柳斎社中の稼ぎも衰えはじめた。けいが飛び込んできたのは、そんなときである。三年前の春のことであった。

当時、鑑柳斎社中は、新潟で小屋掛けしていた。そこへ、腹をすかした、着の身着のままの薄汚れた少女がやってきたので、物乞いだろうと思ったら、案の外《ほか》、仇討ちの大望《たいもう》を果たすため剣を習いたいという。

仇討ち禁止令を知らないのかと問えば、たとえ獄舎につながれることになっても、本懐を遂げられれば悔いはない、と少女は真剣そのものであった。その眼の輝きだけで、

「この娘《こ》は、武家の出です」

と見抜いたのは、茂雄であった。

会津戦争で奮戦した菅沼仁兵衛の子であると聞いて、それなら才能があるやもしれぬと

鑑柳斎は思った。

けいの性根の強靭《きょうじん》さと剣の天分は、夫妻の想像をはるかに超えていた。

長さ六尺、重さ三貫という幅広の木刀の素振りを、毎日五百回、一年間つづけさせた。三貫の重量は、振れば、その数倍になる。社中の男たちでさえ苦しむのに、けいは、その酷使にからだが変調をきたしても、いちども音を上げなかった。

ある日、鑑柳斎は、けいに問うてみた。

「あれだけ重い木刀を振るに、こつを見つけたか」

「そのようなもの見つけられませぬ。ただ、気ひとつをもって振っておりました」

「死ぬかもしれぬとは思わなんだか」

するとけいは、にっこりして、こたえたものである。

「亡き父が申していたそうです。剣を学ぶは、死を学ぶことじゃと」

それから半年も経《た》つと、けいは、剣については、社中でも一、二を争うほど腕をあげた。めざましい進歩というべきであろう。

最初にけいに眼をつけたのは、京の興行主であった。姫さま剣士として売り出そうというのである。そういう外連《けれん》を鑑柳斎はきらったが、手もと不如意のときであり、また社中の者たちもけいを晴れ舞台に立たせてやりたいというので、松平雪の誕生となった。

松平雪は、大当たりをとった。以後、鑑柳斎の好むと好まざるとにかかわらず、けいは社中の看板剣士として、いずこの土地へ行っても、興行主から出演を求められる。

ただ、それでまた、けいがめきめきと強くなっていくのが、鑑柳斎にも茂雄にも歓びであった。

「やあっ」

けいが、五人目の対手の腕を打って竹刀を落とさせ、夫妻のほうへ笑顔を向けた。

鑑柳斎は、うなずき返すと、けいへ送られる万雷の拍手と歓声の中を、弓矢を持って舞台へと進んだ。

けいは、社中の者から刀を渡され、それを腰へ差した。

こんどは何が始まるかと、見物衆のざわめきがおさまったところで、鑑柳斎が弓に矢をつがえて引き絞り、けいへ狙いを定めた。その距離、わずかに五間。

松平雪の得意芸、矢斬りである。

あっ、と茂雄は声をあげそうになった。

矢に鏃《やじり》がついている。それ自体はいつものことで、疑似鏃を用いる。が、いま、けいに向けられている鏃は、本物ではないか。

けいも眦《まなじり》を決している。やはり疑似鏃ではないと見定めたのに違いない。

場内を異様な緊張感が支配した。

見物衆は、まさか鏃が本物だとは思わないが、それでも五間の至近で命中すれば、その勢いで、けいの無垢《むく》なからだを傷つけることは疑いない。といって、身を躱《かわ》すことは、けいには許されぬ。躱せば、後ろの見物衆の間へ矢が飛び込んでしまう。

けいのとるべき道は、真っ向から矢をうけて、これを斬り落とす。それのみであった。

鑑柳斎にとって、いままでは、わがむすめも同然のけい。手放すことは、おのが身を切られるより辛《つら》い。だが、鑑柳斎の教授できるすべてを、わずか三年で吸収し尽くしたけいは、もはや宿願を果たすときを迎えたというべきであった。

（けい。これが修行の仕上げぞ……）

ひょう、と矢は放たれた。けいの腰から、真剣一閃《いっせん》。そして、どよめき。

六

別離の前夜、けいは、師父鑑柳斎より、ひとふりの刀を見せられた。

「これは、榊原鍵吉先生が勝海舟《かつかいしゅう》さまより譲り受けられた、軒柱《のきばしら》という稀代《きたい》の逸物」

最後の将軍慶喜《よしのぶ》の依頼を承け、徳川政権二百六十有余年の幕引きを行った勝海舟の雷名は、さすがにけいでも知っている。

海舟は、若き日、直心影流十三代宗家・男谷精一郎《おだにせいいちろう》から、門下随一の剣豪島田虎之助《しまだとらのすけ》についで学ぶよう勧められ、二十一歳で免許を得た。いわば、鑑柳斎の師匠の榊原鍵吉にとっては、同門の兄弟子ということになる。また鍵吉夫人が、海舟の姪《めい》でもあった。

「わしは、榊原門下いちばんの柔弱者でな、いつも打ち込みが甘いと叱られておった」

「先生が……」

けいには、信じられなかった。鑑柳斎は、大兵《だいひょう》で分厚い胸板をもち、また眼光も炯々《けいけい》たるもので、申し分のない豪傑の風貌なのである。また、実際に鑑柳斎は強かった。

「風貌と剣の腕とがどうにか釣り合うようになったのは、この刀のおかげなのだ。鞘《さや》を払ってみなさい」

言われて、けいは、懐紙を口に含み、鯉口《こいぐち》を切る。

現れた刀身に、けいは、瞠目《どうもく》した。それから、しばらく、にこにこしながら眺めたあと、再び鞘へおさめる。

「なんて姿の清々《すがすが》しい……」

その感想に、鑑柳斎は驚いたようである。

「この刀を、清々しいと申したか」

「はい。人に譬《たと》えれば、明るく涼しげなお顔だちと見受けましてございます」

「ふうむ……」

鑑柳斎は、束の間、茫然《ぼうぜん》たる面持ちでけいを瞶《みつ》めていたが、やがて、ふっと微笑んだ。

「真の名刀の貌《かお》は、これをもつ人間の心根によって変化《へんげ》すると申すが、そのとおりであるらしい」

　鍵吉が鑑柳斎に軒柱を譲るとき、次のように言った。

「佐竹。お前《め》えの打ち込みの甘《あめ》えのは、心がやさしすぎるからだ。毎朝、こいつを眺めてりゃ奮い立つぜ」

　鑑柳斎は、戦慄《せんりつ》した。軒柱は、鑑柳斎をからだごと吸い寄せてしまいそうな、禍々《まがまが》しい妖気を孕《はら》んでいたのである。

　翌日から、鑑柳斎の竹刀の打ち込みは、対手の防具を壊すほど激烈なものとなった。

　みずからの社中を作って榊原道場を去るとき、鑑柳斎は軒柱を返そうとしたが、鍵吉はかぶりを振り、

「こいつを持ってて、お前えの人物まで様変わりしたら取り上げるつもりだったが、お前えは、てえしたもんだ。剣術だけがよく化けた」

　餞別《はなむけ》だ、持っていきな、と言ってくれたのである。

「けい。こんどは、わしからそなたへの餞別として、これを与えよう」

「そのような大切なお刀を、わたくしのごとき未熟者が……」

　あまりに畏れ多くて、けいは、固辞しようとしたが、

「けい、いただきなさい」

　と茂雄にもすすめられた。

「東京の榊原先生にも、必ず悦《よろこ》んでいただけます」

鑑柳斎・茂雄夫妻は、折りにふれては鍵吉へ手紙《ふみ》を出しており、すでに、けいのことを幾度も書いている。

「かたじけのう存じます」

けいは、師恩を思い、声を震わせながら、軒柱を頂戴した。

茂雄が、けいには薙刀も教えて、自分の後継者にしたかった、と寂しげに微笑《わら》う。

「たりたがおります。あの娘《こ》は、性根が勁《つよ》うございますから」

けいが推薦した日下《くさか》たりたは、佐竹社中が古川町に小屋掛けするや、上野目《かみのめ》村というところから、三里余りの山道を駆けてきて、社中に入りたいとせがんだ十六歳の少女である。三年前のけいを思い出したのか、鑑柳斎夫妻が親の許しがあればという条件を出すと、たりたは、ただちに家へとって返して親を説得し、翌日未明には戻ってきた。たしかに、なまなかの性根ではない。

この日下たりたは、けいの予言通り、のちに茂雄のあとを嗣いで、直心影流薙刀術十五代宗家・園部《そのべ》秀雄《ひでお》を名乗った。秀雄は、演武大会において、神道無念流の練兵館塾頭までつとめた剣客渡辺昇を圧倒し、仕合放棄に追い込んだという逸話を残す。

けいが、宮城県で鑑柳斎社中と別れて、一路、東京をめざしたのは、明治十九年四月末のことであった。

三島通庸は、いま伊藤博文《いとうひろぶみ》内閣の警視総監の職に就いている。亡兄謙三郎の敵《かたき》ジェイク沢木が三島の用心棒であるからには、必ず側《そば》近くに仕えているはずであった。

上京したらまず下谷車坂の榊原道場を訪ねるように、と鑑柳斎が鍵吉宛てにしたためてくれた手紙を懐中におさめているけいだが、いささかの気後れをおぼえる。それは、当代随一の剣客といわれる榊原鍵吉と対面することに、ではない。下谷という土地へ行くことに、であった。

（四郎さまと出会《でお》うてしまうやも……）

子守のけいに、ただひとり、かわらぬ好意を寄せ、守りつづけてくれた四郎は、嘉納治五郎という人物に魅《み》せられて、津川を出奔した後、半年にいちどくらいの割りで、手紙を寄越していた。貧乏だったとはいえ、もとは武士の子だから、字を書ける。

けいが最後に披《ひら》いてみた手紙は、明治十五年の夏に届いたものであった。きっと、以後も四郎は手紙を送りつづけたであろうが、けい自身が翌年の春に、仇討ちの大望を抱いて津川を逃げだしたので、手にすることができなくなってしまった。

四郎は、そのころ、すでに姓を西郷とあらためている。それは、何通か前の手紙で、けいも知らされた。

最後の会津藩主・松平容保《かたもり》の日光東照宮宮司拝命を機に、若松に逼塞《ひっそく》中だった元家老の西郷頼母も、禰宜《ねぎ》任官を命ぜられたのだが、その手続きで頼母が上京したさい、かねて知己の嘉納治五郎は、弟子の四郎を紹介した。それで頼母が、いまや親兄弟もいない四郎を、亡父が会津藩士だったという縁で、養子にしてくれたのである。

最後の手紙によれば、四郎の柔術の師匠である治五郎は、東京大学卒業直後、自身の道場を開き、柔術ではなく柔道と称して、門人を募り始めたそうな。講道館と名付けたその道場が、永昌寺《えいしょうじ》という寺の一室で、所在地は下谷北稲荷町《きたいなりちょう》と書かれていたのである。

榊原鍵吉道場の車坂町と、講道館の北稲荷町と、町名こそ違え、同じ下谷の区域内ならば、さほど隔たっているわけではなかろう。しかも、ともに武術を研鑽《けんさん》する道場同士、あるいは親交があるやもしれぬ。

そこまで考えれば、下谷へ行けば四郎と出会《であ》ってしまう、とけいが不安をもつのも無理からぬことであった。

実際には、講道館が下谷に在ったのは半年余りのことで、その後、転々とし、いまは公使として独逸国《ドイツ》赴任中の品川弥二郎《しながわやじろう》子爵の好意により、麹町《こうじまち》区富士見町の品川邸内へ移っている。が、もとより、けいの知るところではない。

あのことさえなければ、四郎との再会は、むしろけいには歓喜の出来事であったろう。あのこととは、冷えきった謙三郎のからだを、みずからの一糸まとわぬ裸身でもって温めたことである。けいが、すでに少女ではなく、女になっていた年であった。

けいの感覚では、肌を合わせる男は、良人《おっと》になる男ただ一人《いちにん》でなければならぬ。切迫した事情があったにせよ、けいは謙三郎と肌を接してはならなかった。むろん、謙三郎は昏《こん》睡《すい》していたし、男女の行為に及んだわけでもないが、それでもけいは、おのれのふしだらを後日悔いた。

実は、ちかごろ、けいは、母きくの自害の真相を、佐渡屋への詫びとは受け取れなくなっている。

きくの武家の刀自《とじ》としての評判は、まれにみる貞女であり賢母であったという。果たして賢母が、六人の子を置き去りにして、身勝手に死ぬであろうか。とすれば、貞女きくのほうに、死なねばならぬ理由があったのではなかったか。

（母は、儀助叔父に肌身をゆるされ、束の間、女の悦びをおぼえられた……）

と想像すれば、その自裁が、いまのけいには納得できる。

なぜなら、けいもまた、謙三郎と肌を触れ合わせていたとき、明け方に、ほんの一瞬だが、蕩《とろ》けるような愉悦に身を浸してしまったからであった。夫婦になる約束をした四郎への裏切りというほかかない。

それをみずから責めずに、貞節を守りとおしたような顔をして四郎と再会するなど、けいにはとてもできることではなかった。

なればこそ、下谷へ踏み入ることに、けいは躊躇《ためら》うのである。

しかし、いまのけいにとって、沢木を討つことが最優先であった。四郎とのことは、

（なるようにしかならないもの……）

花曇《はなぐもり》の中、けいは道を急いだ。

七

千住《せんじゅ》に到着した日、偶然手にした新聞の記事に、三島通庸の名を発見した。本夕、鹿鳴《ろくめい》館《かん》で舞踏会が催されるという。その招待客に名をつらねていたのである。

（三島さまのご他行《たぎょう》に、用心棒の沢木が付き添わぬはずはない……）

けいは、躊躇わなかった。東京にはまるで不案内だが、榊原道場を後回しにして、鹿鳴館を真《ま》っ直《す》ぐめざすことにした。

大きな柳行李《やなぎごうり》を背負ったけいは、山下御門の内だという鹿鳴館への道順を、道往く人たちに幾度も訊ねながら、黙々と首府の中心部へ迫っていく。すでに廃刀令が出て久しいため、鑑柳斎より拝領の軒柱と、茂雄にもらった懐剣を、柳行李の中におさめてある。

往来する人間の多さ、地方ではまだ珍しい欧化風俗の多彩さに、けいは、眩暈《めまい》をおぼえそうになる。人力車に乗った異人ともすれ違った。

やがて、鹿鳴館の門の前へ達した。

欧化政策推進の権化ともいうべき外務大臣井上馨《かおる》が、三年の歳月と、十八万円の巨費を投じて、イギリス人コンドルに設計させた内外貴顕の社交場は、総建坪四百六十坪、ルネサンス様式の煉瓦《れんが》造り二階建てである。

遠目ながら、広大な庭に囲まれた、その見たこともない造りの建物に圧倒されたけいだったが、それで、仇討ちの決意が萎《な》えるようなことはない。門前を見渡せる木陰に身を隠し、そのまま夜を待った。

けいは、宮城を出たときから、動きやすいように袴を着けている。旧幕時代ならば奇異の眼で見られるところだが、ちかごろは女書生なども出現し、彼女たちは羽織・袴姿が当たり前であった。

暮れ方になると、野外に点々と明かりが灯ったので、けいは、どきっとした。

(ガス燈……)

治五郎よりもらった懐中時計を、けいは取り出してみた。いまも肌身離さぬのである。その装飾と同じものが、巨《おお》きな形を成して、鹿鳴館の周囲に立っていた。

あたりには、花明かりもある。

けいは、袴の股立ちをとり、袖をたすき掛けに括《くく》り止めた。次に、柳行李から出した軒柱を、腰帯の間へ差す。最後に鉢巻きをして、いつでも跳び出せる支度を整え了《お》えた。

春宵の風は、膚に心地よい。

ほどなく、招待客たちが、馬車や人力車や馬で、続々と鹿鳴館へやってきた。

けいは、栗形《くりかた》へ左手を添える。

ところが、それからいつまで待っても、ジェイク沢木は姿をみせなかった。あるいは、沢木は三島に同行しなかったのか。もっとも、けいは、警視総監三島通庸の顔を知らぬ。

（馬車か知らん……）

夜目の利くけいだが、馬車の屋形《やかた》の中まで見通すことはできぬ。すでに沢木は、館内へ入ってしまったのやもしれなかった。

このとき、後方で、人声がした。

「車軸が折れるなんて、あの馬丁、明日ひまを出してやるんだから」

ぷりぷり怒って呟きながら、裾の広がった黒っぽい夜会服姿の女がひとり、日傘を腋《わき》の下に抱え込んで、こちらへ足早にやって来るではないか。

新政府の高官には成り上がり者が多いので、その夫人にも、芸者上がりのような、素《す》生《じょう》のはっきりしない女が少なくなかった。いまやって来る女も、その手合いに違いない。

けいは、夜陰にまぎれ、音もたてずに、女へ向かって奔《はし》った……。

それから一時間ほど後、けいの姿は、鹿鳴館二階の大舞踏室にあった。

困ったことに、目立っている。あまたの洋装の貴婦人たちの中でも、ひときわ美しいのである。

異人の楽隊が音楽を奏しはじめると、男たちが踊りを申し込んできた。けいは、洋楽にのせて踊ることなど、とてもできぬ。

「月を眺めたいので……」

と躱し、ベランダへ出て、大きく息をついた。

けいに夜会服を奪われた女は、いまごろ車軸の折れた馬車の中で、馬丁と一緒に気絶している。けいは、その女に当て身を食らわせたあと、女がきた道を戻って、修繕中の馬丁も昏倒させたのである。

さすがに、女の下着までは拝借しなかったが、首まで達する西洋婦人袴を着けただけで、洋服とはなんておかしなものでしょう、とけいは呆《あき》れた。布を惜しんでいるのか、腰から上がひどく窮屈であった。そのくせ、袴の内側の腰のところに、背後へ張り出した奇妙な枠をつけるようにしてあり、そのせいで腰から下は、逆にゆったりとして、裾が後ろへ不必要なまでに広がっている。まるで鶏みたいな恰好だと思った。

ただ、今夜のけいには、好都合である。懐剣を忍ばせる場所を思案せずに済んだ。

けいは、令嬢然としたその恰好のまま、鹿鳴館の塀を乗り越えた。門で、姓名を問われたら、こたえようがないからである。

ところが、そうして決死の覚悟で這入《はい》りこんだ館内でも、沢木の姿は見つからぬ。こうなれば、三島に問い質《ただ》すほかないが、その三島がどの男か分からない。

（どうすれば……）

窮したけいの眼の前へ、ふいに、脚のついた銀杯が差し出された。中に、赤い液体が入っている。

「いずれのご令嬢ですかな」

銀杯を差し出した男は、微笑を湛《たた》えて訊《き》いた。五十歳くらいとみえ、やや猪首《いくび》で、骨柄逞《たくま》しい人物であった。

「あなたは」

とっさに、けいは、訊き返す。

「これは失礼した。おいは、いや、わたしは三島通庸です」

けいは、ほとんど反射的に、おのが胸のあたりをぎゅっと摑んだ。服の下に、懐中時計をしのばせてある。助けがほしいとき、その大切な品へ祈るのであった。

祈りの中に現れるのは、しかし、治五郎ではない。津川出奔のさいに、けいを嫁にすると誓った四郎である。

(けいを守って、四郎さま……)

けいには、女優の天稟もあるのやもしれなかった。あっ、とよろめいて、三島の胸へ、からだをあずけた。

「気分が……」

それはいけない、と三島はけいのからだを支えて、館内の別室へいざなった。外国貴賓宿泊用の部屋である。

三島は、けいを長椅子へ横たえると、誰かよんできましょうと言って、背を向けた。刹《せつ》那《な》、けいは、夜会服の裾から中へ手を差し入れ、懐剣の抜き身を取り出すと、三島の背後へ寄って、その首へ刃をぴたりとつけた。

「女刺《し》客《かく》か」

さすがに、恨みをかうのを承知で欧化政策の急先鋒をつとめるほどの男である。三島は落ち着いたものであった。

「違います。三島さまには、いささかも含むところはございませぬ」

「では、何だ」

「沢木はどこにいます」

「沢木……」

「はい。ジェイク沢木です」

「あの狂犬のことか」

「狂犬とは」

「沢木は、福島で自由党員や百姓を何人も撃ち殺しおった」

その中に、けいの兄謙三郎もいた。

「三島さまのご命令でございましょう」

けいの語調がきつくなる。

「沢木が独断でしたことだ。それに、これは後で知ったのだが、あいつは、わしが山形県令のころ、新潟の遊廓で女郎を撲《なぐ》り殺した。酌の仕方が悪かったとかでな」

けいの鼓動は、にわかに速まる。

「女郎の名は」

声が、少し震えを帯びた。

「高松とか、若松とか、よくおぼえておらん」

若松だ。萩乃に違いない。

なんということであろう。沢木は、謙三郎ばかりか、萩乃まで殺していたとは。けいの血は、あまりの憎悪に沸騰しそうであった。

「女郎の縁者か」

「三島さまにはどうでもいいことです。それより、沢木はどこです」

「行方知れずだ」

「なぜです」

「人殺しを野放しにするわけにはいかんだろう。だが、沢木は、捕縛せんとした巡査を撃って逃げた。あいつ、逆恨みしおって、いずれこの三島も殺してやると吐《ぬ》かしたそうだ」

「いつわりではございませぬな」

「命の瀬戸際だ。武士に二言はない」

けいは、ふと思った。

(父上はこの男とも戦われたかもしれない……)

三島は、会津戦争に薩摩藩兵として参戦している。一瞬、殺意の芽生えかけたけいだが、かぶりを振って、それを抑えた。

「これにて退去いたします。お見逃しくださいますか」

「わしのほうも、後ろめたい。ご令嬢をものにしようと思うたのだからな」

三島はくすりと笑った。世評と違って、存外、気のいい男なのやもしれぬ。

「かたじけのう存じます」

けいは、懐剣を退《ひ》いて、三島から視線を離さぬまま、後ろ向きに扉口へ向かう。

「一言申しておく」

と三島は、その場を動かずに言った。

「おまえは沢木を敵と狙う者とみたが、仇討ちはいかんぞ。仇討ちは、いまでは、ただの人殺し。そればかりは、警視総監として見逃すことはできん」

「覚悟のうえです」

鹿鳴館を出たけいは、例の馬車のところまで戻って、まだ気絶している女に服を返し、その足で下谷へ向かった。ガス燈のおかげで、春夜のそぞろ歩きをする者がおり、車坂町への道順は、そうした人々に訊ねた。

「お前え、烈婦《れっぷ》だね。こんなぞくぞくする話は、久しぶりだぜ」

深夜に訪ねてきたけいから、鹿鳴館乗り込みの一部始終を聞かされて、榊原鍵吉は、ほんとうに愉快そうに大笑した。

幕臣の子に生まれた鍵吉は、当時錚々《そうそう》たる剣客を輩出した男谷精一郎門下にあって、十九歳で免許皆伝を得た天才剣士で、幕府講武所の設置とともに、ただちに教授方に任命された。十四代将軍家茂《いえもち》に鍾愛《しょうあい》せられ、その上洛に随行したさい、二条城の御前仕合で、新陰流の遣い手天野将曹《しょうそう》を破ったことが、鍵吉の剣名を一挙に高めた。

維新後の鍵吉は、政府主導の急激な西欧化によって、日本人の精神まで捨て去られることを憂《うれ》え、下谷車坂から、剣術の敷衍《ふえん》をもって、これに抵抗しつづける。撃剣会を結成し、興行を創始したのも、その大目的があればこそであった。生涯、髻《もとどり》を結い通したのも、そうした気概のあらわれといえよう。撃剣興行は大当たりをとり、道場へ入門希望者が殺到した。外国人まで混じっていた。

だが、明治九年に廃刀令が出されるや、世人は剣術への興味を失いはじめた。

それでも、あまたの撃剣家とは明らかに一線を画する鍵吉だけは、宮家に出入りして指南役をつとめるなど、ひとり、その名声を高めていった。明治十二年、折りから来日中の前アメリカ大統領グラントを招いて、上野公園で披露した鍵吉の撃剣は、剣心一如の神技と絶賛された。

「ジェイク沢木って野郎のことは、トーマスに聞いてやろう」

「とおます……」

「英国領事館で書記をやってる男だ」

「異人でございますか」

「おれの弟子だよ。異人は腰高《こしだか》でいけねえ」

と鍵吉は笑った。　どうやら英国領事館書記官の剣のすじはよくないらしい。

しかし、鍵吉の伝法な江戸弁からは、頼もしさと優しさが伝わってくる。けいは、心が晴れていくのを感じた。

八

幕末の文久《ぶんきゅう》元年、駐日英国公使オールコックが内地旅行を強行したというので、これに憤激した水戸の尊攘浪士たちが、仮公使館に充《あ》てられていた高輪《たかなわ》の東禅寺を襲撃した。オールコックは危うく難を逃れたが、書記官オリファントや、長崎領事モリソンらはサーベルで応戦し、傷を負った。後の記録では発見できないが、このとき、オールコックの前任地の広東《カントン》から随従してきた料理人が、落命している。

料理人の名を、マーシュトリーといった。英国人と支那《シナ》人との混血であるという。彼は、滞日中、日本人の女と懇《ねんご》ろになった。彼の横死は、あたかも、その女が臨月を迎えていたときである。

触れれば火傷《やけど》しそうなほど攘夷熱の高まった時節に、たったひとりで、異人の血を享《う》けた子をひそかに産み育てるなど、女には怖ろしくて出来ることではなかった。

不憫に思ったオールコックが、女を引き取って、生まれた子にジェイクと名付けてやり、東禅寺事件の翌年、帰国するに際し、この母子を伴った。

オールコックは、寄港地の上海《シャンハイ》で、母子を下船させると、上海の英国領事館で下働きするよう女にすすめた。はるか西洋の国まで往くよりも、見た眼にも近しい東洋人と接することのできる土地のほうが、女には安心できるのではないか。そういう配慮であった。

ところが女は、二、三年経って、上海での生活に馴れてくると、領事館の下女をやめてしまう。もともと堅気《かたぎ》ではなかったらしく、租界《そかい》地で夜の客をとる道を、みずから選んだのである。そのほうが実入《みい》りもよかった。

その後、母子がどのように生きたのか、しかと知る者はいない。しかし、娼婦の母と混血の息子《むすこ》、たった二人の異郷暮らしが、決して幸せだったとは考えられぬ。

ジェイク沢木と名乗って、英語・仏語・日本語など、数ヶ国語をあやつる若者が、賭博の諍《いさか》いから、支那人貿易商を撃ち殺して上海を脱《だっ》したのは一八七八年、明治十一年のことであった。「沢」「木」を、英語に訳せば「MARSH」「TREE」、つまり、マーシュトリーとなる。東禅寺事件で斬り殺された料理人の名である。

沢木が、いつごろ日本へきたのか、それは分からぬ。

「英国領事館を訪ねてきたのは、五年前の夏ごろで、自分はオールコックの倅《せがれ》で英国人だから日本の法では裁けない、その証明書を作れと吐《ぬ》かしたそうだ」

と鍵吉は、駐日英国領事館の書記官トーマス・マクラチーから聞いた話を、けいに伝えた。

沢木は、日本における治外法権を得て、悪事をなそうとしたのであろう。領事館では、与太話には付き合えぬと沢木を追い返したが、マクラチーは、書記官という職業柄か、沢木の過去を調査してみたくなり、本国のオールコックと書簡のやりとりをするなどして、その素生を知ったのであった。

「なんでも沢木は、上海じゃ、早撃ちジェイクって異名をとってたらしいぜ」

「なれど、そのような男を、なぜ三島さまはお傭《やと》いになられたのでしょう」

けいは、首をかしげる。

「重宝だからだろうぜ。当節、異国語を喋《しゃべ》れるとなりゃあ、使い道はいくらでもあらあな。おまけに、ピストルの名人とくれば、用心棒になる。三島を恨んでるやつあ、奥州の没落士族や百姓の中に、掃いて捨てるほどいるからな」

その沢木もいまでは、巡査殺しの凶悪犯として、警視総監三島通庸の通達を受けた日本中の警察官に追われる身となった。が、この通達は、非公式のものである。三島にすれば、沢木はもとはお抱え用心棒だっただけに、いささか後ろめたいところがあったのであろう。

右のことも、鍵吉は、警察官の職にある門人にこっそり教えてもらった。それは、けいが鹿鳴館で三島本人の口から聞き出した話と一致する。

けいは、眉をくもらせた。沢木が警察に逮捕されてしまえば、仇討ちは永遠に成就せぬことになってしまうのである。

「榊原先生。沢木を探しだす手だてはございませんでしょうか」

「探しだすこたあねえやな。三島が言ったのじゃなかったかえ、沢木は三島を殺してやるって捨て台詞《ぜりふ》を吐いたって。やつのほうから、やって来らあ」

「では、三島さまの動きを追っていれば……」

「そういうこった。だが、あとは、警察に一髪の差で先んじて、沢木を仕留めなきゃいけねえよ」

「はい」

「やつは労咳《ろうがい》だそうじゃねえか。手前《てめ》えがおっ死《ち》ぬ前に三島を殺《や》りてえだろうから、現れるのは、そう先のことじゃあるめえよ」

鍵吉の予言は、まもなく現実となる。

九

薫風《くんぷう》南より来たり、花橘《はなたちばな》の香る季節であった。

その日の朝早く、けいは鍵吉に、日本最初の公園である芝公園へ伴れていかれた。公園内弥生《やよい》社の社前で、警視庁武術大会が催され、警視総監三島通庸も臨席して、大会終了まで見届けるという。屋外に身をさらす時間が長ければ、沢木の拳銃がものをいう、と鍵吉は踏んだのである。

けいの身内にも、何か予感めいたものが充《み》ちてきている。

けいは、白帷子、白袴の出で立ちを、長羽織の下に隠し、軒柱を抱いて、生まれて初めて人力車に乗った。車夫は、鍵吉の門人がつとめた。

広い芝公園には、遊歩路がつけられ、和洋折衷の高級料亭や、政府高官たちの洋風住宅などもあって、まだ江戸下町の風情の消えぬ下谷とは、別世界であった。新緑の匂う並木道を通って、けいと鍵吉は、弥生社の近くまですすんだ。

社前に、白い幔幕《まんまく》をめぐらして、武術大会場は仕切ってあり、すでに演武が開始されていた。裂帛《れっぱく》の気合、竹刀の打ち合う音、観衆のどよめきが、幔幕の内から聞こえてくる。

鍵吉が、ようすを見にいった。見物は関係者に限られ、また出場者でない限り女人禁制なので、けいは大会場へ入れない。

ほどなく戻ってきた鍵吉は、三島はいるよ、来たばかりのようだ、と言った。

「だが、沢木らしいやつは中にはいねえ。公園のどこかで機会を窺《うかが》っていやがるか、あるいは来ちゃいねえか、どっちかだろうぜ」

「きっと来ています。感じるのです」

けいが断言すると、鍵吉はうなずいた。

「気ってやつだな、けい。お前えが感じたんなら、間違《まちげ》えねえ」

「公園の中を、ひとわたり見回ってきてもよろしゅうございましょうか」

「思ったとおりにしねえ」

と言ってから、鍵吉は、車夫をつとめる若い門人へ、ひと声かけた。

「まかせたぜ、次朗吉《じろきち》」

「はい」

入門三年目で早くも鍵吉の嘱望《しょくぼう》ひとかたでない山田次朗吉であった。のちに、鍵吉から直心影流十五代宗家を譲られ、暴れ馬を素手で取り押さえたり、関東大震災を予言するなどの逸話を伝えられる人である。

武術大会場の弥生社の周辺以外は、公園にあまり人出はなかった。人力車を並木道にゆっくり走らせていても、一台の馬車とすれ違ったぐらいで、ほとんど人と往き会わぬ。

だが、けいは名状し難い切迫感に襲われている。

(沢木は必ず近くに……)

前から、人力車がやってくる。これから客を迎えにいくのであろう、からであった。背の高い車夫は、笠《かさ》をつけた頭を深く下げて、力強い足取りで車を曳《ひ》いている。

すれ違ってから、稍《やや》あって、いやな感じの咳き込む声がした。

(沢木)

三年半前、雪の麒麟山温泉郷で耳にしたそれが蘇った。

「山田さま、とめて」

けいは、叫んで、人力車から跳び下りるなり、長羽織を脱ぎ捨てた。そうして、沢木めがけて奔った。

奔りながら、軒柱を腰へ差し、白鉢巻《しろはちまき》を着けている。たすき掛けと、袴の股立ちをとるのは、すでに済ませてあった。

憎い仇敵にあと五間と迫ったところで、沢木が人力車をとめて振り向いた。と同時に、銃声が並木道の間に籠もった。

足許で、ぱっと小さく砂塵《さじん》が舞い立ち、けいは立ち竦《すく》む。

「女か……」

沢木は驚いたようである。

「見忘れたとは言わせませぬ。わたくしは、菅沼謙三郎が妹、けいです」

それで思い出したのか、沢木のげっそりと頬のこけたおもてが、苦々しく笑み崩れる。右頬の疵が醜く際立った。

「ピストルと刀とでは勝負にならんな……」

沢木は、コルト・シングルアクション・アーミーの銃口をけいへ向けたまま、少しずつ後退していく。そうして、一歩退《さ》がるたびに、けいの足許へ一発放っては、蹴子《エジェクター》操作で薬莢《やっきょう》を排出する。

けいは、微動だにせぬ。ただ、沢木の顔へ矢のような視線を送りつけていた。

四発撃つと、沢木は、残る一発を弾倉から抜き出し、それを自分の足許の地へ置いた。

「この一発は、お前のからだへぶち込む。その前に、おれを斬ることだ」

沢木の不敵な笑みは、おのれの濁りきった茶色の眸子へ、微かな光を与えた。

討手と仇人の距離は、七間。一瞬の静寂。微風がけいの後《おく》れ毛を揺らす。

けいは、刀の栗形へ左手を添え、地を蹴った。応じて、沢木が腰を落とし、左手で弾《たま》を拾いあげる。

鯉口が切られ、弾は弾倉へ差し込まれる。

けいの右手が軒柱の柄《つか》にかかり、沢木の左手はコルトの弾倉をからからと回転させる。

疾駆するけいが腰から白光を噴き出させたのと、沢木がコルトの引鉄《ひきがね》を絞ったのと、いずれが速かったか。

銃声。そして、けいは、弾《はじ》き飛ばされた。

沢木は、残忍な笑みを、唇許に刷いた。刹那、激しく咳き込んだ。

「けいさん」

山田次朗吉が呼ばわりながら駆けてくる。

けいは、上体をむっくり起き上がらせた。

肺からせり上がってくる血の塊を怺《ごう》えるべく口へ手をあて、腰を折っていた沢木は、眼を剝《む》いた。

けいの懐から、ぽろりと懐中時計が落ちる。硝子を粉々にし、金属の文字盤を凹《へこ》ませていたが、そこで鉛の弾は止まっていた。

「兄と姉の敵、おぼえたか」

低く突きだされた軒柱の切っ先は、ずぶりと沢木の腹を抉《えぐ》った。

「あ、姉だと……」

不審の眼をけいへ向けながら、沢木は膝をついてしゃがみ込み、上半身をがくりと地へのめらせた。刀を突き立てられたまま。

「けいさん、そのまま」

馳せつけた次朗吉が、刀を引き抜こうとするけいを制した。

「早く先生のところへ戻りなさい」

「どういうことにございましょう」

けいには、次朗吉の言動が不可解である。

「おまかせください。さあ、早く」

わけの分からぬまま、けいが弥生社の社前へ戻り、待っていた鍵吉にすべてを話すと、

「あっぱれだぜ」

鍵吉は、わがことのように歓《よろこ》んだ。

それから鍵吉は、けいを伴って、幔幕の内へ入った。女人はまかりならぬと押し止めようとした者たちは、

「おれを誰だと思ってる。車坂の榊原だ」

と鍵吉に啖呵《たんか》を切られただけで、震え上がり、ほとんど恭《うやうや》しく道をあけた。

鍵吉は、三島通庸のそばまで行く。

「これは榊原さん」

「挨拶は抜きだ。ジェイク沢木って野郎が、あっちで切腹しておっ死《ち》んでるぜ」

「なに」

「しかも、その切腹刀が、いつだったか、おれんとこから盗まれた代物《しろもん》だ。まあ、あとはたのんだぜ」

三島は、鍵吉の伴《つ》れを見やった。鹿鳴館で自分に懐剣を突きつけた女ではないか。白帷子に白袴。本懐を遂げたのに相違ない。

「榊原さん。わたしは警視総監ですぞ」

法に背《そむ》いた者を赦《ゆる》すことはできぬ。

「お前えさん、何か勘違《かんちげ》えしてるんじゃねえか。この娘の白無垢は、花嫁衣装代わりよ」

「花嫁衣装ですと……」

「ほら、花婿はあいつだ」

すでに、けいも、百畳敷の置き畳の上で、柔術仕合の最中の花婿を、凝然として瞶めていた。

この武術大会は、警視庁の柔術世話係採用試験も兼ねており、いままさに警視庁柔術と、試される立場の講道館柔道とが激突している。警視庁側は楊心《ようしん》流戸塚派の巨漢好地《うけち》円太郎、講道館側の小兵《こひょう》が西郷四郎であった。

「けい。黙ってて悪かったが、実あ、おれは四郎が北稲荷町に住んでたころから、やつの口からお前えのことを聞いていたのさ。この仕合に勝ったら女房にしてえそうだぜ」

「でも、わたくしは……」

「お前えも苦労して、いろいろあっただろうが、もう徳川《とくせん》の時代じゃねえんだ。惚れた同士、結ばれるのが、文明開化ってもんだぜ。自由ってやつよ」

「自由……」

それは、兄謙三郎の遺言でもあった。けいは、胸内に涼風の吹き込まれたのを、はっきりと感じた。

四郎の右の蛸足が、好地の右の踝《くるぶし》へ吸いついた。刹那、好地の巨体を脳天から落とす凄まじい投げが決まった。四郎必殺の「山嵐《やまあらし》」であった。

大歓声と嵐のような拍手が会場を揺るがせる。その中に、嘉納治五郎の笑顔もあった。

花嫁の姿を認めて、弾《はず》んだ足取りで駆け寄ってくる四郎が、けいの眼の中で、ぐにゃぐにゃに歪んでいる。けいは涙を怺えなかった。

「待たせたね、けい」

「そんな気取った言い方、四郎さまには似合いませぬ。うすら……」

「んだな」

けいの泣き笑いの声が、四郎の胸奥へ温かく滲み入った。

四年後、西郷四郎は、津川へ帰郷して講武館《こうぶかん》を開く。

余慶も苦楽をともにしたことであろう。

まんぼの遺産

一

この夏、星わかれの二日後、祖母が不帰《ふき》の人となった。

享年《きょうねん》八十五歳。それだけ生きれば大往生だろうと人はいうが、本人にきいてみなければ判らない。

もう何年も杖《つえ》をつかないと歩けなかった。そのくせ頭のほうはしっかりしていた。

女盛りのころに夫を亡《な》くしてからというもの、一男二女を育てながら、早朝は野良《のら》仕事に精励《せいれい》し、あとは終日、酒屋を切り盛りするという過酷な生活に耐えてきた頑健《がんけん》な肉体が自分の思いどおりに動かなくなったのだ。晩年はさぞもどかしかったことだろう。

この祖母は、母方である。

人は運がよければ、両親それぞれの二親を数えて、四人の祖父母に接することができる。僕は、母方の祖母ひとりを知るのみだ。父方の祖父母は父の少年時代に、母方の祖父は母の少女時代に、いずれも逝去《せいきょ》している。

それだけに祖母の死は、僕にはある絆《きずな》の喪失のような感じがした。

ある絆とは、遥けき過去とのつながりといいかえてもいい。

祖母が生きているということで、僕の生命が、あるいは血が、おおげさにいえば、それこそ古代まで途切れることなく遡《さかのぼ》ることができる、そんな茫漠《ぼうばく》とした思いだ。

親という露骨すぎる存在に、そういう幻想じみた感覚を抱くことはないような気がする。

祖母の家は、養鰻《ようまん》で有名な浜名湖《はまなこ》（静岡県）の北にひろがる引佐郡《いなさぐん》の、東黒田《ひがしくろだ》というところにある。

僕の幻想じみた感覚にむりやり関連させるわけではないが、引佐郡は三ケ日原人《みっかびげんじん》で知られるように、古代遺跡としては質量ともに東海地方屈指の土地といっていい。

平安時代、鎌倉時代を起こりとする古い社寺も少なくないし、また南北朝時代に宗良親王《むねよししんのう》が身を寄せた井伊谷郷《いいのやごう》は、のちの徳川《とくがわ》四天王の井伊《いい》氏発祥の地だ。

江戸時代には、浜名湖北岸を通る姫街道の気賀宿《きがしゅく》に関所がおかれたが、そこから北上すること約十キロで、東黒田に着く。僕の実家のある浜松市からは、いまは二十五キロぐらいだろう。

いまはといったのは、何年か前に国道が整備されて、僕の少年時代より距離が縮まったからだ。

縮まったといっても、実際には一、二キロかもしれない。たぶん景観の一変したことが、実際以上に祖母の家が近くなった印象を、僕にあたえるのだろう。

国道の整備工事は、懐かしい九十九折《つづらおり》の山道を、急カーブの少ないものに矯正《きょうせい》するため、山を無惨に切り崩した。

切り崩した先に、ゴルフ場がつくられた。祖母の家から、その一部が視野に入ってしまうまがいものの緑は、醜悪でしかない。

祖母の家も破壊された。道路拡張にじゃまだという理由だった。

僕ら孫たちが、小学生のころ、夏のあいだじゅう泊めてもらった二階の屋根の低い家が、あとかたもなく失《う》せた。

そのとき祖母は声を放って泣いたという。だれを恨めばいいのか判らないだけに、祖母の悲嘆は、号泣《ごうきゅう》の果てに、ひどく虚《うつ》ろなものへと変じていったにちがいない。

早くお迎えがきてほしい、と口にしはじめたのは、そのころからだったようだ。

葬儀の日は、朝から降りみ降らずみで、終日蒸《む》し暑かった。

僕はもう、まんぼがないことを知っていた。

愛知県との県境まで三キロという東黒田は、地相的には奥三河《おくみかわ》に親しい。たぶんそちらの方言だろうが、トンネルのことをまんぼという。

ほんとうは、まんぼうであるらしいが、僕の耳には、まんぼだった。

まんぼは、峠《とうげ》の頂《いただき》にあった。

まんぼを抜けると、前嶋《まえじま》屋があった。前嶋屋は、祖母の家の屋号だ。

だから、そのあたりの人々は、前嶋屋のことを、親しみをこめて、まんぼの前嶋屋とかたんにまんぼとよんで、酒や食料品や日用雑貨を求めにきた。酒屋といっても、田舎《いなか》のことだから、よろず屋である。

僕たちも、祖母の家へ行くのに、まんぼへ行くといった。

峠の頂にいたる最後の曲がりを通過すると、正面にまんぼが見えてくる。まんぼが見えると、祖母の家にきたと安堵《あんど》し、これから出会う夏の山や川に胸を躍らせたものだった。

太陽の照りつける、片側は崖《がけ》という埃《ほこり》っぽい道からまんぼへ入ったとたん、ひんやりとする。その一瞬は、トンネルではなく、隧道《ずいどう》と日本語でよばなければ、感じが出ない。

半ズボンに野球帽少年のあの感じには、ひと夏への期待の高まりがこもっていた。

国道の整備工事は、僕たちの掌中《しょうちゅう》の珠玉《しゅぎょく》のような、その思い出まで奪った。

蒸し暑さから一瞬解放される隧道に入ることもなく、黒い上下に身を包んだ僕らを乗せた車は、雨の中を祖母の家に到着した。

あの懐かしい家ではない。山ぎわまで押しやられた、やけに横長ののっぺりした家だ。

前嶋家は神道《しんとう》である。祖母は、前嶋かほる大刀自命《おほとじのみこと》となった。大刀自命は、仏式の戒《かい》名《みょう》の下につく大姉《だいし》みたいなものかもしれないが、門外漢《もんがいかん》の僕には判らない。

神式の葬儀は、初めての経験だっただけに、興味深いものがあった。

焼香はない。神前に榊《さかき》の枝葉を供え、二拝二拍手一拝するのが、死者への礼であるらしい。そのさいの拍手は、忍び手の作法とやらで、音を出さない。

なんとかの儀、かんとかの儀と、やたらと多い儀式の中に、ほうちょうの儀というものがあった。たぶん、放鳥と書き表すのだろうが、白い鳩を空に放つのである。昇天という意味にちがいない。

白鳩の数は十二羽だった。長兄《ちょうけい》の憶測《おくそく》では、あれは葬儀社へ帰るのだという。それでは伝書鳩だ。

葬儀が終了して、食事の支度《したく》ができるまで少し時間があった。

僕は、家の裏手の墓地へ通じる坂を、なんとはなしに上ってみた。

坂の途中に、物置小屋がある。

昔の前嶋家は、農具類をおさめる大きな倉庫が、裏庭にあった。板壁の粗末なつくりだったが、たくさんの節穴から洩《も》れ入る外光、藁《わら》と湿った土のにおい、高い天井などが、いまも僕の五感の中で息づいている。

それに比べれば、いまの物置小屋は、不用のものを押しこんだだけの、つまらない箱にすぎないように見えた。

それでも、中へ入ってみる気になったのは、すっかり姿のかわってしまった祖母の屋敷地のどこかに、遠いまんぼ時代の断片だけでも見つけたい、そういう気持ちが無意識のうちに働いたせいかもしれない。

物置小屋に入ると、黴臭《かびくさ》いにおいが鼻をついた。

やっぱり、不用のものがただ乱雑に放りこんであるだけの、つまらない箱だった。まんぼ時代をほうふつさせる何ものもない。

だが、ふと気がさした。

一方の窓の下に、いろんなものが積み上げられていたが、それらの下に何か大きなものが埋もれているような気がしたのだ。

無性に心を惹《ひ》かれるものがあった。

上には、取り除くのに、たいして重いものはなかった。

黒い長櫃《ながびつ》があらわれて僕は、ああ、と溜《た》め息《いき》をついた。

まんぼ時代が、少年のころの夏が、一挙によみがえった。

この黒い長櫃は、まんぼ時代の祖母の家の二階におかれてあった。昼でも薄暗い廊下のはずれで、いつも同じ場所だった。

子どもは、昔の人が衣類や調度の収納に用いた長櫃というものを知らない。ただの得体の知れない黒い長い箱だった。

だから叔父《おじ》に、あれは棺桶《かんおけ》で、中には大おばが入っていると言われて、それを冗談などとは思えず、素直に信じた。叔父の言う大おばとは、僕には母の父方の曽祖母《そうそぼ》にあたる人のことらしかった。

夏のあいだ、僕らは二階に寝たから、夜中に一階の厠《かわや》へたつときは、必ずこの長櫃の前を通らねばならなかった。僕はこわくてたまらなかった。

ついでながら、まんぼ時代の前嶋家の厠へ行くには、いったん裏庭に面した外廊下へ出る必要があったので、恐怖はさらに膨れあがった。小用のたびに胆試《きもだめ》しをしていたようなものだ。

僕はかなり大きくなるまで、叔父の冗談を本気にしていた。

本気にしていながら、そしておそろしく思いながら、ふたを上げてみたい衝動に幾度となく駆られた。

少年時代の僕には、とうとうそれができなかった。

いまなら、できる。

物置小屋に押し込められているのだから、日常の衣類がおさまっているはずも、むろん曽祖母が眠っているはずもない。

それでも、ふたに手をかけたとき、鼓動が高鳴った。少年時代に心に刻まれた畏《おそ》れは、そんなにたやすく消せるものではない。

長櫃のふたを上げた。

ここにも、使わなくなったトースターやら、小型の扇風機やら、燃えないゴミの日に出すようながらくたが詰まっているばかりだった。僕は、ほっとしたような、がっかりしたような、妙な気分にとらわれた。

長櫃の隅に押し込められている、平たい木箱に眼をとめた。文筥《ふばこ》だろうが、ひどくひび割れて、塗りもはげてしまっている。

こういうとき、ふたがしてあると、開けてみたくなるのが人間の心理というものだ。

僕は、文筥を手にとり、埃を息で吹き払ってから、ふたをとった。

一冊の冊子《さっし》が入っていた。それも、ひどく古いものだ。

紙はすっかり変色して飴色《あめいろ》になっており、いたるところ虫食いだらけだ。綴《と》じひも代わりの紙縒《こより》も、ちぎれている。

大福帖《だいふくちょう》かな、と思った。商家が売買のことを記帖した元帖を、昔はそう称《よ》んだ。

そういえば、商家としての前嶋屋の歴史を、僕はまるで知らない。

しかし、題名であろうか、墨で記された表書きの四文字を見て、大福帖でないことはすぐに判った。

変色や虫食いはひどいが、『御湯放記』と書かれてあるようだ。

『おゆはなちき』、または『おんゆはなちのき』とよむのか。しかし、湯を放つとはいかなる意味だろう。

しかも、上に御までついている。だれか敬《うやま》うべき人のことか、それともたんに丁寧《ていねい》を表す接頭辞なのか。

昔のえらい僧侶が、病人たちに湯をふりかけたら、たちまち病が癒《い》えた、というような伝説かもしれない。どこぞの観光地に、弘法《こうぼう》ノ湯というものがある。

それとも、風呂屋の日記だろうか。

いずれにせよ、しっくりこない。

もっとも「湯放」で「ゆはなち」としかよめないわけではない。

「湯」は、「とう」「しょう」「たん」ともよめるし、「放」は、訓ならば「ゆるす」「ならう」「おく」「ほしいまま」というよみもあり、音では「ほう」だ。

言い忘れていたが、僕は小説家である。そのくらいのよみは浮かぶ。

だが、どう組み合わせても、まったく意味が不明か、でなければ、「ゆはなち」ていどの、どうにもしっくりこない解釈しか思い浮かばない。

そうして表書きばかりにらんでいても仕方がないと気づいたのは、しばらく止《や》んでいた雨が、また降りだして、物置小屋のトタン屋根を叩《たた》いたからだった。

僕は、古びた冊子を文筥から、慎重な手つきでそうっと取り出した。にもかかわらず、裏表紙が文筥の底にくっついていたのか、ベリッと紙の破れる音がした。

僕は、古文書《こもんじょ》の研究者にはなれないな、と思った。

掌《てのひら》に載せてみて初めて、冊子の厚さが三センチぐらいだと判った。

おそるおそる表紙をめくってみた。こんども、パリッパリッというような音がした。

これはだめだ。

だめだと思ったのは、古い書きものをうまく扱えないことが、ではない。

中に書かれてある文字は、草書だった。書道のたしなみのない僕には、くずし字はまったくよめないのだ。

それでも、手のほうはなんとなく頁《ページ》を繰《く》っていた。

ふと、ある文字に眼が吸い寄せられた。

まったくよめないといっても、ところどころには判別できる文字もあるのだ。

それは「上様《うえさま》」だった。

僕は、自分の眼の色がかわるのが判った。

上様といえば、徳川将軍の尊称だ。

むろん江戸時代以前には、天皇・皇族への呼びかけや、あるいは戦国諸侯《しょこう》への臣下からのそれにも、上様は用いられた。

だが、徳川の世になってからは、上様といえば徳川将軍のことをさした。

そして、この書きものは、どうみても江戸時代より前に記されたものとは思われなかった。

『御湯放記』は、徳川将軍のことを記しているのかもしれない。御は将軍を敬ってつけたのではないか。

ひょっとしたら、まだ世に出ていない江戸期のたいへんな史料では……。

僕は、これまでに、ユーモア物ながら、『もしかして時代劇』『旗本花咲男《はたもとはなさかおとこ》』と二作の時代小説を発表しており、今後もその分野に力を注ぎたいと思い、祖母の逝《い》ったこの夏も、室町末期を背景とした本格物に取り組んでいるさなかだった。

これがもし新発見の史料で、その内容にこれまでの歴史の定説をくつがえすような何事かが記録されているとしたら、時代小説を書く人間として、これほど興奮をおぼえる事件はないだろう。

そう思って、上様の二文字を、ほかにも探して頁を繰った。

探すうちに、膚《はだ》が粟立《あわだ》ってきた。上様の二文字は、いたるところにあった。

この上様が、徳川十五代のどの将軍のことなのか判らないが、『御湯放記』そのものは徳川将軍に関する事柄を記した文書と断定していいのではないか。

『御湯放記』を持ち帰って、だれかに現代語に翻訳してもらおう。

そう思い決めたとき、後ろから声をかけられて、僕は跳びあがっておどろいた。

こんなところにいたのか、という呆《あき》れたような声は次兄《じけい》のものだった。もうみんな食事をはじめているという。

僕は、『御湯放記』を大事に抱えて、物置小屋を出た。

次兄が、なんだそれ、と訊《き》いた。

僕は、にやにや笑って、こたえた。

「お祖母《ばあ》ちゃんから僕への遺産だよ」

しかし、このときの僕は、『御湯放記』が、史上最も有名な事件のひとつの真相を明かしたものであるとまでは、想像していなかった。

二

前嶋家の当代は、叔父夫婦である。

僕は叔父に、『御湯放記』をかりたいと申し出た。

叔父は、そんなものをどこから見つけてきたのかとおどろいただけで、なんだか知らんけど欲しけりゃやるよ、とかんたんに承諾してくれた。

昔から叔父は、書物というものには、まるきり興味を示さない人だった。本をよむより酒をのむ。それが叔父の人生哲学のようだった。

もっとも、叔父がそういう人でなければ、『御湯放記』という得体の知れない古い書きものを、物置小屋の中に捨てるようにして放ってはおかなかっただろう。

僕としては、叔父がそういう人だったことに感謝するほかはない。これで『御湯放記』を手もとにおいて、心おきなく調べることができるというものだ。

　祖母の葬儀には、顔も名も知らない親戚が何人も列席していた。『御湯放記』のことを知っている者がいるとは思えなかったが、それでも念のためだ、叔父や母に紹介してもらって、そのひとりひとりに『御湯放記』を見せてみた。

　やはり、知る人はいなかった。だれもが、初めて見るものだと言った。『御湯放記』を何とよむか、その答えも得られなかった。

　ただ、かとちゃんと皆からよばれる、腰がほんとうに二ツ折れに折れ曲がった山姥《やまんば》みたいな老婦人が、思いもよらなかったことを教えてくれた。かとちゃんは、亡くなった祖母の妹だというから、僕には大叔母にあたる人だ。

「やどやっとったころのもんじゃにゃあずらか」

　かとちゃんは、奥三河の山奥の住人であるためか、なんだかすごい方言を使う。何と言ったのかさっぱりわからないので、叔父に通訳をたのんだ。

「宿をやってたときのものじゃないかって」

「宿……？」

　だれが宿をやっていたのだ。かとちゃんの家がやっていたのか。

「あんた、知らんの」

　と母がびっくりしたように言った。

「うちよ、うち」

「えっ⁉　うち、昔、宿屋だったの」

「うちって、ばかだね、あんた。うちじゃないに。ここのうちだに」

語尾に「に」が付くのは遠州《えんしゅう》弁だが、それはともかく、ようするに前嶋屋が昔は宿屋をやっていたということだった。

僕には、まったく思いがけない事実だった。のべつ遊びにきていたくせに、僕はそんなことも知らなかったのだ。

もっとかとちゃんから、宿屋時代の前嶋屋のことをききだそうと質問してみるのだが、かとちゃんは耳が遠いらしく、さっぱり要領をえない。おまけに、かとちゃんのことばは、きっちりとした方言だから、これなら英米人と会話するほうがまだ通じるのではないか、とお手上げになってしまった。

僕は、帰りの車中で母から、初めて前嶋屋の歴史をきかされた。

もともと前嶋家は、東黒田と同じ引佐郡でも、もっと南に下ったところの花平《はなだいら》の出だという。

母が少女時代、花平前嶋家を訪れたとき、すごく大きい家だと感じたそうだ。花平には前嶋の姓が多いらしく、たぶんそのあたりの前嶋の本家ではなかったか、とも母は回想する。

その分家のひとつが、いつのころからか母には判らないが、東黒田で木賃宿《きちんやど》をやっていた。いまの前嶋屋の前身だ。

　母の父、つまり祖母の夫は、義鶴《よしつる》という名で、実はこの東黒田の前嶋家へ養子に入った人だった。旧姓は山口で、奥三河の鳳来町《ほうらいちょう》に生まれた。

　東黒田前嶋家では、養子の義鶴に嫁をとって、前嶋屋をつがせたわけである。その嫁が、言うまでもなく祖母かほるのことだ。かほるは、かとちゃんがいまも暮らしている奥三河の田《た》ノ平《たいら》という、おそろしく山深いところから出てきた。

　義鶴とかほるが夫婦になったころは、前嶋屋はまだ木賃宿をやっていたらしい。大正末年か、昭和初年のことと思われる。

　昭和六年生まれの母が、物心ついたころには、前嶋屋はすでに、よろず屋を兼ねる酒屋だったというから、木賃宿は義鶴とかほるが結婚して数年後にはやめてしまったのだろう。

「あんた、店の土間の前のほうに、太い柱がたってたのをおぼえてない？　おとなでも、ひと抱えじゃ、手が届かないくらい太いやつ」

　母にそう言われて、そういえば、と思いあたった。

　子どものころ、このやたらに太い柱はなんだろう、と首をひねったことを憶《おぼ》えている。店の土間は広かったが、それでもなんだかじゃまな柱だな、と思った。

　ただ子どものことだから、その柱を見るたびに不審がったわけではない。慣れてしまえば、何も思わなくなるものだ。

「あれ、馬をつないどく柱だっただに」

旅人の馬をつないでおいたのだ。

「じゃあ、馬小屋もあっただろうね」

「それは知らんけど、前嶋屋の宿はね、三軒だかあったって」

三棟《むね》と母は言いたいらしい。

それでまた僕は、気づくことがあった。

まんぼ時代の前嶋屋は、一階の国道に面した間口がとても広かった。二階へ上がると、真ん中に国道と平行する廊下がとおって、その両側に似たような部屋が並ぶ、というつくりだった。

僕の記憶にまちがいがなければ、二階の国道側の部屋は、いずれも三畳か四畳半程度で三室、裏庭に面したほうは八畳間が二室つづいていた。いまでいえば、前者がシングル、後者はツインだったのだ、と僕は納得した。

もっとも僕の少年時代の前嶋家のつくりが、木賃宿当時のままであるはずはなく、そのおもかげを濃く残していたというにすぎない。

とにかく、同様の構造の家屋が、木賃宿前嶋屋には三棟あったのだ。

中世までは、庶民が旅をするといえば、野宿があたりまえで、専門の宿泊施設など存在しなかった。

木賃宿は、野宿の次の段階といっていい。木賃とは、薪代《まきだい》のことだ。宿ができても、江戸時代の初期までは、旅人が食糧や夜具を携行《けいこう》することは前時代とかわらず、持参の米を炊《た》くために宿から薪をわけてもらうのである。だから木賃だった。しかし、宿屋のほうで食事も夜具も用意し、また酒肴《さけさかな》や菓子なども供する、いわゆる旅籠屋《はたごや》が出現すると、木賃宿は急速に衰退していき、江戸時代の後期には下層民専用の宿泊所みたいなものになってしまう。

日雇い、雲助《くもすけ》、芸人、行商人、渡り者などが、主な客だった。

明治に入ると、木賃宿といえば、何やらうろんな安宿の代名詞みたいなものに堕《だ》す。

前嶋屋はどうだったのだろうと思ったが、すぐには想像がつかない。

「なんか富山の薬売りとか、美濃《みの》だかあっちのほうの縮緬《ちりめん》屋とか、いろんな商人が泊まったみたいよ」

母は、祖母より伝え聞いたことを、思い出し思い出し話してくれようとするのだが、記憶の糸が途切れがちらしく、やがて深い溜め息をついた。

「あたしらには、もう判らんよ。花平の前嶋の家も、もうないし。おばあちゃんが生きてるうちに、いろいろ聞いとくんだったね」

そこで母は、ぽつりとつぶやいた。

「もうちっと生きると思ったけど……」

八十五歳ならば長寿を全《まっと》うしたといえるのに、母にとっては祖母は早世《そうせい》ということらしい。

判るような気がする。人は心のどこかで、自分の親はいつまでも死なないと思っているものだ。

僕も、去年の夏まではそう思っていた。だが、父が生死の境をさまよう大手術をうけたとき、親は死ぬものだとわかった。父は生還したが、僕にはそれで覚悟ができた。

母がふいに無口になったので、僕は前嶋屋に関する質問を打ち切った。

車のほどよい揺れが睡魔をよんだらしく、母は軽く寝息をたてはじめていた。昨夜も一昨夜もほとんど睡眠をとっていない。

僕は母の疲れた寝顔をながめながら、こんなとき母は、前嶋家の娘だった時代の夢を見るのだろうか、と切ないような気持ちで思った。

膝の上においていた『御湯放記』に視線を落とすと、そんなことはありえないのに、これが祖母の記したもののような気がした。

そのとき、同乗していた四歳の姪《めい》が、オシッコ、と声をはりあげた。

僕は、天啓にうたれたごとく、というようなことを信じるほうではないが、このときばかりは、それにうたれた。

「そうだ！　オシッコだ」

運転していた次兄が呆れた。

「なんだ、おまえまで。もう少しで着くからがまんしろ」

「もう出ちゃったよ」

「なにいっ！」

急ブレーキが踏まれて、車中の全員が前へ突ンのめった。

僕は、答えが出たと言ったつもりだったのに、皆がおでこをさすりつつ、僕をにらんだ。

四歳の姪だけが、けちゃけちゃと笑っていた。

三

「湯放」は、「ゆまり」、または「ゆばり」「いばり」とよむ。

オシッコのことだ。

「尿《にょう》」を「ゆばり」「いばり」とよむことを知っていたから、蛭がオシッコとさけんだとき、閃《ひらめ》くようにして思いついたのだ。

オシッコは、出るときに湯気がたつ。

広辞苑にも、ちゃんとのっていた。

そのオシッコに御がついているのだから、これはもう『御湯放記《おゆまりき》』は、尊いお方のオシッコのことを記したものにちがいなかった。尊いお方とは、徳川将軍だろう。となれば、これを書いたのは、公人朝夕人《くにんちょうじゃくにん》の土田孫左衛門《つちだまござえもん》ではないか。そこまで推理できた。

徳川将軍の外出に随行して、将軍が小用を足したくなったら、すぐに専用の尿筒《しとづつ》を差し出すのが、公人朝夕人の役目であり、この職は土田氏の世襲《せしゅう》であって、当主は代々、孫左衛門を名乗った。

公人というのは、公方《くぼう》の禄《ろく》を食《は》む人のことで、もとは朝廷に勤仕《ごんし》した下級役人のことをそう称した。朝夕は、朝に夕に仕えるというほどの意味だ。

こういうことを、僕がたちどころに思いついたのには、理由がある。

先に少しふれたが僕は、『旗本花咲男』という、放屁術《ほうひじゅつ》を駆使して悪を懲《こ》らしめる青年旗本の話を書いたことがあり、そのときに屁《へ》のことばかりではなく、関連して糞尿《ふんにょう》についても史料を漁《あさ》ったのである。

それで公人朝夕人と土田孫左衛門のことを知っていた。

僕は、その日のうちに、あわただしく神奈川の自宅へ戻った。

そんなに急いだのは、仕事に追われていて、実家にゆっくりしていられる暇がなかったこともあるが、早く手持ちの文献にあたって公人朝夕人のことを確認したいと思ったからだ。

ただちょっと、僕の気勢はあがらなくなりつつあった。

もし『御湯放記』が、徳川将軍のオシッコの色とか回数とか、そんなことを克明に記したものだとすれば、なるほどある種のおもしろさはあるかもしれないが、これを現代語に訳して発表しても、とびつく読者はあまりいないだろう。はっきりいって、愚にもつかない。

しかし、と僕は思い直した。

僕は小説家なのだ。徳川将軍のオシッコが重大なカギとなる奇想天外なストーリーを創ってしまえばいい。

自宅に帰り着くなり、書斎に入って、公人朝夕人土田氏のことを調べはじめた。

『土田家譜』というものによれば、土田氏は、藤原頼経《よりつね》が鎌倉幕府四代将軍として京から鎌倉へ下るときに御供をし、以来、将軍家の役人になったという。

ちなみに、頼朝《よりとも》の源家は三代で絶えたが、そのあとは、摂家あるいは皇族から新将軍が迎えられ、北条執権政治の傀儡《かいらい》にすぎなかったとはいえ、九代まで鎌倉将軍はつづいた。

土田氏は、室町時代になっても、将軍家に仕えることにかわりはなく、十代将軍足利義稙《よしたね》より、その残飯を下賜《かし》されて、そちの家の家紋にせよ、と命ぜられたりしている。すなわち、器物の上に箸《はし》がおかれている、という意匠《いしょう》だ。

そのころの土田氏は、美濃国可児郡《かにごおり》土田村で百八十六貫を領知したという。

この土田村は本来、「どたむら」あるいは「とだむら」とよむらしく、したがって土田氏も「どたし」「とだし」かもしれない。

土田村は、岐阜《ぎふ》県の太田盆地の南西部、木曽《きそ》川の左岸にあった。

いまは可児町（岐阜県）の大字《おおあざ》にすぎないが、中山道《なかせんどう》の宿駅として古い。しかし、中山道のつけかえが行われた後は、やや北方にある太田宿にその繁栄も奪われ、江戸時代中期ごろから衰退した。

室町幕府が滅亡すると、土田氏はこんどは織田信長《おだのぶなが》に仕えるようになる。さらには、秀《ひで》吉《よし》、家康《いえやす》にも召し出されるわけだが、武家政権七百年を、そのときそのときの最高権力者にくっついて生き残った土田氏というのは、稀有《けう》な存在ではないだろうか。

もっとも、将軍の便器携行係だから、滅ぼされる危険もなかったのだろう。

そのことはいいのだが、『土田家譜』の中で、僕には気になる箇所があった。

「信長公何方《いずかた》へも御成《おな》りの節は、御供仕《つかまつ》り候《そうろう》」

これは便器携行係としては、あたりまえかもしれない。

しかし、次の一節はちがう。

「安土《あづち》の御城御普請《ふしん》の節、奉行を仰《おお》せ付けられ、其《そ》の後、百石を御加増下され候」

天才織田信長が、かつて日本に存在したことのない豪壮華麗な城を築くのに、その普請奉行のひとりに土田氏を抜擢《ばってき》し、しかもその功によって百石を加増したというのだ。

ちょっと信じがたい。

土田氏には悪いが、これはただ家柄の古さが自慢なだけの微役の者ではないか。もちろん信長という人は、秀吉の例を持ち出すまでもなく、人材登用には徹底した能力主義で臨んだから、土田某《なにがし》に土木・建築関係の才があったのかもしれない。しかし、そうであれば、土田某の名が他の文献にもっとあらわれていてもよさそうなものだが、そういうことはない。

『土田家譜』の記述が事実とすれば、この抜擢は信長にしてはめずらしいことだ。

納得できる説明はひとつしかないような気がした。

(信長の生母と同族にちがいない)

信長の生母は、土田下総守《しもうさのかみ》政久という者の女《むすめ》で、土田御前《どだごぜん》とよばれたといわれる。『姓氏家系大辞典』で調べてみると、疑問符つきながら、尾張の土田氏と美濃の土田氏が同族だと書かれてあった。

それならば土田某が安土城普請奉行のひとりに擢用《てきよう》されたことはうなずける。

信長は、肉親の情にひかれるような男ではなかったが、どのみち総奉行は重臣の丹羽長《にわなが》秀《ひで》に任せてあるので、数ある普請奉行のひとりに土田某を加えるくらいは、大目にみたのだろう。

『土田家譜』ではさらに、信長が武田征伐の折に、美濃の土田家に一泊したと記す。

信長の死後しばらくは、土田氏は美濃に引き籠《こも》っていたようだが、秀吉が関白に任ぜられると召し出されて、その参内に供奉《ぐぶ》した。

徳川家康のときも、将軍宣下《せんげ》をうけた家康が初めて昇殿《しょうでん》するのに、朝夕人《ちょうじゃくにん》として土田孫三郎が供をした。

秀吉と家康の土田氏への厚遇は、先例に則《のっと》っただけといえばそれまでだが、やはり土田氏が信長の生母と同族だったという家格によると考えざるをえない。この二人の覇者《はしゃ》は、前者は信長の家臣、後者は信長の同盟者だったのだから。

以後、土田氏は、公人朝夕人として、徳川幕府の職制の中では同朋頭《どうぼうがしら》の支配に属し、十人扶持《ぶち》に脇指《わきざし》のみの帯刀というごく軽い身分で、幕末までつづいた。

そこまで調べあげたあげくに、僕はふと思い直して、苦笑してしまった。

「上様」の二文字と、「おゆまりき」というよみだけで僕は、『御湯放記』を公人朝夕人の土田氏が書いた徳川将軍のオシッコの記録と断定しているのだ。断定するには、あまりに薄弱な根拠ではないか。

ひどい見当はずれということもある。

とにかく『御湯放記』をだれかに現代語訳してもらわなければ、話にならない。

ところで、こういうものを解読できる人は、そうそういるわけではない。

知り合いの中で、それが可能な人間は、何人も浮かばない。

豊田有恒《とよだありつね》さんは、どうだろう。

豊田さんが、ＳＦばかりでなく、古代や戦国時代に題材を求めた小説でも、高い評価をうけておられることは、だれもが知っている。江戸期ぐらいの文章ならば、すいすいとよんでくれそうな気がする。

しかし、大先輩であるし、またお忙しい方だから、ちょっとたのみづらい。

僕を小説家としてデビューさせてくれた田中光二《たなかこうじ》さんの顔もよぎったが、田中さんはＳＦと現代的な冒険物の旗手で、時代小説をお書きにならないから、ぼろぼろの古文書をもっていっても、おれはこんなのよむのヤダよ、と一蹴《いっしゅう》されてしまいそうだった。

困ったなと思っているところへ、電話が鳴った。大学時代の恩師の横山教授からだった。

「ガハハ、宮本」

何がガハハなのかよく判らないが、いつものことである。横山教授の声は、こちらが閉口するくらい明るい。

大学卒業後、十数年を経たいまでも、横山教授との縁はつづいており、年に一回や二回は酒をのみ、たまには旅行にもお供する。

「大井、行かない？　ナイター競馬」

横山教授は目下、競馬に狂っている。

狂っているといっても、陰鬱《いんうつ》な顔をして大穴ばかりを狙い、あげくのはてが借金地獄にはまりこんで、そこから抜け出すために信用金庫を襲撃する、というような狂い方ではない。だいいち信用金庫などを襲えば、いつでもガハガハ笑っている小太りのタヌキ顔の男という特徴では、すぐにつかまってしまう。

横山教授の場合、節度を守る。その節度のギリギリのところで、頭脳とカンを駆使して愉《たの》しむ。それで、勝っても負けても、大口あけて愉しむ。勝てばすべてを皆におごるし、負ければさっさと帰る。実に潔《いさぎよ》いのだ。

「すみません。僕、いまちょっと追われてまして……」

明るい競馬狂の横山教授とナイター競馬へ行きたいのはやまやまなのだが、この夏はそういう時間がとれそうになかった。

ついでに僕は、『御湯放記』の話をした。

すると、横山教授は興味を示されて、それならゼミにかわった学生がいるから、彼女に訳させよう、とすすんで申し出て下さった。

「女の子なんですか」

「うん。ちょっとカンが鋭いというか、霊感が強いというか、おもしろい子だよ」

横山教授のゼミは、映像脚本の実践であるため、ときどき毛色のかわった若者が入ってくる。その女子学生は、古文書漁りが趣味なのだという。とうぜん解読することができる。

渡りに船とは、このことだった。

二、三日中に、彼女からきみのところへ連絡させよう、と横山教授は約束して下さり、僕はお礼を言って電話をきった。

四

彼女は、依田奏《よだそう》という。

女の子で、奏とはまた思いきった一字名だが、なんでもどこかの神社の雅楽《ががく》の楽人《がくじん》だった曽祖父につけられたのだという。

この一事だけからでも、依田奏が古文書漁りを趣味にしていることが、なんとなく理解できた。

僕が『御湯放記』を渡そうとすると、奏は、いったん出しかけた手をひっこめて、眉をひそめた。そのやや下がり眼の愛くるしい顔が、かすかに険《けわ》しくなる。

どうしたのと僕が訊《き》く前に、奏はすみませんと謝り、それからまた手を出して、『御湯放記』を受け取った。

横山教授は、この子は霊感が強い、と話しておられた。それでこの古い書きものから何か感じるものがあったのかもしれない。

そのことを言うと、奏はこくりとうなずいて、アイスコーヒーの氷をストローでからからと回した。

「あたし、小さいころから、お化けに好かれてるみたいで」

そんな言いかたを奏はした。ちょっと照れたように首をすくめた仕種《しぐさ》がかわいい。

どこへ行っても、時々、近くに人の魂魄《こんぱく》が漂っているような感じをうけるし、またはっきり人の姿をした幽霊を見ることも少なくない、と奏は言う。

「あとできくと、たいてい、そこは昔の合戦場だったり、事故で人が死んでたりとかするんですよね」

僕は、そういう霊的な体験は皆無の人間だから、へえーと感心するほかはない。

「あ、でも、あたし、べつに霊能力者とか、そういうんじゃありませんから。きっと頭が悪いだけです」

「頭が悪いと、幽霊を見られるの？」

「ていうか、ふつうの人にはなんでもないことでも、その知識が全然ない人って、おどろいたり感心したりするじゃないですか。そういうことだと思います」

なるほど、霊的体験には、そういう一面がないでもなかろう。

しかし、古文書を解読できるような子が、頭が悪いわけはない。たぶん奏は、子どものころから、その霊感の強さを周囲から奇異に捉えられ、そのたびに、きっと頭が悪いだけです、というような軽い言いかたで、さらりとかわしてきたのにちがいない。

いい子だな、と僕は思った。

「だけど、いま、それに何か感じたみたいだね」

「はい、ちょっと……」

と奏は、テーブルの上においた『御湯放記』に眼を落とした。

「でも、まだよく判りません」

僕は、不安になった。もし『御湯放記』におそろしい霊がついていて、それが奏にのりうつったりしたら、たいへんなことだ。

「あの、依田さん。何か変な感じだったら、いいんだよ、訳してくれなくても」

その声の調子から、奏は僕の心中を察したものか、ふいに声をたてて笑いだした。

「いやだ、宮本さん。そんな心配しないで。あたし、エクソシストのリンダ・ブレアじゃありません」

奏は、映画『エクソシスト』で、悪霊にとりつかれる少女を演じた女優の名をあげた。たしか僕が学生のころ観た作品だ。

「きみの年齢で、よく知ってるね、エクソシスト」

「ビデオです。あたし、映画好きですから」

こちらも映画には眼がない。それで、ひとしきり映画論で盛り上がってから、僕らは別れた。

僕のほうは急がないと言ったのだが、奏はすぐに解読にとりかかると約束してくれた。

僕はこのころ、正直言って『御湯放記』に惹かれている暇はなかった。室町末期を舞台にした大長編が、ようやく半ばに達しようという程度で、そのあともヒロイック・ファンタジーのシリーズに一挙に結着をつけるという大仕事が控えていた。

だから奏の解読作業が終わるまでは、『御湯放記』に関することは、強《し》いて頭の外へ追い出しておくことにした。

奏から電話がきたのは、一週間後のことだった。

「もう解読できちゃったの」

僕はおどろいた。虫食いだらけで、しかも墨が薄れてほとんど字が見えないところも多かったはずだ。

「はい。完全じゃないですけど、だいたいのところは」

「ありがとう」

「宮本さんの推理されたとおり、これは公人朝夕人土田孫左衛門の書いたもので、上様は五代将軍綱吉《つなよし》のことです。ただこの孫左衛門が、土田氏の何代目かまでは判りません」

「ていうことは、元禄時代が主な記事っていうこと？」

「ええ。綱吉が将軍になった延宝八年から、元禄十五年の終わりまで」

一六八〇年から一七〇二年までの二十二年間だ。

「その間の綱吉将軍の、そのう、あれのことを……」

受話器から、奏の羞《は》ずかしそうなようすが伝わってくる。

「オシッコね」

「はい。将軍が外でそれをしたときの状況なんかが細かく書かれています」

「ごめんね、へんなもの解読させちゃって」

「いいえ。そんなことありません」

「でも、それじゃあ、たいしたことは書かれてなかったわけだ」

僕の声はしぜんと沈んでしまう。

「それが、そうでもないと思うんです。あの浅野内匠頭《あさのたくみのかみ》が殿中《でんちゅう》で吉良上野介《きらこうずけのすけ》に斬りつけた事件ありますよね」

「そのことも、書いてあるの？」

あの事件は元禄十四年三月に起こっているから、その翌年まで記述のある『御湯放記』にも何かコメントがあってもふしぎではない。

「孫左衛門は、あの場に居合わせたらしいんです」

「ほんと⁉」

僕は受話器を握りなおした。

「あたし、あの事件のことは、よく知らないんですけど、あれってたしか、浅野が賄賂《わいろ》を

でしょう」よこさないからって吉良が意地悪して、それで浅野が堪忍袋《かんにんぶくろ》の緒《お》を切って斬りつけたん

「それは、俗説だよ。もっとも、あの事件の原因っていうのは、もう俗説だらけでね。その賄賂云々《うんぬん》もそうだけど、内匠頭がノイローゼだっただの、赤穂《あこう》の製塩技術を吉良が盗もうとしただの、内匠頭の美貌の小姓に吉良がちょっかい出しただの、これが真実だといえるものは、ひとつもないんだ」

「その俗説の中に、吉良が厠へいくのをがまんしたのが原因だったっていうの、ありますか?」

何を言いだすのだ、奏は。いくらなんでも、吉良がトイレをがまんしたのが刃傷《にんじょう》事件の原因だなんて珍妙な説はない。だいいち、吉良がトイレをがまんしたのと、浅野が斬りつけたのとどういう相関関係があるのだ。

僕は、こたえるのもばかばかしいと思いつつも、そんな説はないよ、と言った。

「だったら、宮本さん。これ、新説です!」

こんどは奏のほうが昂《たかぶ》りを抑えられないような声を出した。

「依田さん。落ち着いて順序立てて話してくれないかな」

「それより、直《じか》に読んでいただいたほうがいいと思います。いちおう現代語に訳したのをワープロで打ち出しましたから」

「判った。じゃあ、新宿で会おう。このあいだの喫茶店で」

五

奏の作成したワープロ原稿は、Ａ４の紙に四十字×四十行で、五十枚ほどあった。たいへんだったね、と僕は心からねぎらいのことばをかけた。奏は、こちらこそいい勉強させてもらってありがとうございました、とペコリと頭をさげた。

初対面のときもそうだったが、ほんとうに感じのいい子だ。

「文章がへたで恥ずかしいですけど、まずざっと読んでみてください」

『御湯放記』は、土田孫左衛門の自己紹介から始まっていた。十人扶持と微禄ながら、わが土田家の由緒は正しく、鎌倉以来いつも将軍家の御側《おそば》に仕えてきた名家である、というようなことだ。これは、僕が調べたことと、ほぼかわりがない。

それにつづいて、公人朝夕人《くにんちょうじゃくにん》がいかに重い役目であるかということが述べられている。その部分は原文にはかなりの誇張がある、と奏が補足した。

あとは、この孫左衛門が、将軍徳川綱吉の日光社参、上野寛永寺《うえのかんえいじ》や芝増上寺《しばぞうじょうじ》の廟参《びょうさん》、あるいは牧野成貞《まきのなりさだ》や柳沢吉保《やなぎさわよしやす》邸への御成《おなり》、さらには殿中での式典の折りごとに、つねにその側近くにあって、御尿意に備え、御装束筒《おしょうぞくづつ》を捧持《ほうじ》していたことを、単調な事実の羅列で日誌ふうに綴《つづ》ってあるばかりだ。

御装束筒とは、尿筒《しとづつ》のことである。長上下《ながかみしも》などの正装のとき尿意を催《もよお》しても、いちいち脱いで放尿するのは面倒だから、裾から尿筒を差し入れてシャーッとやった。だから、装束筒という。

また牧野と柳沢は、綱吉の寵臣《ちょうしん》として、権勢をふるった者たちだ。

日光社参の場合は、道中記みたいになっていて、それなりに面白いが、他の部分にはこれはという記述はなかなか見当たらず、かなり退屈なものだな、と僕は落胆しはじめた。

奏の原稿は、意味不明の文章には（?）をつけ、どうしても解読できなかった文字は□で空白にしてある。このあたりも親切だ。

そういうもののひとつに、

「上様の御利生《ごりしょう》（?）は、たいへん立派で……」

というのがあり、これには僕は笑いだした。

「依田さん。利生って、辞書で調べた?」

「はい。仏が衆生《しゅじょう》に与える利益、って書いてありました。でもそれじゃ意味が通じないものですから」

「これ、隠語なんだ。オチンチンの」

「えっ!」

奏は、一瞬顔をまっかにしたが、すぐに自分も笑いだした。

「いやだあ、そうだったんですか。何度も出てくるんだもの、それ」

それに出てきてもらわねば、土田孫左衛門も尿筒も用なしである。将軍のオチンチンのことだから、孫左衛門は直接的表現を避けたのにちがいない。

奏の原稿で四十枚まで読みすすんでも、ひたすら事実の羅列に終始している『御湯放《おゆまり》記《き》』の中では、これは孫左衛門の唯一の私見といえそうだった。となれば、綱吉の一物はほんとうに大きかったのかもしれない。

それにしても、この「上様の御利生」の一言だけでも、『御湯放記』には価値がある。

そして、残り十枚になって、元禄十四年三月十四日の記述に到るや、『御湯放記』はがぜん様相を一変させていた。

播州《ばんしゅう》赤穂藩五万三千石の城主浅野内匠頭長矩《ながのり》が、江戸城中において、高家《こうけ》吉良上野介義央《よしなか》に斬《き》りつけたが討ち果たさず、その場で取り押さえられ、即日切腹を申し渡されたのが、この日のことだ。

これが発端となって、翌年の十二月十四日、赤穂浪士四十七人による吉良邸討ち入りへ到るという歴史的事件を、知らない日本人はいないだろう。

この日の記述だけが、やけに詳細で、そして孫左衛門の意見や感想がふんだんに入っていた。

よみすすむうちに、僕は手がふるえ、自分の鼓動がきこえてくるほど興奮した。

ここで奏の長い訳文をそのまま載せる紙数はない。だから、僕なりの簡単な解釈を加えつつ、要約する。

その前に、もしあの刃傷《にんじょう》事件の起こった原因を、賄賂云々《わいろうんぬん》、製塩技術云々というテレビ時代劇でおなじみの設定のまま信じておられる読者がいてはいけないので、もう一度あらためて言っておく。あの刃傷事件の原因については、当時はもちろん、のちの江戸期を通じても、そしていままでも、真実はまったく藪《やぶ》の中なのだ。賄賂云々などの数多《あまた》の俗説は、すべて芝居や講談の世界の作り事にすぎない。

当日は、京からの勅使《ちょくし》・院使の饗応《きょうおう》という大事の式典だから、土田孫左衛門も登城した。

孫左衛門によれば、その日の吉良上野介はひどく疲れているようすだったという。

上野介の疲労の理由は、僕にもおおむね推測できる。

上野介は、正月に将軍の名代《みょうだい》として朝廷へ年賀の挨拶《あいさつ》に赴《おもむ》き、そのまま京都滞在が長引いて、江戸に戻ったのが二月末日のことだった。その返礼の勅使・院使の江戸到着が三月十一日というのだから、同行してきたとしても、たいした違いはなかった。その長旅から帰ったばかりなのに、勅使・院使饗応役の指南を仰《おお》せつけられ、しかも準備期間がたったの十日では、上野介は休む暇もなかったことだろう。当時六十歳という上野介の老軀《ろうく》にこたえなかったはずはない。

上野介は厠へたつこと頻々《ひんぴん》だった、と孫左衛門は語り、かわいそうに足が冷えてしまわれたのだと同情している。

これには僕は、あっと声をあげそうになった。

上野介の当日の装束は、テレビ時代劇で描かれるような、ずるずると裾をひきずる長《なが》袴《ばかま》姿ではない。従五位下の内匠頭《たくみのかみ》はそれでいいが、従四位上の上野介は烏帽子《えぼし》に狩衣《かりぎぬ》だった。狩衣の袴は、足首のところで裾を括《くく》り紐《ひも》できゅっと締める。

狩衣装束は、素足が原則だ。陽暦では四月半ばのこととはいえ、気温が急激に低下する忘《わす》れ霜《じも》の発生する時節でもあるから、朝のうちは年寄りには冷えただろう。まして上野介は体調をくずしていた。

孫左衛門は、厠へいくために詰間《つめま》から何度も廊下へ出てくる上野介を見て思った。勅使・院使饗応役の指南番にある者が、詰間と厠の往復を繰り返しているのは、どうにも見苦しい。だいいち、指南番がそうそう席をはずしては、皆が困るではないか。それに、あの老齢では、そのうち倒れかねない。

そこで孫左衛門は、とうとう見かねて、失礼ながら左中将《さちゅうじょう》どの、と声をかけた。何度も厠へたつのはたいへんでしょうから、どうかこの装束筒をお使いになってください。

すると上野介は、それは上様の御装束筒であろう、そのようなおそれおおいことができようか、と辞退した。

いえいえ、これはわたしが手慰《てなぐさ》みに作ったひとつで、上様のお使いあそばすものではございません、どうかひとつこれでもって、庭先へ放出してください。

いや、やはりできぬ、土田氏の御装束筒といえば、鎌倉以来、将軍家のご使用ときまっておる、武家の故実典礼《こじつてんれい》の指導者たるわたしが、その先例をみずからやぶるわけにはまいらぬ、お心遣《こころづか》いのみいただいておこう。

そこまで上野介が言うのでは仕方がない。孫左衛門はひきさがった。

浅野内匠頭が、あいやしばらく、と上野介をひきとめたのは、まさにこのときだった、と孫左衛門は言うのだ。

とっさに孫左衛門は、まずいな、と思ったという。

それはそうだ。上野介は厠へいこうとしていたところを、孫左衛門のいわばいらぬお節介で時間をとられている。このうえ、内匠頭と立ち話をしては、堪《こら》え性《しょう》のない老体ではお洩《も》らししかねない。

内匠頭が勅使饗応の仕方で不明の点があったので、指南役の上野介に教えを請いにきたというのは、どうやらほんとうらしい。孫左衛門も、そのようなことを書いている。

孫左衛門の目撃によれば、上野介は厠へいきたいのをがまんして、懇切丁寧《こんせつていねい》に教えた。

この場では下役とはいえ、かりにも一城の主たる内匠頭が、きょうの大事の儀式に関して急ぎ問うてきたのだ。これをオシッコしてくるまで待てとは上野介も言えなかっただろう。

内匠頭という人が、巷説《こうせつ》のような名君でなかったというのは、いまでは定説だ。

その点については、殿中で刀を抜けばどうなるかぐらいは三歳の子どもでも判ることなのに、それを理由もなくやってのけ、藩を潰して家臣とその家族らを路頭に迷わせたのだから、ほかには何ら説明の要もないだろう。内匠頭名君説は、四十七士の討ち入りが、当時すでに惰弱《だじゃく》といわれていた武士全体の、奇《く》しくもイメージアップにつながったために、にわかに出てきたものにすぎないのだ。

むしろ内匠頭には、世間知らず、わがまま、やたらに武術を奨励する、といった泰平の世の大名の典型的な姿しか浮かばない。

ちなみに、江戸期の史実考証の泰斗《たいと》、三田村鳶魚《みたむらえんぎょ》は、内匠頭が切腹して浅野が潰れたとき、赤穂《あこう》の領民は餅《もち》をついて喜んだという話を載せた史料がちゃんとある、と書いている。水戸黄門徳川光圀《みつくに》もそうだったが、内匠頭も税の取り立てに酷《むご》かったのにちがいない。

さらに内匠頭は、癇性《かんしょう》だったらしく、刃傷事件の当日も、朝から興奮状態で持病の痞《つかえ》を起こし、藩医に薬をもらって服《の》んでいる。痞というのは、旅の女が道端にとつぜんしゃがみこんで、持病の癪《しゃく》がと言って苦しげに胸をおさえ、いかがしたと抱き起こそうとする武士の懐《ふところ》から財布を抜き取るという、あのテレビ時代劇の女掏摸《すり》の症状を思い浮かべていただければよい。

そういう人である、内匠頭というのは。

「浅野どのは、いささか癇《かん》の強きお人なれば」

と孫左衛門も心配している。何か起こるかもしれないという不吉な予感が、孫左衛門にはあったのだろう。

そして、それは起こった。

上野介が嚙《か》んで含めるようにして教えてやるのだが、どうにも内匠頭ののみこみが悪い。内匠頭は、こめかみをひくひくさせるばかりだった。

上野介は、脂汗《あぶらあせ》を出していた。オシッコのがまんも限界に達しそうだったのだ。

それで皺顔《しわがお》が苦々しそうに歪《ゆが》んだ。

激しやすい内匠頭が、この上野介の表情を憶えの悪い自分に対する侮蔑《ぶべつ》だととったのは、無理からぬことだったろう。

内匠頭は、カッとした。その顔つきが、こんどは年長者を怒らせた。

このとき近くにいたために、小さ刀《ちいがたな》を抜いた内匠頭を後ろから羽交《はが》い締めにすることになる梶川与惣兵衛《かじかわよそべえ》の話によれば、内匠頭は上野介に斬《き》りかかるとき、次のように叫んだことになっている。

「この間の遺恨《いこん》、おぼえたるか！」

ところが、孫左衛門の耳はそうはきかなかった。しかも、その荒らげ声は、内匠頭ではなく上野介の発したものだという。

「この間の異見《いけん》、おぼえたるか！」

僕は断然、孫左衛門を支持する。

この刃傷事件においては従来、梶川の事後報告にあるこの「遺恨」が最大の問題とされてきた。しかし、どのような遺恨なのか、当時もいまも、まったく明らかになっていない。

それゆえに、数多の俗説が生まれたのだ。

「せんだってより、さんざん言いきかせてきたことを、ちゃんとおぼえたのか！」

「異見」は、現今《いま》では、他と違った意見という意味になっているが、江戸時代のこのことばは、戒《いまし》め諭《さと》すこと、あるいは忠告などの意であり、むしろ「意見」に近い。

のみこみの悪い内匠頭に対して、トイレへいきたくてしようのない上野介が、ついついそのように怒鳴ってしまった。これは実にリアリティがあって、素直に納得できる。

「おもしろいなあ」

僕は、唸《うな》った。

「おもしろいのは、その先だと思います」

と奏は、さらに読みつづけることを促《うなが》した。

赤穂藩が改易《かいえき》になった後、その浪士たちがいずれ主君の仇《あだ》を報ずるだろうとの、なかば期待をこめた噂《うわさ》は諸国にとびかっていたらしい。

翌年になると、その噂はさらに膨れあがり、夏をすぎたころには、もうXデイは間近だとだれもが思っていた。そう孫左衛門は言う。

忠臣蔵の世界では、大石内蔵助《おおいしくらのすけ》らは隠密裡《おんみつり》に事をすすめたことになっているが、どうもそうではなかったようだ。これについては、だれの著書だったか失念したが、辻々《つじつじ》に番小屋のあった江戸市中を深夜に五十名近くの武装の一団が移動するのは不可能であり、吉良邸討ち入りは故意に黙過されたとしか考えられない、というようなことが書かれていた。

つまり、そのときを、吉良邸の人々以外の全江戸市民が待ち望んでいたのだ。綱吉でさえ、上野介が赤穂の浪人どもに討たれたと聞いたとき、よくやった、と小躍りしたというくらいだから、考えてみればひどい話だ。

その討ち入りがいよいよ近いという時期、孫左衛門は、それまでだれにも語らずにいた刃傷事件のときの状況を、堀部弥兵衛《ほりべやへえ》にこっそり打ち明けた。弥兵衛は、あの高田馬場の決闘で有名な堀部安兵衛《やすべえ》の義父だ。

孫左衛門は、この弥兵衛とは知り合いだったらしい。

孫左衛門にすれば、好意だった。主君の仇を討つからには、内匠頭《たくみのかみ》刃傷の真相を知っておきたいだろう、と思ったのだ。『御湯放記』の元禄十四年三月十四日の記述を見せたという。弥兵衛は、礼を言ったそうだ。

ところが十二月十五日の暁闇《ぎょうあん》、孫左衛門は何者とも知れぬ刺客に襲われた。あとで孫左衛門は知るのだが、同じころ、吉良邸が戦場になっていた。

孫左衛門は、武芸は不得手《ふえて》だったらしい。胴を斬られた、と感じた。

「『御湯放記』はどこだ」

刺客にそう詰め寄られたことで、孫左衛門は翻然《ほんぜん》とさとった。こいつは赤穂浪士だ、と。

孫左衛門は同時に、おのれの迂闊《うかつ》さをのろった。よく考えれば、主君の仇討ちが、もとをただせば年寄りが小便をがまんしたことにはじまるとあっては、義挙が一転して笑い草になってしまうではないか。そのことが世に知られないように、赤穂浪士たちは孫左衛門の口を封じ、『御湯放記』を焼き捨てるつもりにちがいなかった。

このときの孫左衛門の幸運は、隣家の町道場の師範代をつとめる男が気づいて、駆けつけてきてくれたことだろう。刺客は、かなわぬとみて、逃げた。

斬られたと思った胴も無事だった。孫左衛門には、大事な尿筒《しとづつ》を懐に抱いて寝るくせがあったのだ。

その銅製の尿筒には、刀痕《とうこん》がくっきりと刻まれた。

命拾いした孫左衛門は、翌日、下男のせん吉《きち》に、『御湯放記』と刀痕つきの尿筒を託して、美濃の土田村へ発《た》たせた。刺客の再襲撃をおそれて、大事な日誌を安全な場所に保管しておこうと考えたのにちがいない。尿筒までもたせたのは、その刀痕が刺客の襲撃を証拠立てるからだろう。

『御湯放記』の記述は、そこで終わっている。

十二月十五日の夜明け前に、孫左衛門を襲った刺客がだれであるか、僕にはその想像がついた。

「寺坂吉右衛門《てらさかきちえもん》だと思うな」

と僕が言うと、どんな人ですか、と奏は身をのりだした。彼女もすでに、『御湯放記』の虜《とりこ》になっているようだ。

「討ち入り現場からなぜかひとりだけ姿を消した男だよ。浪士の中ではいちばんの軽輩でね、いなくなった理由はいろいろにいわれてるんだ」

吉右衛門は、内匠頭未亡人や、内匠頭の弟大学《だいがく》への使者の役を大石から仰せつかった、というのが最も有力な説だ。もちろん疑問符つきの説であるが。

「あたし、せん吉は追手《おって》をかけられて、どこかで殺されたんだと思います」

と真顔で奏が言った。

「なぜそう思うの。せん吉が殺されたのなら、この『御湯放記』は残らなかったと思うよ」

「でも、感じるんです、あたし。『御湯放記』から霊を。怨《うら》みを残した霊です」

奏にそう言われると、ぞくっとくるものがある。

「殺されても、『御湯放記』だけは守りとおしたってことかな」

「そう思います。ねえ、宮本さん、引佐《いなさ》のお祖母《ばあ》さまの家へ行ってみませんか」

奏の考えていることは判った。

「刀痕のある尿筒を見つけたいんだね」

「ええ。長櫃の中をもっとよく探せば、ひょっとして……」

「うん。やってみる価値はあるね」

「じゃあ、行きましょう」

「えっ、これから行くの⁉」

「善は急げです」

「善だか悪だか判らないよ。なんかお化けでも出そうで、やだなあ」

すっかり奏に主導権を握られたかっこうだったが、こういうことはノッてるうちに一挙に片をつけたほうがよさそうだ、と僕も覚悟した。

僕らは、新幹線に乗るべく、東京駅へ向かった。

六

こだまに乗り込んだとき、午後五時をまわっていた。浜松までは約二時間かかる。

僕と奏は、『御湯放記』の史料的価値がただごとではない、と信じるようになっていたから、興奮状態のまま、その記述について様々に検討し合った。

いちばんの問題は、せん吉の持っていた『御湯放記』がどうして、引佐郡の前嶋家にあったのかということだ。

「小説的な解答を出すとすれば……」

と僕は断って、その想像を奏に語った。

せん吉は、美濃の土田へ行くのに、東海道を熱田《あつた》まで出て、そこから名古屋を経、木曽街道を北上するというコースを予定した。江戸から九十余里の距離だ。

ところが、せん吉は道中で追手に気づいた。それで浜松から急遽《きゅうきょ》、北へ行き、遠江《とおとうみ》から伊那路へ抜けて美濃へ達するコースに切り替えた。

その途中に、木賃宿前嶋屋があった。三河へ入る前夜、せん吉はここに泊まった。

しかし、追手もさるもので、せん吉の足取りを見逃さず、これを急追し、とうとう前嶋屋で捕捉に成功した。

せん吉は、宿の者に事情を話す暇もなく『御湯放記』と尿筒を託したか、あるいは追手から逃れられないとみて、前嶋屋のどこかにそれらを隠した。

斬り合いになり、せん吉は惨殺される。

だが追手は、目当てのものを発見することができず、むなしく引き上げていった。

このストーリーにおいて問題となるのは、元禄時代にすでに木賃宿前嶋屋が存在していたのかどうか、という点だ。

しかし、その程度のことなら、なんとでも説明がつく。当時、前嶋の家が百姓か樵《きこり》であったとしても、この時代の山里では、旅の者を泊めてやるのは、少しもおかしくはないのだ。

むろん、事実は全然違ったものかもしれないが、これまで得た情報を総合しても、けっしてありえないストーリーではないだろう。

「きいてると、なんだか事実と虚構の境目みたいで、すごくおもしろいと思います」

と奏は胸の前で手を合わせるようにして、はずんだ声で言ってくれた。

僕らは、まるで恋人同士のような微笑を交わした。これは、この世で、僕と奏の二人だけが共有する秘密なのだ。その思いが、互いの眼の中にある。

二時間が、あっという間だった。

僕らは、いったん浜松の僕の実家へ寄った。東京駅から電話で連絡しておいたので、父母はおどろきはしない。

ただ息子《むすこ》の連れが、若く美しい女性であることには、父母は眼を白黒させていた。

そこから僕は、東黒田の叔父に電話をした。

ところが折悪《あ》しく、叔父はこれから家族で出かけねばならないという。得意先に不幸があったので、手伝いもかねて通夜の席に列《つら》なるということだった。

「裏の物置小屋に入れれば、それでいいんだけど」

叔父は、それなら勝手に入っていいぞ、鍵なんかかけとりゃせんでな、と言った。

僕と奏は、実家の軽四輪をかりて、出発した。

夜のことで道はすいていた。東黒田に到着したのは、まだ九時前のことだった。

ただし、山里のことである。九時といえば、あたりは真っ暗だ。

それに前嶋屋は、峠の頂にぽつんと建っており、隣家とは百メートルくらい離れている。

叔父が気を利《き》かせてくれたのだろう、前嶋屋の看板灯も、店の軒下《のきした》の蛍光灯も、住居の玄関灯も、戸外の照明灯はぜんぶ点《つ》け放してあった。

しかし、周囲を山ばかりで黒々と被われているだけに、それらの数少ない人工照明は、かえってひどくたよりないものにしか見えない。

「寂しいところでしょう」

と僕は奏を振り返った。

奏は、玄関横手の坂道を、何か思いつめたような表情で見上げていた。物置小屋へ通じる道だ。

奏は早くもせん吉の霊に惹《ひ》かれたのだろうか。僕は、背中に冷たいものを感じた。

僕が行こうと促す前に、奏は坂道を上りはじめていた。

こっちまで明かりは届かない。僕は用意の懐中電灯を点けた。

物置小屋のあたりは、鬱蒼《うっそう》としている。垂れ下がった梢《こずえ》は、トタン屋根をつかみとろうとする不気味な触手のようだった。

僕は、坂道のさらに奥へ眼をやった。が、とてもそちらを照らす気にはなれない。奥の墓地から何かが出てきそうなふんいきだったからだ。

奏は、少しもこわくなさそうだった。僕の懐中電灯がそれを照らす前に、物置小屋の戸に手をかけていた。

奏が戸を引くと、たてつけが悪いので、ガタガタと音がした。

「宮本さん。中を照らして」

ああ、という僕の返辞《へんじ》は、掠《かす》れていた。だらしないとは思ったが、こわいものは仕方がない。

懐中電灯で照らしつつ、僕らは狭い物置小屋の中へ入った。

昼間に見たときとは、何もかも物の置きどころが違っているみたいに思えて、僕はドキッとした。気のせいだ、と心中で自身に言いきかせるしかなかった。

ふいに、何やらやわらかいものが、僕の腕に触れた。

僕は、わっ、と悲鳴をあげて、ダダッと後退した。そのまま、がらくたに足をとられ、派手な音をたてて、ひっくり返る。

「ごめんなさい。いまのあたしです」

奏はすまなさそうに言って、ほらね、ともう一度、僕の腕へ自分の手をおいた。

同じ感触だ。こんどは、気味悪いどころか、気持ちがよくて、僕は相好《そうごう》を崩してしまった。われながら、げんきんで、恥ずかしい。

奏は、手をかして、僕をたたせると、

「明かりを消して」

とささやくように言った。

(こ、こんなところで……!)

カンちがいだ。そんなうまい話があるわけないではないか。

一瞬でも、不埒《ふらち》な想像をした表情を奏に見られまいとして、僕はあわてて懐中電灯のスイッチをオフにした。

とつぜんの闇である。眼がくらんで、膝が笑いだしそうになった。

どうして明かりを、と僕が奏に問いかけようとしたときだ。背後で、何か堅いものを叩きつけるような、大きな音がした。

びっくりして、急いで振り返ると、戸がしめられたところだった。これは奏の仕業《しわざ》ではない。

「だいじょうぶです、宮本さん」

奏は、素早く僕の手をとって、強く握りしめてくれた。

次の瞬間、物置小屋が、揺れだした。

地震、それも大地震だ、と僕は恐怖に駆られた。だが、足が竦《すく》んで、一歩も動けない。

僕は、奏の両腕に抱き寄せられた。Tシャツごしのふっくらした胸の感触と、ミディアムショートの髪から漂う香りに、頭がクラクラッときた。

もうこわいのか気持ちがいいのか、よく判らない。

僕にはっきり判ったのは、奏がこの事態を予想していたにちがいないということだ。

壁際に積み上げられていたものが、ガラガラと音たてて落ちてくる。

そういう中で、ひとつだけ、下から浮き上がってくるものがあった。長櫃《ながびつ》のおかれているところからだ。

それは、ぼうっとした青白い光に包まれながら、ゆっくりと浮き上がってきた。

奏にきつく抱きしめられていなければ、僕はとうにその場に失神していただろう。

細長い筒状のものだった。

(尿筒《しとづつ》だ……！)

まちがいないと思ったが、ことばは口をついて出なかった。恐怖のために、喉が閉じられてしまったらしい。

「せん吉さん」

と奏が、落ち着いた声音で、尿筒によびかけた。

いや、僕の眼には尿筒しか映っていないが、奏にはその向こうにせん吉の姿が見えているのだ。

奏は、ショルダーバッグから『御湯放記《おゆまりき》』を取り出すと、僕には見えないせん吉に向かって、突き出してみせた。

「安心して。『御湯放記』はここにあるわ。これからは決して、御装束筒と引き離したりしないわ。約束する」

一語一語区切るようにして、奏はせん吉に告げた。

尿筒を包んでいた青白い光が、一瞬、目映《まばゆ》いばかりに輝いた。

かと見るまに、だしぬけに、闇が戻った。

物置小屋の揺れもピタッとおさまった。

僕は、その場に、へなへなと崩れ落ちた。

これまで他人の霊体験の話など、正直いって爪の先ほども信じたことはなかったが、自分がそれに遭遇しては、これはもうそういう異次元の存在を認めないわけにはいかない。

ただ、このことを余人に話しても、信じてもらえないだろう、と思った。

この『まんぼの遺産』は、実際にあったことを記している。しかし、ここに到ってにわかにオカルトめいた展開になったことで、読者は疑いをもたれるにちがいない。

僕だって、これが他人の書いたものだったら、なんだ、結局フィクションだったんじゃないか、と決めつけてしまうだろう。

だが、これは事実なのだ。

尿筒は、銅製で、口のところが革で縁《ふち》どりしてあるものだった。『御湯放記』の記述を裏付ける長さ十センチぐらいの刀痕《とうこん》が、たしかに刻まれていた。

「せん吉さんの霊を慰めるためには、この『御湯放記』と尿筒を一緒に、美濃の土田家に届けてあげればいいと思います」

この奏の提案には、僕は一も二もなく賛成した。

問題は、孫左衛門の家系がいまもつづいているのかどうかだ。それについては、よく調べてみるほかはない。

「もし孫左衛門の子孫がいるとわかったら、奏ちゃん、その旅にまた付き合ってくれるかな。僕ひとりじゃ、こわくって」

奏は、クスッと笑った。

「手のかかる作家先生ですね」

これはオーケーという意味だ。

それまで『御湯放記』も尿筒も、もとの長櫃の中に戻しておくことにした。これらは、僕がちょっかいを出すまでは、前嶋屋で安らかにしていたのだから。

この物語は、これでお終《しま》いである。

しかし、僕は『御湯放記』を世に出すことを断念したわけではない。

土田孫左衛門の子孫をさがし、さらによく公人《くにん》朝夕人《ちょうじゃくにん》のこと、元禄事件のこと、前嶋屋のことなどを調べ尽くしたうえで、いずれ小説の形にして発表するつもりだ。

もしその前に、奏と土田家を訪ねる旅に出たときは、読者にご報告することを、ここで約束しておこう。

美しき奏の名誉のために、最後に断っておくが、僕と彼女とのあいだには、大学の先輩後輩という以上の関係はない。

ただし、いまのところは、だ。

解説

細谷正充

嬉《うれ》しい。とにかく嬉しい。宮本昌孝の単行本未収録短篇集が刊行されたのだ。しかも書き下ろし作品が一篇ある。さらに文庫オリジナルでの刊行だ。他にも作者のファンならば、大いに楽しめるポイントもあるのだが、それは追々触れていこう。

「幽鬼御所」は、書下ろし作品である。伊勢《いせ》の小土豪の娘の佳乃《よしの》は、奉公先の主であり、戦国大名の北畠具教《きたばたけとものり》を密《ひそ》かに慕っていた。剣豪でもある具教に剣を習うのも、恋心ゆえだ。しかし身分が違いすぎる。それでも諦めきれない佳乃は、剣の修行をすべく鹿島《かしま》を目指した。だが尾張《おわり》で〝うつけ〟と評判の織田《おだ》三郎（信長《のぶなが》）と出会い、運命が変わる。

というところまで読んで分かったが、主人公の佳乃は、織田信長の愛妾《あいしょう》で、信孝《のぶたか》の母親である。以後、北畠具教・具房《ともふさ》の父子や、かつて佳乃と許嫁《いいなずけ》の話があった岡本良勝《おかもとよしかつ》を絡めて、彼女の人生が綴《つづ》られていく。それは同時に信長の人生と、戦国の流れを綴ることでもある。あまり注目されることのない女性を魅力的なキャラクターに仕立て、彼女の視点から乱世を見つめたところに、本作の面白さがある。そしてラストの意外な展開から、人の心の絆《きずな》が浮かび上がるのだ。冒頭を飾るに相応《ふさわ》しい逸品である。

「戦国有情」は、桶狭間《おけはざま》の戦いで真っ先に飛び出していった織田信長に、後れをとらずについていった赤母衣《あかほろ》衆の五人の人生行路が描かれている。後に、ひとりが死んでしまうが、残された四人は固い絆《きずな》で結ばれている。だが彼らを批判する年輩の家臣との確執により、彼らは思いもかけない道を歩む。それでも途切れることなき、四人の絆が気持ちいい。

なお本作の主人公たちは、長篇『ドナ・ビボラの爪』にも登場する。彼らをどのように活用しているのか、読み比べてみるのも面白いだろう。

「不嫁菩薩」は、武田信玄の娘の於松《おまつ》と、織田信長の嫡男《ちゃくなん》の信忠《のぶただ》の純愛ストーリーだ。政略により、幼き頃から許嫁となっていた於松と信忠。川で刺客《しかく》に襲われた信忠を、一目、許嫁を見ようとやってきた於松たちが助ける。このときふたりに、見えない赤い糸が結ばれた。時代の流れの中で、武田は織田により滅ぼされ、ふたりは引き裂かれる。それでも於松は信忠を想い続けるのだった。

織田ロミオと武田ジュリエット。数ある戦国の悲恋の中でも、ふたりのエピソードは有名である。そこに作者は、人間に対する希望と祈りを織り込んだ。切ないのに、清々《すがすが》しい物語である。

「恩讐の一弾」は、味わい深い戦国譚《たん》だ。波多野《はたの》氏譜代の忍びに誘われ、八上《やかみ》城を攻略中の明智光秀《あけちみつひで》を狙撃した、傭兵《ようへい》の雑賀五郎兵衛《さいかごろべえ》。失敗して捕らえられたが、光秀に見逃される。そして本能寺《ほんのうじ》の変の後、秀吉との戦いに敗走する光秀一行に、再び五郎兵衛の銃が向けられた。その結果は……。光秀の人間としての魅力と、それに応えた五郎兵衛の心が、最後の一行に凝縮されている。

「武商諜人」は、表題になるのも納得の、読みごたえのある作品だ。京に店を構える商人の茶屋四郎次郎《ちゃやしろうじろう》。鮮烈な印象を残した小侍従《こじじゅう》という女性に一目惚《ぼ》れするが、彼女は足利《あしかが》十三代将軍義輝《よしてる》の愛妾であった。さらに松永久秀《まつながひさひで》（弾正《だんじょう》）による将軍弑殺《しいさつ》に巻き込まれた小侍従を、助けることにも失敗。この苦い体験を糧《かて》に成長すると、徳川家康《とくがわいえやす》の信頼を勝ち得て側近になる。そして本能寺の変をいち早く察すると、重大な選択を下すのだった。

本能寺の変と、その後の神君伊賀越えを、茶屋四郎次郎の視点で描かれている。武・商・諜に長《た》けた四郎次郎だが、最初から優れた人間だったわけではない。小侍従を救えなかった苦い過去が、彼を成長させたのだ。非情な戦国時代の物語でありながら、潤いが感じられるのは、四郎次郎の人としての心が、しっかり掘り下げられているからだろう。そしてそれは、多くの宮本作品に共通する美質である。

「龍吟の剣」は、徳川譜代の本多忠勝《ほんだただかつ》の娘で、真田信幸《さなだのぶゆき》（信之）の妻になった稲《いね》姫が主人公だ。一般には小松《こまつ》姫の名で知られている人物である。作者は彼女の幼少時から筆を起こし、有名な沼田《ぬまた》城のエピソードまで、虚実を交えながらストーリーを進めていく。小道具の笛の扱いも巧みであり、稲姫の凛《りん》とした魅力が引き立っている。男たちが戦に奔走した乱世で、女の戦い方を堂々と見せた、天晴《あっぱれ》なヒロインなのである。

「秋篠新次郎」は、江戸研究で知られる三田村鳶魚《みたむらえんぎょ》も取り上げている、遊女が助太刀《すけだち》をしたという仇討話《あだうち》「遊女秋篠」を、独自の解釈で膨らませた物語だ。主人公は紀州藩士の清水新次郎《みずしんじろう》。付き合いのあった藩士の鶴岡伝内《つるおかでんない》が殺され、消えた中間《ちゅうげん》の軍蔵《ぐんぞう》が犯人と目される。その軍蔵の仇《かたき》を討つために旅立ったのだ。……というのは表向きの話。新次郎が本当に親しくしていたのは軍蔵である。この一件に裏があると思った新次郎は、軍蔵を捜し出して助けようと考えたのだ。まあ、どちらにしろ若さゆえの正義感の暴走というしかない。江戸に出て数年もすると、吉原の遊女の秋篠と深間になり、その日暮らしも悪くないと思うようになった。しかし軍蔵を見つけ、新次郎は大きな騒動に巻き込まれていく。

「遊女秋篠」と読み比べると、元ネタをこのように膨らませるのかと分かり、興味は尽きない。作者の創作方法の一端を垣間見た気がした。そうした、さまざまな要素の中で、特に惹《ひ》かれたのが新次郎の成長だ。青臭い若者だった彼は、一連の体験を経て〝正義感というものは、時に度し難い〟という真理を得る。最近、他人のささいな間違いを声高に批判する人が増えているようだが、本作を読んで、その危険性を感じてほしいものである。

「金色の涙」は、作者のファンならば要チェックだ。なんと『夏雲あがれ』のスピンオフ作品なのである。もちろん『夏雲あがれ』の主人公たちも登場する。ただし本作の主人公は、『夏雲あがれ』の主役三人をなにかと助けた銀次《ぎんじ》。吉原の妓夫《ぎゆう》をしているが、気のいい男だ。ひょんなことで知り合った、剝《む》き身《み》売りの夫婦とも、親しい付き合いをしている。そんな銀次が、島抜けした元遊女に関する騒動に巻き込まれる。

銀次が主人公というだけで嬉しいが、ストーリーもいい。詳細は省くが、ままならない世の中だと承知して、それでも小さな救いを求めて奔走する銀次の優しい心に、胸が熱くなるのだ。個人的には気宇壮大《きうそうだい》な長篇が好きだが、こういう滋味溢《じみあふ》れる小品も愛《いと》おしい。

「明治烈婦剣」は、まず作品の成り立ちを説明する必要があるだろう。かつて「小説歴史街道」という、歴史時代小説の専門誌があった。そこで企画されたリレー小説『鍔《つば》鳴り』の一篇なのだ。鎌倉時代末に打たれ、いつしか〝軒柱《のきばしら》〟と呼ばれるようになった無銘刀と、それにまつわる人々の物語が、さまざまな時代で繰り広げられるというのが、リレー小説のコンセプトだ。七人の作家が参加し、作者は六番手である。ただし最初は六人の予定であり、どのような事情があったか分からぬが、作者は急遽《きゅうきょ》参加することになったらしい。全作を収録した文庫『運命の剣 のきばしら』があるので、本作を気に入った方はそちらも読んでほしい。

もっとも以上のことを知らなくても、この物語を単体で楽しむことができる。元会津《あいづ》藩士の娘で、厳しい境遇にある菅沼けい。明治の世で、次々に家族を失う。女郎に売られた姉は、何者かに殴り殺され、行方不明になっていた兄は、福島県令・三島通庸《みしまみちつね》の用心棒をしているジェイク沢木に射殺された。ジェイクを仇と狙うけいは、撃剣会で腕を磨く。久しぶりに再読して驚いたが、これは明治武術家列伝ではないのか。けいに〝軒柱〟を渡す榊原鍵吉《さかきばらけんきち》を始め、大勢の実在の武術家が登場する。短篇なのに、よくもこれだけ出したものだ。それを彩りにしながら、けいの仇討が描かれる。しかもジェイク沢木は、コルト・シングルアクション・アーミーの使い手。剣対拳銃の対決が楽しい。それまでの暗雲が晴れたようなラストも爽《さわ》やか。作者らしい快作である。

「まんぼの遺産」

朝日ソノラマが発行していた「獅子王《ししおう》」という小説誌をご存じだろうか。若者を対象としたSFとファンタジー小説がメインであり、現代ならライトノベル専門誌といわれることだろう。一九八五年に創刊され、九二年に廃刊。その後継誌として生まれた「グリフォン」に、本作は掲載された。

このような書誌を先に書いたのは、本作が現代小説であるからだ。作者自身といっていい主人公の〝僕〟が、母方の祖母の葬式で静岡に赴き、物置小屋から『御湯放記』という古文書を発見する。どうやら将軍のために専用の尿筒《しとづつ》を差し出す、公人朝夕人《くにんちょうじゃくにん》・土田孫《つちだまご》左衛門《ざえもん》が書き残したものらしい。古文書漁《あさ》りが趣味で、霊感のある女子大生・依田奏《よだそう》の協力を得て、読み解いた『御湯放記』には、忠臣蔵の発端となった松の廊下の刃傷《にんじょう》の、意外な真相が記されていた。

この真相というのが、いかにも作者らしいすっとぼけたものである。しかし実際にありそうだ。もしかしたら本当ではないかと思わせるだけの力がある。これなら歴史小説として書いてもよさそうだが、なぜ現代小説にしたのか。やはり発表誌が若者向けなので、分かりやすさや読みやすさを優先したのだろう。そのおかげで、当時の作者の状況や、作家としての手の内が見られたのは、予想外の収穫である。作中で奏が僕の話を聞いていう、「きいてると、なんだか事実と虚構の境目みたいで、すごくおもしろいと思います」は、宮本作品の要諦といっていい。本書を締めくくる作品は、宮本ワールドの舞台裏を披露してくれているのだ。

ところで作者には、まだ単行本未収録の短篇がある。「小説奇想天外」十一号に掲載された「長嶋十勇士」だ。長嶋茂雄《ながしましげお》が大洋ホエールズの監督になった世界に、大坂夏の陣の最中の真田幸村《ゆきむら》と十勇士がタイムスリップ。幸村がホエールズのコーチ、九勇士（霧隠《きりがくれ》才蔵《さいぞう》は俳優になってしまう）が選手として、東京ジャイアンツとペナント争いをする。しかし王貞治《おうさだはる》が監督をしている巨人の背後には、やはりタイムスリップしてきた柳生宗矩《やぎゅうむねのり》と服部半蔵《はっとりはんぞう》率いる伊賀《いが》忍者がいた。――という、かなりユニークな作品である。本書のコンセプトに合わないため、見送られたのかもしれないが、どのような形でもいいので復活してもらいたいものだ。文庫オリジナルで単行本未収録短篇集を刊行してくれた中央公論新社ならやってくれると、伏して願い奉る。

（ほそや・まさみつ　文芸評論家）

幽鬼御所……書き下ろし

戦国有情……「歴史街道」（二〇〇五年六月号）ＰＨＰ研究所

不嫁菩薩……「小説ＢＯＣ８」（二〇一八年一月）中央公論新社

恩讐の一弾……「歴史街道」（二〇〇五年九月号）ＰＨＰ研究所

武商諜人……アンソロジー『戦国秘史』（二〇一六年七月）角川文庫

龍吟の剣……アンソロジー『機略縦横！　真田戦記』（二〇〇八年七月）ＰＨＰ文庫

秋篠新次郎……アンソロジー『ふりむけば闇―時代小説招待席』（二〇〇七年一〇月）徳間文庫

金色の涙……アンソロジー『COLORS』（二〇〇九年一〇月）集英社文庫

明治烈婦剣……アンソロジー『運命の剣　のきばしら』（一九九九年二月）ＰＨＰ文庫

まんぼの遺産……「グリフォン」（一九九二年秋号）朝日ソノラマ